VerlagRegioKom

D1828540

Sandra Vogt

EINE VORSTELLUNG VOM TOD

Ein Krimi aus Aschaffenburg.

VerlagRegioKom

Bitte besuchen Sie uns im Internet:
www.verlagregiokom.de

Vollständige Taschenbuchausgabe 2008
Verlag RegioKom GbR, Aschaffenburg
Copyright © 2008 by Sandra Vogt
Copyright © dieser Ausgabe 2008 by Verlag RegioKom GbR
Alle Rechte vorbehalten. Das Werk darf – auch auszugsweise – nur mit Genehmigung des Verlages wiedergegeben werden.
Umschlaggestaltung: Petra Wegmann
Foto Sandra Vogt: Fotostudio Pia Löschinger
Übrige Fotos und Skizzen: Petra Wegmann
Satz: Verlag RegioKom GbR
Druck und Bindung: Druckerei C.H.Beck, Nördlingen
Printed in Germany
ISBN 978-3-9810660-5-0

Für Alexander, Maximilian und Julius-Peter

Mein besonderer Dank gilt den Menschen, die mir gezeigt haben, dass so vieles möglich ist, wenn man daran glaubt.

»Richtet nicht, damit ihr nicht gerichtet werdet.
Denn mit dem Urteil, mit dem ihr richtet, werdet ihr
gerichtet werden, und mit dem Maß, mit dem ihr messt,
wird euch gemessen werden.«
Matthäus 7, 1 und 2

Uber die Autorin

Sandra Vogt, am 20. Mai 1979 in Aschaffenburg geboren, verbrachte ihre Kindheit und Jugendzeit in Wenigumstadt, in der Umgebung, in der der Roman spielt. Nach ihrer Ausbildung zur staatlich anerkannten Erzieherin arbeitete sie in ihrem Beruf bis zur Geburt ihrer beiden Söhne. Seitdem pausierte sie einige Jahre und entdeckte das Schreiben für sich. In dieser Zeit entstand auch der Regionalkrimi »Eine Vorstellung vom Tod«, ihre Erstveröffentlichung. Seit 2003 lebt sie mit ihrem Mann und den beiden Kindern in Obernburg. Weiter schreibt sie vielfältige Stücke für Bühne und Theater.

Vorwort

Neben Aschaffenburg ist der wichtigste Schauplatz dieses Buches der Ort »Biebigheim«, welcher schon um 1300 wüst wurde. Das Dorf dient als Stellvertreter, denn die vorliegende Geschichte hätte an vielen Orten genau so geschehen können. Geschichtlich gibt es wenig Anschauliches in alten Aufzeichnungen oder Chroniken zu finden, aus dem man Rückschlüsse auf die damalige Siedlung ziehen könnte. Soviel sei aber gesagt: Biebigheim existierte wirklich. Es muss auf dem Gebiet zwischen Wenigumstadt und der Mömlinger Straße unterhalb der sagenhaften Hesselburg gelegen haben. Warum dieses Dorf irgendwann von seinen Bewohnern verlassen wurde, ist nicht eindeutig geklärt. Allerdings bin ich bei meinen Recherchen auf zwei Versionen gestoßen, die mir möglich erscheinen. Um diese Zeit herum gab es Streitigkeiten um Besitzrechte der Breuberger Herrschaft und dem Mainzer Kurfürstentum die auch Biebigheim und das benachbarte Wenigumstadt betrafen. Alte Quellen beziehen sich auf ein Zusammenwachsen von den Biebigheimer Bewohnern mit den Wenigumstädtern. An anderer Stelle stößt man auf eine Sage, der zufolge Biebigheim von der Pest heimgesucht und bis auf eine Bewohnerin alle dahingerafft wurden. Die letzte Biebigheimerin, ein junges Mädchen, soll in Pflaumheim um Hilfe gebeten haben, wurde aber, der Überlieferung nach, fortgejagt. In Wenigumstadt hingegen wurde ihr Aufnahme gewährt und somit erhielt Wenigumstadt die Rechte am Grundbesitz von Biebigheim.

Egal, wie sich die Geschichte nun zugetragen haben mag, was mich bewog, ein längst versunkenes Dorf wieder »zum Leben zu erwecken« und zu konstruieren, wie es heute aussehen könnte, waren folgende Gründe: Zum einen fand ich den Gedanken spannend, ein längst abgegangenes Dorf in die heutige Zeit zu versetzen und den Begebenheiten der Jetzt-Zeit anzupassen. Dazu recherchierte ich die Entwicklung der beiden Nachbardörfer Wenigumstadt und Pflaumheim, weil anzunehmen ist, dass die Entwicklung von Biebigheim ähnlich verlaufen wäre. Die Infrastruktur, wie ich sie »entworfen« habe, ist überwiegend dem Verlauf meines Buches angepasst. Natürlich beschäftige ich mich nicht professionell mit Nachforschungen über versunkene Dörfer, deshalb berücksichtige ich die tatsächlich vorhandenen Informationen über Biebigheim nur bis zu

einem gewissen Punkt. Danach spielt einfach die Handlung der Geschichte und die Entwicklung der Personen eine tragendere Rolle. Meine Annahmen was Biebigheim betrifft, entspringen zum einen Teil aus Recherchen im Stadt- und Stiftsarchiv, zum größten Teil aber meiner Phantasie und künstlerischen Freiheit. Ich habe nicht den Anspruch, dass alle geschichtlichen Aspekte berücksichtigt wurden, weil es für die Geschichte, die ich erzählen will unerheblich ist. Dennoch bitte ich alle Heimatkundler und Geschichtsforscher, dies zu entschuldigen.
Der andere Grund warum ich mich dazu entschieden habe, ein versunkenes Dorf als Schauplatz auszuwählen, ist die unmittelbare Nähe zu meinem Heimatdorf Wenigumstadt. Natürlich haben mich 21 Lebensjahre in dieser Dorfgemeinschaft geprägt, und viele Strukturen aus meinem Roman wurden von wahren Begebenheiten beeinflusst.
Trotzdem weise ich ausdrücklich darauf hin, dass zwar viele Schauplätze der Handlung autentisch, jedoch alle Personen und Ereignisse frei erfunden sind und Ähnlichkeiten mit realen Personen oder Ereignissen rein zufällig wären.
Abschließend möchte ich mich ganz herzlich bei den Mitarbeitern des Waldfriedhofes, des Stadttheaters und des Stadt- und Stiftsarchivs für die Unterstützung bei der Recherche bedanken. Ohne sie wäre dieses Buch wahrscheinlich nicht halb so gut geworden.

Sandra Vogt

- 1 -

Sonntag, 26. Juli, 21.57 Uhr

Der Wecker klingelte. Leonard Kastner machte nur ein Auge auf. Er nahm sein Schlafzimmer vage wahr und schaltete den Wecker auf Radio-Modus um. Danach zog er das Kissen von der anderen Seite des Bettes zu sich und drückte es sich aufs Gesicht. Jede Bewegung schmerzte. Er wollte nicht aufstehen. Im Radio lief gerade »Born in the USA«. Langsam setzte er sich auf und schüttelte die letzten Reste des Traumes ab.

Das hier war die Realität. Er war um etwa 20.00 Uhr hier angekommen und hatte sich gleich nochmal hingelegt. Jetzt lag er hier. Sein Schlafzimmer, eigentlich die ganze Wohnung, war noch genauso spartanisch eingerichtet, wie sie Jessica vor zwei Wochen verlassen hatte. Hier im Schlafzimmer gab es jetzt nur noch sein altes französisches Bett. Er hatte es damals, als seine Mutter starb, behalten. Es hatte Jessica schon immer gefallen, mit seinen verschnörkelten Metallstäben am hohen Kopfteil, an denen schon leicht der schwarze Lack abblätterte. Außer seinem Bett gab es noch einen kleinen Nachttisch aus schwarzen Metallstäben, den Jessica dazu passend auf dem Flohmarkt gleich in doppelter Ausführung erstanden hatte. Ihren hatte sie wohl mitgenommen. Noch ein Zeichen ihrer Trennung, das ihm seine Situation vergegenwärtigte.

Sein Blick fiel auf die vier Umzugskartons, die vor der kahlen Wand unter dem kleinen, staubüberzogenen Fenster standen. Darin hatte sie seine Kleider aus dem Schrank im französischen Landhausstil, den sie passend zum Rest der Möbel ausgesucht hatte, verstaut. Das Zimmer war so gut wie leer. Von der Decke hing, wie in allen Zimmern, nur eine nackte Glühbirne und durch die Fenster im Schlafzimmer, die jetzt ohne Vorhänge waren, sah man die Lichter Aschaffenburgs, die sich, obwohl die Dunkelheit noch nicht hereingebrochen war, schon dunstig auf die kommende Ruhe vorbereiteten. Seit zwei Wochen war sie jetzt weg. Es war seine erste Nacht hier in der fast leeren Wohnung. Als Jessica ging, war sie wütend. Wütend und enttäuscht darüber, dass er einmal mehr betrunken nach Hause gekommen war.

Sie hatten sich vor vier Jahren kennengelernt. Sie hatte während ihrer Erzieherinnen-Ausbildung an der Fachakademie für Sozialpädagogik in Aschaffenburg in einem Eiscafé als Bedienung gejobbt. Als er sie das erste Mal sah, traute er sich nicht einmal sie anzusprechen. Er verbrachte damals so gut wie jede Pause im Eiscafé und fragte nach einiger Zeit, ob er sie einmal anrufen dürfe. »Natürlich«, hatte sie gesagt, »meine Nummer steht im Telefonbuch«, und war gegangen bevor er sie nach ihrem Namen fragen konnte. Eine Woche verging, bis er mit dem Polizeiwagen vor dem Eiscafé in der Herstallstraße, mitten in der Fußgängerzone, parkte. Er ließ nicht eher locker, bis sie bei ihm einstieg und sich von ihm nach Hause bringen ließ. Im Wagen hatte sie ihn beschimpft, wie peinlich ihr das gewesen sei. Von da an hatten sie sich öfter getroffen. Jetzt war sie weg und würde nicht wieder kommen.

Die letzten beiden Wochen hatte er bei seinem Kumpel geschlafen. Weil er sich nicht an den Gedanken gewöhnen konnte, dass er von nun an aufwachte, ohne die weichen Rundungen ihres zierlichen Körpers zu spüren, ihr goldenes Haar zu riechen und in ihre grünen Katzenaugen zu schauen, sobald sie sie aufschlug. Die erste Nacht wieder hier war gar nicht so schlimm gewesen, wie er es sich vorgestellt hatte. Er hatte ihr gesagt, sie solle am besten alles abholen, was ihn an sie erinnern würde. In der letzten Zeit hatten sie oft gestritten. Dann war er meistens in die Kneipe um die Ecke gegangen und spät nachts betrunken nach Hause gekommen. Sie konnte ihn und seine Trinkerei nicht mehr ertragen.

Er rieb sich mit beiden Händen über das Gesicht. Jetzt war nicht die Zeit um sich damit zu beschäftigen. Die Gedanken an Jessica waren unter der kalten Dusche rasch verflogen. Das Badezimmer war noch so, wie er es verlassen hatte, bis auf die Tatsache, dass ihre hundert Kleinigkeiten daraus verschwunden waren. Seine Wohnung kam ihm fremd vor und so nackt und schutzlos wie er selbst.

Er ging in die Küche und kochte sich erst einmal einen starken Kaffee. Als er sich eine Tasse holen wollte, stellte er fest, dass Jessica so ziemlich alles an Geschirr und Töpfen mitgenommen hatte. Nach einigem Suchen fand er noch einen alten Plastikbecher, ein schäbig wirkendes Campinggeschirr und ein paar Gabeln, Messer und Löffel. Außerdem noch die verbeulte alte Pfanne aus seiner Junggesellenzeit. Das würde fürs Erste reichen müssen. Er schaute in den Kühlschrank, doch der

war leer bis auf einen letzten Rest abgestandener Cola. Er schloss den Kühlschrank wieder und fand es trotz allem beruhigend, dass die Mikrowelle und die Kaffeemaschine noch da waren.
Er ließ sich für einen Moment auf dem mehrmals überstrichenen Holzhocker sinken und beugte sich über den Klapptisch um eine Schachtel Zigaretten aus dem Plastikbehälter, in dem allerlei Krimskrams war, herauszuangeln. Sein Blick fiel aus dem kleinen Küchenfenster in den Innenhof. Alles erschien ihm grau und trostlos. Er sah alte verbeulte Müllcontainer auf grauem Beton, aus dessen Rissen sich zaghaftes Grün hervorwagte. Allein das erschien ihm wie ein kleines Wunder. Eigentlich mochte er die Natur. Vor zwei Jahren war er vor allem deswegen in die Duccastraße am Bahnhof gezogen, weil es ihm, seit er bei der Polizei arbeitete, einfach bequemer erschien, keinen weiten Anfahrtsweg zur Arbeit zu haben. Die Wohnung wurde ihm günstig angeboten, also griff er zu und zog mit Jessica hier im dritten Stock ein. Seine Augen lösten sich von dem bisschen Unkraut im Hof und krochen wie seine Erinnerungen langsam weiter. An der gegenüberliegenden Fassade bröckelte allmählich der Putz ab und auch an den Dachschindeln nagte der Zahn der Zeit. Merkwürdig. Manchmal wünschte er sich nichts sehnlicher als endlich Ruhe zu haben, und jetzt, als endlich die Gelegenheit da war, hallte diese verdammte Stille in seinem Kopf wider und wider. Er konnte es kaum aushalten alleine zu sein, zurückgeworfen auf sich selbst. Seinen Gedanken ausgeliefert, die er so sehr hasste.
Er ging mit den Lucky Strikes und dem Feuerzeug aus dem Behälter ins Wohnzimmer und zündete sich eine Zigarette an. Er öffnete das Fenster und sog den Gestank und Lärm der Stadt ein wie ein Lebenselixier, das ihn seine dumpfen Gedanken vergessen ließ. Für einige Augenblicke beobachtete er das Treiben unten auf der Straße und sah den Leuten zu, die geschäftig vom Hauptbahnhof Richtung Dämmer Steg an den Bussen vorbei eilten. Weiter hinten zogen sich die Schienen wie Adern durch den von Häusern bevölkerten Wirrwarr. Er atmete noch einmal tief ein, dann schloss er das Fenster wieder. Kein Hupen und Rattern, nur Stille. Er schaltete den Fernseher ein, während er noch einen tiefen Zug von seiner Zigarette nahm, und sah die Lokalnachrichten. Überall stapelten sich seine CDs auf dem Boden. Der Flatscreen Fernseher stand in der Ecke. Daneben lagen seine DVDs und

seine Computerspiele. Den Laptop hatte Jessica. Nur sein Sofa stand einsam an der gegenüberliegenden Wand.
Er setzte sich aufs Sofa und versuchte dem Programm zu folgen, das er eingeschaltet hatte. Er schaute die Nachrichten und das Wetter an – nichts Besonderes. Er schlurfte zurück in die Küche. Nachdem er den heißen Kaffee bis zur Hälfte in großen Schlucken getrunken hatte, ging er noch einmal ins Bad. Er streifte sich Boxershorts über und putzte sich die Zähne. Den Rest seiner Kleider würde er sich wohl aus den Umzugskartons mit seinen Sachen, die überall herumstanden, herausfischen müssen. Er fand ein schwarzes T- Shirt und eine Jeans, die er anzog. Auf Socken würde er heute verzichten müssen. Er schnallte sich das Halfter mit seiner Walter PPK um und schlüpfte in seine Turnschuhe.
Mit seinen zweiunddreißig Jahren wirkte er athletisch und gab eine gute Figur ab. Sein Körper wirkte perfekt durchtrainiert, obwohl er nicht allzu groß und breitschultrig war. Die zwanzig Zentimeter lange Narbe an seinem linken Oberschenkel hatte er vor zwei Jahren im Dienst bei einer Messerstecherei davongetragen.
Er frottierte sein kurz geschnittenes, dunkles Haar. Er schaute in den Spiegel. Seine sonst so strahlenden blauen Augen wirkten müde und fad und wurden von dunklen Ringen umschattet. Auf seinen Wangen begann ein Drei-Tage-Bart deutlich sichtbar zu werden. Er suchte sein Rasierzeug, konnte es aber nirgends finden. Er war spät dran, es würde also so gehen müssen. Er ging in die Küche und trank den Rest Kaffee in einem Schluck, stellte den Becher in die Spüle und wusch ihn aus, wie er es immer für Jessica getan hatte. Dann ging er ins Schlafzimmer, schaltete den Radiowecker aus, ging durchs Wohnzimmer, und tat dasselbe mit dem Fernseher und danach nahm er den Schlüssel vom Brett im Flur und ging hinunter zum Wagen.
Der alte Astra Kombi parkte ein Stück die Straße hinunter. Es war fast unmöglich hier am Bahnhof einen Parkplatz zu bekommen, deshalb musste Leonard oft auf den Parkplatz des nahegelegenen Baumarktes in der Maximilianstraße ausweichen. Er ging das kurze Stück zu Fuß und die so vertraute Umgebung kam ihm erschreckend fremd vor. Beim Gedanken daran, dass ständig Verbrechen verübt wurden und der Täter sich hinter der nächsten Ecke befinden konnte, begann sich sein Schritt deutlich zu beschleunigen. Schließlich stand es nieman-

dem ins Gesicht geschrieben. Er blickte in die Augen der unterschiedlichsten Leute: Ein dunkler Mann mit Bart, die Kapuze tief ins Gesicht gezogen, eine Gruppe Jugendlicher an dem kleinen Kiosk auf der anderen Straßenseite lachten laut und vertrieben sich die Zeit mit Rauchen, ein junges Pärchen, das eilig vor einem Auto über die Straße lief und höchstwahrscheinlich in die Diskothek in der Nähe des Bahnhofs wollte. Ein Auto mit abgedunkelten Scheiben aus denen der Bass hämmerte, jagte die dämmrige Maximilianstraße hoch. In den meisten mehrgeschossigen Häusern brannte Licht. In den Geschäften darunter war alles dunkel. Außer den Straßenlaternen waren nur die übermannshohen Schaufenster des Baumarktes beleuchtet, aus denen ihm Waschbecken an gefliesten Schauwänden, und Badewannen in den knalligsten Farben entgegen glotzten.
Kastner beschleunigte seinen Schritt weiter, auf den letzten Metern sogar so sehr, dass er rannte. Mit einem Satz sprang er über das elektrische Eisentor, das nach Geschäftsschluss verschlossen war. Er rannte über den Parkplatz zu seinem Wagen, der verlassen am anderen Ende stand. Seine Hände zitterten und er ließ den Zündschlüssel fallen. Er hob ihn auf und öffnete den Wagen. Kastner setzte sich auf den Fahrersitz und knallte die Tür zu. Sein Herz hämmerte und er hörte das Blut in seinen Ohren rauschen. Was war nur los mit ihm? Seit Jessica weg war, litt er unter Angstattacken, die ihn heimsuchten, sobald er alleine war und zu grübeln begann. Er atmete tief ein und steckte den Zündschlüssel ins Schloss. Im Fahrzeug lagen jede Menge Dosen, Essensverpackungen und eine Decke. Er übernachtete öfter in seinem Auto. Er zündete sich eine Zigarette an. Das war die Realität und nicht seine düstere Gedankenwelt, in die er nach Dienstschluss eintauchte.
Er startete den Motor und lenkte das Auto durch die hintere Ausfahrt nach links und bog in die Hanauer Straße ein, nachdem er an der Ampel ein paar Minuten gewartet hatte. Sein Weg führte ihn in Richtung Ebertbrücke. Als er mitten auf der Brücke war, sah er die Lichter der Stadt und das Schloss Johannisburg im Main schimmern, der wie immer ruhig vor sich hin floss. Kurz darauf bog er nach rechts ab und nahm die nächste Abzweigung Richtung Großostheimer Straße. Er hatte Glück und konnte direkt die beiden Ampeln, die grün waren, überqueren. Es war ihm bisher kaum ein Auto auf der Straße entgegengekommen. Er schaltete das Radio ein, um sich von sanft da-

hin plätschernder Pop-Musik berieseln zu lassen. An der Ampelkreuzung zum Magnolienweg musste er halten, weil die Ampel auf »Rot« schaltete. Seine Kollegen im Streifenwagen standen in Richtung Aschaffenburg auf der anderen Straßenseite und warteten. Beim Weiterfahren grüßten sie sich kurz. Er hatte aufgrund der schlechten Lichtverhältnisse nicht genau erkennen können, wer da im Wagen saß. Hier im Nilkheimer Industriegebiet begegnete man eigentlich zu jeder Tages- und Nachtzeit einem Streifenwagen.
Er setzte den linken Blinker und fuhr auf die Linksabbiegerspur. Dann bog Kastner in den Lorbeerweg ein und stellte den Wagen auf dem Parkplatz der Polizeiwache ab. Er benutzte seine Chipkarte, die jeder Beamte hatte, und betrat das Gebäude durch den Hintereingang. Beim Öffnen der Tür schaute er zurück in Richtung Aschaffenburg. Der Sonnenuntergang über den Dächern lag in den letzten Zügen. Er stieg die mit braunen Tonfliesen bedeckten Stufen der Treppe hinauf. Die alten Backsteinmauern, die Ende der Siebziger Jahre modern gewesen waren, erschlugen ihn jedesmal. Als er an seinem Schreibtisch ankam, klingelte sein Handy. Sein Partner Michael Dreitt teilte ihm mit, dass es im Stadttheater einen Toten gegeben hatte und dass er so schnell wie möglich an den Tatort kommen solle.
»Ich bin in ca. zehn Minuten da.«
Sein Telefon auf dem Schreibtisch klingelte. Er überlegte kurz, ob er drangehen sollte, entschied sich aber dagegen. Er machte auf dem Absatz kehrt und verließ das Büro. Er nahm das Dienstfahrzeug. Als er losfuhr, schaltete er den Polizeifunk ein. Es war im Großen und Ganzen wohl eine ruhige Nacht. Nun fuhr er über die Willigisbrücke und bog nach rechts zum Floßhafen ab. Kastner lenkte den Wagen den Dalberg hinauf und parkte in der Pfaffengasse. Um kurz vor elf in der Nacht kam er beim Theater an.
Als er auf den Haupteingang zuging und die schwere Messingtür aufzog sah er, dass alles hell erleuchtet war. Schnell durchschritt er die mit hellem Marmor ausgekleidete Eingangshalle und als er den Bühnensaal betrat, bot sich seinen Augen ein Anblick, der einem Ameisenhaufen glich. Ein Gewimmel von Männern und Frauen, die in weißen Papieranzügen jeden Zentimeter des Saales untersuchten. Auf der Bühne standen sein Kollege Michael Dreitt, der Pathologe Dr. Spielmann und Jaques Vivon, der Intendant des Theaters, mit dem sich

Kommissar Dreitt unterhielt. Er ging zügig durch den mit grauem Teppich ausgekleideten Zuschauerraum mit seinen Stuhlreihen, aus dunkelrotem Samt. Vor der Bühne drehte er sich noch einmal um und betrachtete den Saal. Sein Blick glitt über einen hinteren Rang, der von weißen Säulen mit Goldverzierungen am Kopf und einem bauchigen weißen Geländer abgegrenzt wurde. Davor befand sich das Parkett mit engen Stuhlreihen. Darüber befand sich der zweite Rang. Seine Brüstung war mit goldumrahmten Ornamenten geschmückt und auch hier waren die vorderen von den hinteren Reihen abgegrenzt. Sie waren nicht sehr zahlreich, da der zweite Rang etwas zurückgesetzt war. Ganz oben auf dem dritten Rang gab es wenige Sitzplätze, da sich dort die Beleuchter aufhalten mussten, um mit den an der Wand angebrachten Scheinwerfern sowie den großen Verfolgern die Aufführung zu beleuchten. Über alldem thronte die weiße gewölbte Decke mit dem gigantischen Kronleuchter, der den ganzen Saal in helles Licht tauchte. Alles in allem ein imposanter Anblick.
Kastner wandte sich seinen Kollegen auf der Bühne zu. Der schwere Bühnenvorhang war offen und gab den Blick auf das Bühnenbild und die Seitengassen frei. Der hintere Vorhang der ins Off führte, war ungefähr einen Meter breit geöffnet. Dahinter brannte Licht. Mitten auf der Bühne, oberhalb der Köpfe seiner Kollegen prangte der Querbalken eines mindestens drei Meter hohen Galgens. Der Strick war abgehängt worden und lag auf dem Boden, die Schlinge noch um den Hals des Toten. Auf der Bühne befand sich noch ein mannshoher Gitterkäfig. Kastner ging die sechs Stufen seitlich der Bühne hinauf. Die Leiche lag auf den schwarz lackierten Dielenbrettern der Bühne. Der Kopf war zur Seite gefallen und die Augen waren weit aus den Höhlen getreten. Im Weißen seiner Augen zeichneten sich rote Äderchen ab. Sein Blick war gebrochen und die starren Augen weit aufgerissen. Seine Gesichtsfarbe war bläulich. Aus seinem weit aufgerissenen Mund kam die Zunge heraus. Seine dunklen, mit Silber durchwirkten Locken waren schweißnass. Und die Hände waren verkrampft, obwohl die Leichenstarre noch nicht eingesetzt hatte, und in seiner Handfläche sah man blutige Halbmonde, die Abdrücke seiner Fingernägel. Unter dem Strick um seinen Hals zeichnete sich eine blauschwarze Druckstelle ab. Es roch nach Urin, und auf der dunkelbraunen Hose des Opfers hatte sich ein dunkler Fleck abgezeichnet. Die

Todesangst stand ihm für immer ins Gesicht geschrieben. Unter anderen Umständen musste Pierre Pratzcek trotz seines Alters ein sehr attraktiver Mann gewesen sein. Die Luft roch schal wie in einem Museum und es war warm und stickig. Er ignorierte geflissentlich die Leiche des etwa Vierzigjährigen auf dem schwarzen Holzboden und lauschte der Befragung des Intendanten, die sein Kollege gerade durchführte.
»Pierre Pratzcek spielte den Mackie Messer in der Dreigroschenoper, die männliche Hauptrolle. Heute Abend in der Vorstellung sollte er, wie immer, am Ende gehängt werden. An dem Mechanismus, der den Strick abstoppen soll, muss irgendetwas defekt gewesen sein. Er hat sich vor dem Publikum, sozusagen, erhängt. Das Publikum hat wie wild applaudiert, weil sie dachten er hätte überragend gespielt. Erst als er leblos baumelnd am Strick hing haben alle gemerkt, dass er wirklich tot ist! Ich ließ sofort den Vorhang schließen und schickte das Publikum nach Hause. Dann rief ich die Polizei an. Ich verstehe nicht, wie so etwas überhaupt passieren konnte.«
»Danke, Herr Vivon, wenn wir noch Fragen haben, lassen wir Sie rufen«, sagte Dreitt und bedeutete dem Intendanten, bei den Garderoben zu warten. Der ergraute, groß gewachsene Vivon schlurfte betreten in seiner untröstlichen Art davon. Dr. Spielmann, ein drahtiger Mittfünfziger mit Brille und klugem, kantigem Gesicht kniete sich neben die Leiche und begann, sie zu untersuchen. Kastner schaute sich hinter der Bühne etwas um. Aber außer den Leuten von der Spurensicherung war niemand dort. Er wollte nicht zu viel herumlaufen, um etwaige Spuren nicht zu zerstören. Ihm war nach einer Zigarette.
Er überlegte kurz und beschloss, auf die Beleuchtungsbrücke hinaufzusteigen, um sich die Galgenkonstruktion am oberen Ende anzuschauen. Durch das Treppenhaus im hinteren Teil des Theaters erreichte er den zweiten Rang. Er öffnete die Tür und betrat den engen Gang, der nur aus Gittern und einem schmalen Steg zu bestehen schien. Alles hier oben war über und über mit Scheinwerfern behängt. Kastner zündete sich eine Zigarette an. Auf einer Metallverstrebung fand er ein zusammengeknülltes abgewetztes Lakritzpapierchen. Er überlegte, ob er es sicherstellen sollte oder nicht. Er entschied sich dafür, es in ein Tütchen zu packen und in einer Tasche seiner Jeans verschwinden zu lassen. Er konnte später noch entscheiden, ob es wichtig sein würde.

Plötzlich fuhr ein Ruck durch die Beleuchtungsbrücke weil jemand sie herunterfuhr. Kastner blieb fast das Herz stehen vor Schreck. Er hatte nicht gewusst, dass man die obere Bühnenbegrenzung in verschiedene Höhen herauf oder hinab fahren konnte, je nachdem, wie man es für ein bestimmtes Stück brauchte. Sobald man ihn auf der Brücke erblicken konnte, kam ein Mitarbeiter des Theaters wie von der Tarantel gestochen auf ihn zu.
»Sind Sie eigentlich verrückt? Hier herrscht absolutes Rauchverbot. Mann, hier ist alles aus Holz, wollen Sie, dass das Theater abbrennt?«
Kastner war erschrocken.
»Entschuldigung«, brachte er mit Mühe und Not heraus, und drückte die Kippe am Metall aus. Er machte sich auf den Weg nach unten. Er dachte an seine Rückenschmerzen und den stechenden Schmerz hinter seiner Stirn, der wohl vom Alkoholkonsum der letzten Tage kam. Die Verspannungen in seinem Rücken stammten aber höchstwahrscheinlich vom durchgesessenen Sofa seines Kollegen Michael Dreitt. Das war der Preis dafür, dass er erst nach Jessicas endgültigem Auszug hatte zurückkommen wollen. Natürlich war es sowieso utopisch gewesen, zu glauben, man könnte eine solche Zeitspanne des Zusammenlebens einfach damit aus dem Gedächtnis löschen, alle persönlichen Gegenstände des Partners zu entfernen. Die gemeinsame Zeit blieb wie ein unsichtbarer Film in jedem einzelnen Raum stehen.
Er hatte ein paar Sachen zusammengepackt und war durch die Innenstadt, vorbei am Hofgarten und der Sandkirche, ein Stück die Schweinheimer Straße hinauf gefahren und war von dort aus in die Bardroffstraße eingebogen. Die Wohnblocks erinnerten ihn in diesem Moment an Gefängnisse, in deren einzelnen Zellen noch Licht brannte. Die Fahrt hatte er kaum wahrgenommen, aber als er vor den Wohnblocks im Regen stand, war ihm die räumliche Enge auf der die Menschen lebten, erst bewusst geworden.
Er steuerte gezielt einen Hauseingang an, der weiter hinten lag, sodass er ein Stück über den von drei Wohnblocks und zahlreichen Müllcontainern eingerahmten Hof gehen musste. Der Regen wurde heftiger und er beschleunigte seinen Schritt. Ein Bewohner verließ gerade das Haus und ließ ihn zur Haustür herein. Dreitt wohnte im zweiten Stock. Er bot einen erbärmlichen Anblick mit seinen nassen Haaren und Kleidern und seinem Rucksack in der Hand. Nachdem er die

Treppen hinaufgestiegen war, klingelte er an der Tür seines Kollegen. Er wusste, dass er auf ihn zählen konnte. Die beiden hatten schon ihre Ausbildung zusammen gemacht und als er vor einem Jahr zum Kommissar befördert worden war, war er sehr erfreut gewesen, als er Dreitt als seinen Kollegen in der neuen Abteilung vorgestellt bekam.
Michael Dreitt öffnete ihm in Boxershorts. Seine dunkelblonden, etwas zu langen Haare hingen ihm wirr ins Gesicht. Der große stämmige Mann, der schon einen leichten Rettungsring um seinen Bauch hatte, verstand sofort, als er den Rucksack sah.
»Komm rein, du kannst auf dem Sofa schlafen. Eine Decke ist im Schrank im Flur, Bier ist im Kühlschrank.«
Er stellte keine Fragen, eigentlich redete er nie wirklich viel. Er strahlte eine natürliche Autorität aus, die von seiner tiefen, vollen Stimme noch betont wurde. Alles in allem wirkte er mit seinem vollen, runden Gesicht wie ein Teddybär. Leonard kannte Michael schon mehr als dreizehn Jahre und er wusste, dass dieser Eindruck täuschte, und dass hinter den braunen Augen und dem kleinen Bärtchen am Kinn ein messerscharf kalkulierender Verstand steckte.
Das Geräusch von schnappendem Latex ließ ihn aus seinen Gedanken hochschrecken, und er wusste, dass Spielmann seine Untersuchungen vor Ort beendet hatte. Er stieg von der heruntergefahrenen Beleuchtungsbrücke und ging die paar Schritte zur Mitte der Bühne.
»Haben Sie schon etwas feststellen können, Dr. Spielmann?«
»Wie Herr Vivon schon gesagt hat. Tod durch Strangulation. Der Todeszeitpunkt war um 22.30 Uhr, zum Vorstellungsende. Die Leichenstarre hat noch nicht eingesetzt. Genaueres kann ich erst sagen, wenn er bei mir auf dem Tisch war. Am besten, Sie rufen mich morgen Nachmittag im Gerichtsmedizinischen Institut in Würzburg an. Meine Nummer haben Sie? Oder wollen Sie morgen früh bei der Obduktion im Waldfriedhof dabei sein?«
Kastner zog die Augenbrauen hoch. Er würde den merkwürdigen Humor von Spielmann nie verstehen. Ihm ging ein Todesfall jedesmal an die Nieren.
»Na dann bleibt uns wohl nichts anderes übrig, als die Kollegen des Toten aus dem Ensemble zu befragen.«
Kastner schob seinen Kollegen über die Bühne Richtung Garderoben.

– 2 –

Sonntag, 26. Juli, 7.55 Uhr

Es war ein schöner Morgen. Über den Dächern von Biebigheim stand die Sonne schon am Himmel. Es war kurz vor acht. Es würde heute wieder sehr heiß werden. Seit Wochen hatte es kaum geregnet und den Einwohnern von Biebigheim machte die Hitze langsam zu schaffen. Besonders weil über zwanzig Prozent der Bevölkerung von Biebigheim bereits das Rentenalter erreicht hatte, oder kurz davor war.
Biebigheim lag südwestlich von Aschaffenburg. Die meisten Einwohner arbeiteten auch dort und mussten die vierzehn Kilometer bis in die Stadt meist mit ihrem Auto bewältigen, da die Busse, die zu den Stoßzeiten zwischen Biebigheim und Aschaffenburg verkehrten, vollgestopft mit Schülern aus den umliegenden Dörfern waren, die die weiterbildenden Schulen in der Stadt besuchten. Biebigheim war ein kleines Nest mit ungefähr fünfzehnhundert Einwohnern, das idyllisch und verschlafen zwischen Feldern und Wiesen weit ab vom Lärm der Stadt lag. Die Zeit schien hier, im wahrsten Sinne des Wortes, still zu stehen.
Die Hauptstraße von Biebigheim erwachte nur langsam zum Leben. Während man unter der Woche um diese Zeit viele abgehetzte Mütter mit ihren Kindern zur Schule oder in den Kindergarten gehen sah, waren heute nur die üblichen Besucher der Frühmesse auf dem Weg zur Kirche zu sehen. Vereinzelt wurden schon die Läden der gedrungenen Fachwerkhäuser hochgezogen.
Entlang der Hauptstraße standen auf beiden Seiten knorrige, alte Lindenbäume, die ihre behäbigen Schatten auf die gepflegten Vorgärten der Einfamilienhäuser und auf die sauber gekehrten Gehwege werfen. Weiter oben an der Allee gab es eine Fußgängerampel, über die man den Weg zur Schule, zum Kindergarten oder in die Bücherei erreichen konnte. Eigentlich wäre eine Fußgängerampel in Biebigheim nicht nötig gewesen, denn das Verkehrsaufkommen war alles andere als üppig. Der Elternbeirat der Schule hatte beim Bürgermeister vorgesprochen, und den Vorschlag unterbreitet. Zunächst zeigte der sich wenig begeistert. Nach einer Unterschriftenaktion und zwei Artikeln in der regio-

nalen Presse gab sich der Bürgermeister dann doch zerknirscht geschlagen und die Ampel wurde aus Gemeindegeldern finanziert.
Das Dorf verfügte außerdem noch über eine Bäckerei und den Gemischtwarenladen von Herrn und Frau Perner. Dies waren allerdings die einzigen Einkaufsmöglichkeiten hier im Umkreis. Wenn man größere Auswahl wollte, musste man nach Pflaumheim in den Supermarkt oder gleich nach Großostheim fahren. Der Gemischtwarenladen bot die übliche Auswahl an Konserven, Gemüse und Verbrauchsgütern sowie Haushaltsgeräte an. In der kleinen Apotheke am Dorfplatz, die Frau Dr. Weinrich zusammen mit der Arztpraxis ihres Mannes führte, gab es Pflegeprodukte und einen kleinen Drogeriebereich. Gegenüber befand sich das altehrwürdige Rathaus mit seinem dunkelroten Fachwerk und dem spitzen Giebeldach. Eine kleine Gaststätte mit Fremdenzimmern gesellte sich daneben. Das Haus hätte dringend einen neuen Anstrich gebraucht, denn der Putz begann langsam von den Wänden zu blättern. Vor dem Schankraum waren sechs Tische mit Stühlen aufgestellt, die im Sommer am Nachmittag als Café und in den Abendstunden als Biergarten genutzt werden konnten.
Die Arztpraxis mit der Apotheke, sowie das Rathaus und die Gaststätte umrahmten den ganzen Stolz von Biebigheim, den kleinen Dorfplatz mit der alten Linde, der mit Rasen und Rosenbüschen angelegt war. In der Mitte zwischen hohen Bäumen und Bänken zum Ausruhen befand sich ein Brunnen. Der alte Dorfbrunnen, der einmal hier gestanden hatte, war verfallen und das Kopfsteinpflaster des Platzes war eine Zumutung für den durchlaufenden Verkehr. Durch eine Bürgerinitiative des kirchlichen Frauenbundes und eine größere Spende der Gutsbesitzerin Frau Amalie von Giebhardt, die Vorsitzende des Frauenbundes und des Pfarrgemeinderates war, war der Brunnen neu errichtet und der Platz unter Mithilfe der Bürger neu angelegt worden. Der neue Brunnen war rechteckig und mit Sandsteinquadern eingefasst. In der Mitte prangte eine Statue des örtlichen Kirchenschutzpatrons, des heiligen Nikolaus. Der Brunnen wurde abends oft von den Jugendlichen aus dem Dorf frequentiert, da es sonst wenig Alternativen als Treffpunkt für sie gab. Diese Tatsache führte gehäuft zu Beschwerden der Anwohner und erzeugte auch bei der Pfarrgemeinderatsvorsitzenden, Frau von Giebhardt, großen Unmut.
Frau von Giebhardt war in den Sechzigern. Wie alt sie genau war,

wussten nur die wenigsten Leute und sie selbst zog es vor, zu diesem Thema zu schweigen. Das lag vielleicht daran, dass sie Mutter eines Sohnes war, von dem niemand so genau wusste, wer sein Vater ist. Sie behauptete immer, er wäre der Sohn eines amerikanischen Soldaten, der hier in der Besatzungszeit seinen Dienst versehen hatte. Angeblich hatten sie sich damals verlobt und er hatte sie heiraten und mit nach New York nehmen wollen. Leider wäre er dann unglücklicherweise kurz vor der Hochzeit verstorben. Die älteren Semester von Biebigheim hatten sie allerdings in ihrer Jugendzeit gekannt, und wussten, dass sie weißgott kein Kind von Traurigkeit gewesen war. Es gab viele unterschiedliche Spekulationen darüber, wer der Vater sein mochte, denn ihre Geschichte glaubte ihr niemand so recht. Allerdings würde es keiner aus Biebigheim wagen, einer Persönlichkeit wie Frau von Giebhardt das ins Gesicht zu sagen. Also blieb der Schein gewahrt und alles ging seinen gewohnten Gang.

Auf ihrem Gut, etwas außerhalb von Biebigheim, züchteten die von Giebhardts schon in der dritten Generation Pferde. Frau von Giebhardt gab sich gerne als Geschäftsfrau, obwohl sie das meiste ihres Vermögens ererbt und nicht erwirtschaftet hatte. Ihr Sohn, Gisbert von Giebhardt, hatte Silke Siebrecht, die Schwester des Pfarrers, geheiratet. Da Amalie von Giebhardt der Verbindung äußerst kritisch gegenüberstand, dachte sie nicht im Traum daran, das Gut zu übergeben. Aufgrund dieser Tatsache bewirtschafteten ihr Sohn und seine Frau den Bauernhof von Silkes verstorbenen Eltern.

Heute Morgen machte sich Amalie von Giebhardt in ihrem dreißig Jahre alten schwarzen Mercedes auf den Weg ins Dorf. Auf ihrer Fahrt, die zumeist an Feldern und Wald vorbeiführte, kam sie auch an dem kleinen Bauernhof ihres Sohnes und ihrer Schwiegertochter vorbei. Sie konnte nicht verstehen, wie er das große Gut verlassen und gegen diesen Bauernhof eintauschen konnte. Sie war unglücklich damit, dass ihr Sohn ein Leben als Bauer oder Landwirt, wie er sich zu nennen pflegte, führte. Sie hatte ihm die bestmögliche Ausbildung finanziert. Er hatte das Abitur mit Mühe und Not bestanden, was unter anderem wohl auch an der Spendenfreudigkeit seiner Mutter gelegen hatte.

Silke war draußen auf dem Hof und trug zwei große Milchkannen mit Ziegenmilch in die Käserei. Amalie von Giebhardt war in Gedanken versunken und sprach laut mit sich selbst.

»Dieses kleine Flittchen! Die hat sich meinen Gisbert doch nur geschnappt, um an mein Geld zu kommen. Aber da hat sie sich geschnitten – mein Geld für ihre blöden Schweine und Ziegen? Schweine – das muss man sich mal vorstellen... Vielleicht kommt Gisbert irgendwann zur Vernunft und begreift, dass sie nicht gut für ihn ist.«
Bei ihrer Hochzeit war Silke erst achtzehn Jahre alt gewesen und der damals bereits dreißigjährige Gisbert ganz verrückt nach ihr. Das war jetzt schon achtzehn Jahre her. Mittlerweile lief der Bauernhof ganz gut. Sie züchteten Schweine und Ziegen. Silke hatte eine eigene kleine Käserei und einen Hofladen mit Bioprodukten aufgebaut. Nebenbei hatten sie in der Sommersaison noch zwei kleine Ferienwohnungen, die sie vermieteten. Sie hatten sich ihr bescheidenes Leben aufgebaut, und Frau von Giebhardt wusste nur zu gut, dass ihr Sohn jeden einzelnen Tag auf ihren Tod wartete, um zu erben.
Amalie von Giebhardt trat aufs Gaspedal und sagte laut und bestimmt: »Der Vormittag ist viel zu schön, um ihn mit Gedanken an diese primitive Person zu verschwenden! Manchmal wundere ich mich, wie unterschiedlich Geschwister doch sein können.«
Frau von Giebhardt ging es gesundheitlich geradezu blendend. Da würden sich die Kinder noch lange gedulden müssen, bis sie den Löffel abgab. Sie schmunzelte bei dem Gedanken daran, wie sie sich wohl darüber ärgerten. Sie musste sich jetzt ein bisschen beeilen, denn um halb neun traf sich der Vorstand des Frauenbundes, welcher aus Amalie von Giebhardt als Vorsitzende, Frau Mergel, der Grundschullehrerin im Ruhestand, Frau Weitz, der Seniorchefin der örtlichen Bäckerei und Frau Burger, der Leiterin der Bücherei bestand, im Gemeindezentrum von Biebigheim, um die Planung des jährlichen Sommerfestes zu besprechen.
Als sie vor dem Gemeindezentrum parkte, sah sie Pfarrer Siebrecht die Straße hinunter marschieren. Immer wieder stellte sie bewundernd fest, was ihnen die Kirche für einen Mann vorenthalten hatte. Amalie von Giebhardt stieg aus ihrem Auto. Sie war für eine Frau sehr groß, ungefähr eins achtzig und knochig. Ihr Gesicht war wettergegerbt und faltig. Ihr graues Haar lag wie Stahlwolle an ihrem Kopf. Sie trug ein exquisites, braunes Tweedkostüm mit dem passenden Hut mit dunkelbraun abgesetzter Schleife. Dazu trug sie eine braune Krokodilledertasche und ebensolche Schuhe. Sie kleidete sich sehr gut und ihrem

Stand entsprechend auch teuer. Trotz allem wollten gerade diese Kleider nicht zu ihr passen. Frau von Giebhardt polarisierte durch ihre exzentrische Art. Einerseits engagierte sie sich sehr für die Belange der Gemeinde und für wohltätige Zwecke, aber andererseits war sie nicht gerade liebenswert in ihrer Persönlichkeit.
Sie ging die Treppe hinauf in den ersten Stock des Gemeindezentrums. Im Sitzungssaal, der nur mit einer langen Reihe von Tischen und Stühlen, und einer kleinen Anrichte an der Seite des Raumes ausgestattet war, hatten sich die drei Frauen, die zur Vorstandschaft gehörten, bereits eingefunden. Frau Weitz hatte frische Hörnchen mitgebracht und Frau Mergel hatte schwarzen Tee aufgesetzt. Frau von Giebhardt legte stets großen Wert darauf, exakt pünktlich, aber auch als Letzte einzutreffen.
»Guten Morgen, meine Damen«, begrüßte Amalie von Giebhardt die anderen.

– 3 –

Sonntag, 26. Juli, 9.45 Uhr

»Aber es wäre doch ratsam, die Jugendlichen lieber ins Geschehen mit einzubeziehen, sonst treiben sie sich abends sowieso nur wieder auf dem Dorfplatz herum«, meinte Elvira Weitz.
»Andererseits kostet es ein Vermögen. Und wer garantiert uns denn, dass überhaupt Jugendliche kommen werden. Die Erwachsenen interessiert so etwas bestimmt nicht. Ich finde das ziemlich riskant«, gab die Leiterin der Bücherei, Anna Burger zu bedenken.
Die Planung des Sommerfestes war in vollem Gange. Frau Burger sprach sich schon seit einer halben Stunde entschieden dagegen aus, dass auf dem Sommerfest zum ersten Mal eine Band spielen sollte. Amalie von Giebhardt lauschte dem Geschehen schon seit einiger Zeit sehr verdrossen.
Sie erklärte: »Um die Diskussion an diesem Punkt abzukürzen, ich bin dafür, dass am Freitag Abend unseres Sommerfestes eine Band spielt. Da ich unsere Pfarrgemeinde allerdings nicht mit einem unnötigen finanziellen Risiko belasten möchte, übernehme ich dafür die Kosten. Ich hätte nichts gegen eine Spendenquittung für die nächste Jahresabrechnung. Ich hoffe, dieser Punkt ist nun zu aller Zufriedenheit geklärt. Schreiben Sie das mit, Frau Mergel.« Zu Frau Weitz sagte sie noch: »Sie werden sich erkundigen müssen, welche Gruppe im Moment bei den Halbwüchsigen angesagt ist. Schließlich haben Sie ja den Vorschlag eingebracht.«
Nach diesem Satz trat betretene Stille ein. Frau Weitz zog die Augenbrauen hoch. Franziska Mergel, die ehemalige Grundschullehrerin von Biebigheim, unterbrach die Stille, indem sie den Vorschlag machte, die mitgebrachten Hörnchen zu probieren und eine Tasse Tee zu sich zu nehmen. Frau Weitz und Frau Burger nahmen diesen Vorschlag dankbar an, aber Frau von Giebhardt machte sich auf den Weg zum Pfarrhaus.
Im Gehen bemerkte sie noch: »Ich spreche noch schnell mit dem Herrn Pfarrer, und teile ihm die Ergebnisse unserer Sitzung mit. Alles

Weitere hat er zu entscheiden. Außerdem habe ich bereits gefrühstückt. Wir sind ja zum Arbeiten da, nicht?«
Sie ließ drei säuerliche, ältere Damen zurück. Als Frau von Giebhardt außer Hörweite war, sagte Frau Weitz: »Unmöglich, diese Person. Jedesmal wenn man sie trifft, benimmt sie sich noch schlimmer als beim vorigen Mal. Die Frau Gutsbesitzerin denkt wohl, sie sei etwas Besseres!«
Beim letzten Satz verzog sich ihr Gesicht zu einer Fratze. Sie mochte Frau von Giebhardt nicht. Die kleine, dickliche Frau mit den abgearbeiteten Händen und dem runden, stets rosigen Gesicht regte sich fürchterlich auf, so dass die sonst so gutmütig und mütterlich wirkende eher eine Hyäne zu gleichen schien.
»Was denkt sich diese Möchtegern-Aristokratin eigentlich, wer ich bin? Wenn sie jemanden herumkommandieren will, dann sollte sie lieber mal ihrem Taugenichts von Sohn ins Gewissen reden. Die arme Silke schuftet Tag und Nacht, und er sitzt im Wirtshaus und besäuft sich. Die feine Dame sollte ihre Nase besser nicht zu hoch tragen, denn es könnte sein, dass ihr irgendwann einmal jemand die Wahrheit direkt ins Gesicht sagt.«
»Beruhige dich erst mal«, sagte Franziska. Sie war beliebt wegen ihres sonnigen Gemüts und ihrer mitfühlenden Art. Sie ging zu der Anrichte, goss sich etwas Tee in eine Tasse und löffelte sich reichlich Zucker dazu.
»Reg dich doch nicht auf. Es ist ein viel zu schöner Tag heute, um ihn sich von so etwas verderben zu lassen. Du weißt doch, wie die Giebhardt ist.«
»Du hast recht«, stimmte Elvira Weitz ihrer langjährigen Freundin, einer gepflegten Frau, zu.
Franziska hatte halblanges, blondes Haar, in dem sich schon die ersten Silberstreifen abzeichneten. Sie trug meist die seitlichen Strähnen nach hinten gekämmt und am Hinterkopf mit einer goldenen Spange zusammengesteckt. Die auf den ersten Blick sehr unterschiedlichen Frauen hatten sich in der Zeit näher kennengelernt, als Franziskas Mann sehr krank gewesen war und sich herausstellte, dass er nicht mehr lange zu leben hatte. Er war an Krebs erkrankt. Elvira hatte sich in dieser Zeit um beide gekümmert und war ein unersetzlicher Teil in Franziskas Leben geworden. In den ersten Wochen nach seinem Tod, war es für Franziska nicht leicht, aber Elvira war oft bei ihr vorbeige-

kommen. Sie waren gemeinsam zum Grab gegangen und hatten viel über ihren Mann geredet. Damals war Franziska sehr dankbar dafür, dass Elvira das für sie tat. Die Tochter von Frau Mergel studierte in Frankreich Architektur und Kunstgeschichte. Sie hatte sich allmählich daran gewöhnt, alleine zu leben. Sie engagierte sich für die Kirchengemeinde Biebigheim, um wenigstens wieder unter Menschen zu kommen.

Anna Burger saß schweigend in einer Ecke und schlürfte ihren Tee. Sie hatte eine Hakennase und lange, knochige Finger, die mit einer Haut überzogen waren, die wie das alte Pergament ihrer Bücher aussah. Obwohl sie die Älteste von ihnen war, arbeitete sie immer noch in der Bücherei. Ihr Gesichtsausdruck war ernst und wurde von der goldgeränderten Brille mit goldenem Brillenkettchen noch betont.

»Ich verstehe nicht, warum heute immer alles laut und schnell sein muss«, sagte sie unvermittelt in die Stille. Sie sprach wenig und war konservativ. Sie betonte die Worte »laut« und »schnell«, als würde es sich um etwas außerordentlich Abscheuliches handeln.

»Frau von Giebhardt regelt die Dinge eben auf ihre Weise«, gab Frau Weitz zurück.

»Und was ist ›ihre‹ Weise?«, wollte Frau Mergel wissen.

»Geld«, sagte Frau Burger knapp.

Amalie von Giebhardt polterte in das Zimmer.

»Ich habe mit Pfarrer Siebrecht gesprochen. Er telefonierte gerade mit Direktor Roth, denn der soll doch die Trauerrede bei der Beerdigung von Marie-Luise Kirchner halten, weil sie keine anderen Verwandten mehr hatte. Der Pfarrer meint, dass unsere Planung soweit in Ordnung sei, und dass er alles Weitere mit mir besprechen wird. Sie hören demnächst von mir. Ich wünsche Ihnen noch einen schönen Tag.« Frau von Giebhardt rauschte ab.

»Dann ist die Sitzung wohl beendet«, bemerkte Anna Burger und stellte ihre leere Tasse auf der Anrichte ab.

»Dann verabschiede ich mich, ich muss nämlich vor Beginn des Gottesdienstes noch schnell in der Bücherei vorbeifahren und noch etwas vorbereiten.«

Sie nahm ihre große, knautschige Ledertasche, die schon fast an einen Koffer erinnerte. Die klemmte sie, wie immer auf den Gepäckträger ihres Fahrrades. Danach radelte sie in Richtung Bücherei davon. Die

beiden anderen schauten ihr durch das geöffnete Fenster nach.
»Na, dann bleibt wohl der Abwasch an uns hängen«, bemerkte Elvira.
Sie trugen die Tassen und Teller auf die Durchreiche und gingen in die kleine Küche nebenan. Während Elvira spülte und Franziska abtrocknete, schwatzten die beiden miteinander.
»Also dass der Direktor eine Rede am Grab von Frau Kirchner hält, finde ich sehr anständig von ihm. Schließlich hatte sie ja keinen mehr. Schade um sie, sie war eine gute Lehrerin und hat frischen Wind in unsere Schule gebracht«, meinte Franziska Mergel wehmütig.
»Ja, sie war eine nette Person. Warum sie sich wohl umgebracht hat? Man munkelt ja, dass sie heimlich verliebt in Pfarrer Siebrecht war, er sie aber abblitzen ließ. Vielleicht war das der Anlass. Man hat sie öfter gemeinsam spazieren gehen sehen und die Pfarrersköchin ließ durchblicken, dass er wohl öfter am Wochenende abends in die Stadt fährt und erst sehr spät wiederkommt.«
Am täglichen Tratsch war Elvira sehr interessiert, und erfuhr Neuigkeiten sehr bald in ihrem Laden.
»Egal, sie war eine liebenswerte, junge Frau«, meinte Franziska.
Sie hängte die feuchten Geschirrtücher über die Heizung. Franziska schloss die Tür ab. Sie gingen gemeinsam die Treppe hinunter. Sie wollten beide noch den sonntäglichen Gottesdienst um 10.30 Uhr besuchen. Danach wollte Franziska nach Hause, um noch eine Weile im Garten zu arbeiten und neue Rosensträucher zu pflanzen.

– 4 –

Sonntag, 26. Juli, 11.14 Uhr

Ullrich Siebrecht stand in Gedanken versunken da. Erinnerungen aus seiner Kindheit hatten ihn einmal mehr eingeholt, um ihn zu peinigen. Wie ein Film liefen längst vergangene Szenen vor seinen Augen ab. Er war damals gerade acht Jahre alt gewesen. Ein schwächlicher, blasser Junge mit einfältigem Gesicht, aber seine Augen blitzten vor Gewitztheit und strahlten vor Freundlichkeit. Sein Inneres stand damals ganz im Gegenzug zu seiner äußeren Erscheinung. Ullrich war ein sehr intelligenter und sensibler, aber auch offener und fröhlicher Junge. Zumindest wenn er sich in den Straßen von Biebigheim herumtrieb. Manchmal half er Herrn Perner, dem Besitzer des Tante-Emma-Ladens, die Kisten und Säcke, die er beim Großmarkt gekauft hatte, in sein Geschäft zu transportieren. Dafür sprangen immer ein paar Stangen Lakritze heraus, und die aß er für sein Leben gern.
Herr Perner hatte oft zu ihm gesagt, er müsse ihm nicht helfen, und er hatte ein sichtlich schlechtes Gewissen dabei, dass Ullrich es dennoch tat. Er hatte eine Skoliose, so hatten es ihm die Ärzte in Aschaffenburg erklärt, als Mutter mit ihm und Silke da war. Seine Wirbelsäule wäre krumm gewachsen, weil er aber noch jung sei, könne man das im Wachstum mit dem Tragen eines Korsetts beheben. Eine Woche später bekam er dann das Korsett angepasst. Es war reichlich unbequem und er konnte sich nur noch bewegen, als hätte er einen Stock im Rücken. Das Korsett bestand aus Hartplastik und Metallstangen und wand sich um seinen kompletten Oberkörper, von den Schultern bis zu den Beckenknochen. An diesem Tag hatten die Kinder begonnen, sich über ihn lustig zu machen. Auf dem Weg zur Schule imitierten sie seinen Gang, nannten ihn Monster, oder schlugen und traten nach ihm. Ullrich verstand nicht, warum sie das taten, aber seine Mutter hatte ihm erklärt, dadurch dass Gott ihm diese Prüfung auferlegt hätte, hätte er ihn auch zu etwas Besonderem, etwas Einzigartigem gemacht.
Bei seiner Mutter fühlte sich Ullrich wohl. Er liebte es, in ihren Armen gewiegt zu werden, den Duft ihrer Haare zu riechen. Meist rochen sie

nach ganz gewöhnlicher Seife oder Haarwasser mit Kräutern, das seine Mutter manchmal verwendete, aber für ihn roch es unglaublich gut. Seine Mutter hielt ihn so, wenn sie ihn abends ins Bett brachte und ihm »Schlafe mein Prinzchen« sang.

An einem Julitag hatte sie das zum letzten Mal getan. Am darauf folgenden Morgen wurde Ullrich von Stimmen unten in dem alten Bauernhaus geweckt. Er schlüpfte aus seinem Bett und ließ seine kleinen, nackten Füße in die billigen Filzpantoffeln gleiten. Als er die Treppe hinunterging, sah er drei Polizisten in Uniform und Dr. Weinrich in der Küche stehen. Ein Beamter machte Fotos. Sein Vater war unauffindbar in dem Gewirr, und seine Schwester Silke stand mit verheultem Gesicht zwischen den Beamten. Sie war vierzehn Jahre alt.

Er ging auf die Eingangstür der Küche zu um zu sehen, was passiert war. Er steuerte eine Lücke zwischen den Beamten an, die ihm den Rücken gekehrt hatten, und trat zwischen ihnen hindurch. Auf dem Boden lag seine Mutter. Um ihren Kopf sah man eine Lache geronnenes Blut. Es sah fast aus wie ein Heiligenschein, dachte sich Ullrich. Ihre Arme und Beine lagen abgespreizt vom Körper und ihr altes blauweiß geblümtes Kleid, das sie auch gestern Abend getragen hatte als sie ihn ins Bett brachte, war an der Brust mit einem hässlichen braunen Blutfleck besudelt. Auf ihrer Wange war ein großer dunkelblauer Striemen zu sehen, und aus ihrem Mund und ihrer Nase sah man dünne Rinnsale getrockneten Blutes. Der rechte Mundwinkel war aufgerissen und geschwollen und an ihrem linken Schlüsselbein hatten sich lilafarbene Flecke gebildet, genauso wie auf ihrem Hals. Auf ihrer Brust konnte man mehrere Wunden sehen. Weiß wie ein Engel lag sie da, fand Ullrich.

Seine Schwester Silke kam auf ihn zu und schob ihn durch die Küchentür hinaus. Ullrich war wie paralysiert. Er konnte den Blick nicht von der Stelle wenden, an der seine Mutter auf dem kalten Holzfußboden der Küche lag. Damals konnte er nicht begreifen, was los war. Silke nahm ihn in den Arm, um ihn zu trösten. Er hatte allerdings das Gefühl, dass sie viel mehr Trost benötigte als er und er drückte sie ganz fest an sich. Sie begann zu schluchzen. Eine ganze Weile blieben sie so stehen. Dann löste sich Silke ganz abrupt von ihrem Bruder. Sie sah ihn mit ihren verheulten Augen an und erklärte ihm, dass Mutter tot sei und dass sie von nun an alleine zurecht kommen müssten.

Er hörte es noch in seinem Kopf wie damals, als sie zu ihm sagte, sie habe ihn sehr lieb und würde auf ihn aufpassen und ihn beschützen. Sie gehörten zusammen und das könnte ihnen keiner nehmen. Sie wollte ihn damals trösten, aber er war gar nicht traurig. Er war hin- und hergerissen zwischen dem Anblick seiner toten Mutter, der ihn wie magisch anzog, und davon, seine Schwester in den Arm zu nehmen. Er riss sich schließlich von Silkes Hand los und stürmte Richtung Küchentür. Er konnte gerade noch sehen, wie die Leute vom Bestattungsinstitut seine Mutter in einen Zinksarg legten und sie abtransportierten.
An der Tür stehend beobachtete er die Szene und sagte laut: »Sie sieht aus wie ein Engel, sie ist wunderschön.«
Alle hatten ihn angestarrt. Dr. Weinrich hatte das Schweigen durchbrochen und meinte, das sei der Schock. Er löste eine Tablette in Wasser auf und reichte Ullrich das Glas mit dem Beruhigungsmittel. Es schmeckte bitter. Danach schickte Silke ihn ins Bett. Sie rief in der Schule an und entschuldigte ihn. Ullrich konnte nicht schlafen, deshalb hatte er sich leise ins Treppenhaus geschlichen. Er hatte sich auf die oberste Treppenstufe gesetzt und starrte durch die hellblau gestrichenen Stäbe des hölzernen Geländers. Aus dem Bad im oberen Stock hatte er sich die Flasche mit dem Kräuterhaarwasser seiner Mutter geholt und sie geöffnet, um den Duft einzusaugen, der ihn an seine Mutter erinnerte, während er Silke dabei beobachtete, wie sie die Blutlache vom Holzboden schrubbte.
Natürlich blieb Vater nicht verschwunden. Noch am gleichen Vormittag so gegen elf Uhr fand man ihn sturzbetrunken auf einer Bank auf dem alten Dorfplatz an dem verfallenen Brunnen sitzen. Die Polizei hatte ihn aufgegriffen und ihn mit auf die Wache genommen. Sie konnten ihn nicht befragen, denn er war kaum ansprechbar, er stammelte, lallte und randalierte. Sie machten einen Blutalkoholtest und steckten ihn in die Ausnüchterungszelle. Nach ein paar Stunden kam er zu sich und sie befragten ihn zum Tod seiner Frau. Er sagte, er habe keinerlei Erinnerung an den letzten Abend, daraufhin fuhren sie ihn nach Hause.
Dr. Weinrich war am Vormittag noch einmal vorbeigekommen, um zu sehen, wie es Silke und ihm ging. Als sie den Vater hereinführten und auf das Sofa im Wohnzimmer legten, gingen die Gefühle mit ihm durch. Der Arzt beschuldigte seinen Vater, der sich kaum auf den Bei-

nen halten konnte, seine Mutter zu Tode geprügelt zu haben. Einer der beiden Polizisten hielt ihn zurück. Dr. Weinrich ging mit hochrotem Kopf. Auch die Polizisten verabschiedeten sich. Silke machte ihm und Vater Brote und stellte sie auf den Tisch.

Vater erwachte erst am späten Nachmittag des nächsten Tages. Danach ging er ins Bad und wusch sich, zog sich frisch an und ging wieder ins Wirtshaus. In den nächsten Tagen meldete Dr. Weinrich sich bei der Polizeiwache in Nilkheim. Er verlangte, dass ein Verfahren gegen Vater wegen schwerer Körperverletzung mit Todesfolge angestrengt werden sollte. Nach Prüfung durch den Staatsanwalt hätte Vater die Tat nicht begehen können, denn es wurde noch ein Restalkohol von 1,9 Promille im Blut festgestellt. Das Verfahren wurde zum Leidwesen des Arztes nicht befürwortet, und Ullrich und seine Schwester wohnten weiter bei ihrem Vater.

Von nun an veränderte sich Silkes und sein Leben grundlegend. Anfangs versuchte Silke noch, nach außen hin die Illusion einer funktionierenden Familie aufrecht zu erhalten. Aber bereits nach einem halben Jahr begann die Fassade zu bröckeln. Und nach einem Jahr wusste ganz Biebigheim, was bei ihnen zu Hause los war, aber keiner sagte etwas, und so nahmen die Jahre ihren Lauf. Silke kümmerte sich um den Haushalt und um ihren Bruder so gut sie konnte, aber dadurch fielen ihre Leistungen in der Schule von »gut« auf »ausreichend« oder »mangelhaft« ab und es war nicht außergewöhnlich, dass sie die Versetzung gerade so schaffte.

Ullrich war seit seinem Schuleintritt in jeder Jahrgangsstufe Klassenbester, und daran änderte sich auch durch den Tod seiner Mutter nichts, obwohl es ihm zu schaffen machte, dass seine Mutter nicht mehr bei ihnen sein konnte. Sein Vater ging morgens zur Arbeit in den Stall und sobald die Arbeit auf dem Feld erledigt war, meist am frühen Nachmittag, ging er ins Wirtshaus um sich zu betrinken. Silke ging einkaufen und machte Abendbrot. Dann wuschen sie sich im Bad und gingen zu Bett. Spät nachts kam Vater betrunken nach Hause. Er ging in Silkes Zimmer. Ullrich hörte sie weinen und den Vater stöhnen. Er hasste seinen Vater für das was er Nacht für Nacht, Jahr um Jahr mit Silke tat.

Mit elf Jahren nahm er allen Mut zusammen und ging in Silkes Zimmer. Er hatte sie aufs Bett gedrückt und ihr Nachthemd bis zum Bauchnabel hochgeschoben. Er lag schwer atmend auf ihr. Silke weinte still vor sich hin. Ullrich schrie ihn an, er solle sie sofort los lassen. Er schrie, dass er es jedem den er nur finden könnte erzählen würde. Vater drehte sich um, kam mit offenem Hosenstall auf ihn zu und schlug ihm so heftig ins Gesicht, dass er durch die Tür in den Flur schwankte. Er prügelte wie wild auf ihn ein und schlug ihm mit dem Fäusten in den Magen und trat nach ihm.

Es war ein Glück, dass er das Korsett trug. Er blieb ganz still liegen, die Knie an den Körper gezogen, um sich vor weiteren Schlägen und Tritten zu schützen. Dann lies der Vater endlich von ihm ab. Jetzt zerrte er Silke an den Haaren die Treppe hinunter und schlug ihr ins Gesicht, dass ihre Lippe blutete. Er brüllte, wenn einer von den beiden etwas sagte, würde er ihnen die Kehlen durchschneiden und sich selbst auch. Silke schrie vor Angst zitternd zurück, dass das nicht das Schlechteste wäre. Mit ihren siebzehn Jahren unterschied sie sich sehr von anderen Teenagern, da der frühe Tod ihrer Mutter sie dazu gezwungen hatte, von einem auf den anderen Tag erwachsen zu werden. Der Vater packte sie grob am Arm, zerrte sie zur Haustür hinaus in den Regen und sperrte sie in den Hühnerstall ein.

So verlief das Leben der Geschwister noch fast ein Jahr lang, bis sie durch einen Polizisten, der am frühen Abend zu ihnen kam, die Nachricht erreichte, dass ihr Vater wohl betrunken in den Main gestürzt sei und tot aufgefunden worden war.

Das war eine Woche vor Silkes achtzehntem Geburtstag gewesen. Silke hatte schon seit einiger Zeit dem Sohn der Gutsbesitzerin von Giebhardt schöne Augen gemacht und eine Woche nach der Beerdigung des Vaters hatten sie blitzartig auf dem Standesamt geheiratet. Wie Silke das gemacht hatte, wusste keiner so genau, wo doch seine Mutter strikt dagegen war. Das war natürlich ein Skandal und wochenlang drehten sich die Gespräche der Biebigheimer um nichts anderes mehr.

Silke hatte Ullrich versprochen, für ihn da zu sein und für ihn zu sorgen, deshalb beantragte sie jetzt als verheiratete Frau das Sorgerecht für ihn und bekam es mit ihrem Mann zusammen auch zugesprochen. Sie waren mit Frau von Giebhardt total zerstritten, und so übernahmen sie den ziemlich heruntergewirtschafteten Hof von Silkes Eltern. Gisbert von Giebhardt bewirtschaftete den Hof mit seinem Wissen einigermaßen rentabel, sodass sie wieder in die schwarzen Zahlen kamen und gut vom Ertrag leben konnten.

Zu dieser Zeit entdeckte auch der Dorfpfarrer die außergewöhnliche schulische Begabung von Ullrich und leitete in die Wege, dass er nachträglich noch auf das Kilianeum in Miltenberg wechseln durfte. Er steuerte einen Teil der Schulgebühren bei, die sich Silke und Gisbert nicht leisten konnten, unter der Bedingung, dass er auf diese Klosterschule mit Internat ging. Silke hatte Ullrich gefragt, und mit ihm besprochen, dass wenn er sich dafür entschied, er unter der Woche im Internat bleiben müsse und nur an den Wochenenden bei ihnen sein konnte. Ullrich war das ganz recht, denn er konnte Gisbert sowieso nicht leiden. Also wechselte er auf das Internat, und schloss dort erfolgreich mit der Hochschulreife ab.
Kurz vor dem Erreichen des Abiturs fuhr Ullrich zu seiner Schwester nach Biebigheim, um dort seine Ferien zu verbringen. Sein Lieblingsort in Biebigheim, seit er ein kleiner Junge war, lag ungefähr fünfhundert Meter hinter seinem Elternhaus. Das alte Bauernhaus mit dem Fachwerk und die dunkelrot gestrichene Scheune schlossen direkt an einen Hain aus alten Eichen und Buchen an. Dort gab es eine kleine Lichtung, die mit Moos überwuchert war, mit einer verwitterten Holzbank, auf der Ullrich oft saß und las. Die Sonne warf ihre goldenen Strahlen durch ein dichtes Blätterdach und besprenkelte den Waldboden mit goldenen Flecken. Die Luft war kühl und roch erdig und würzig von den Pflanzen. Die dicken Stämme waren mit Moos bewachsen so wie die Sandsteine und Baumstümpfe die aus der Erde ragten. Die kleine Quelle, die dort entsprang, plätscherte dahin und überall blühten Buschwindröschen und reckten ihre sternförmigen, weißen Köpfchen aus dem Boden und blinzelten der Sonne entgegen.
Hier fühlte sich Ullrich wohl. Er genoss die Ruhe und die elementare Kraft, die von der Natur ausging. In den Ferien hielt er sich tagsüber, so oft er nur konnte, hier auf und ging erst zum Abendessen wieder zum Hof zurück. Umso überraschender war es für ihn, dass eines Abends eine junge, hübsche Frau vorbeispaziert kam. Normalerweise kam hier niemand vorbei, wahrscheinlich, weil ziemlich wenige dieses Fleckchen kannten. Die Fremde war klein und zierlich. Ihr rotbraunes, langes Haar hatte sie mit einem einfachen Haarband aus dunkelgrünem Samt aus ihrem Gesicht geschoben und es floss ihr in glänzenden Wellen über den Rücken wie ein Fluss aus geschmolzenem Kupfer. Sie hatte große haselnussfarbene Augen, die von einer samte-

nen, sommersprossigen Haut umspielt wurden. Ihre Figur war eher knabenhaft.
Sie kam auf ihn zu und fragte mit einem unwiderstehlichen Lächeln, das ihre Stupsnase und ihren sinnlichen, vollen Mund betonte, ob hier noch ein Platz frei wäre. Sie setzte sich, ohne die Antwort abzuwarten, neben ihn und begann ihrerseits, in einem Buch zu lesen. Sie verbrachten die nächsten zwei Stunden in einträchtigem Schweigen in ihre Bücher vertieft. Dann musste Ullrich zum Abendessen. Er sagte, er müsse jetzt gehen und wünschte der jungen Frau einen schönen Abend. Sie fragte, ob er öfter hier sei, worauf er antwortete, dass er die nächsten drei Wochen täglich hier wäre. Sie meinte, dass man sich ja zum gemeinsamen Lesen hier treffen könnte, und er stimmte gerne zu.
Die beiden trafen sich oft an der Stelle im Wäldchen. Sie redeten über Literatur, darüber, dass Marie-Luise vor drei Monaten mit ihren Eltern hierher in das Haus ihrer verstorbenen Oma gezogen war, dass sie im Herbst Grundschullehramt studieren werde, und so weiter. Sie verstanden sich blendend und eines Abends als sie sich verabschiedeten hauchte Ullrich ihr einen Kuss auf den Mund. Sie verliebten sich ineinander und Marie-Luise glaubte daran, dass sie und Ullrich irgendwann einmal heiraten würden. Eine Liebelei unter Jugendlichen.
In den Ferien bekam Ullrich sein Korsett abgenommen und die Untersuchungen ergaben, dass er sich von nun an ohne jedes Hilfsmittel bewegen konnte, da seine Wirbelsäule sich begradigt hatte. Nach drei Wochen nahm er Abschied von Marie-Luise, aber sie tauschten Adressen und versprachen, sich jede Woche einmal zu schreiben. In den nächsten Ferien wollten sie sich wieder im Wäldchen treffen.
Noch vor den nächsten Ferien kam bei Marie-Luise ein Brief von Ullrich an. Darin teilte er ihr mit, dass er sich dafür entschieden habe, nach seinem Abitur nach Würzburg zu gehen und am Lehrstuhl für Theologie zu studieren. Er machte sich die Entscheidung nicht leicht, aber er war religiös erzogen worden und glaubte an Gott aus tiefstem Herzen. Er hatte sich für ein Leben als Priester und gegen eine Zukunft mit Marie-Luise entschieden. Sie weinte wochenlang und schrieb ihm seitenlange Briefe, worin sie ihn bat, alles noch einmal zu überdenken. Irgendwann fand sie sich damit ab und der Kontakt riss in den folgenden Wochen ab.
Ullrich hatte seine Hochschulreife mit Auszeichnung bestanden und

wechselte im Herbst an die Universität in Würzburg. Diese Zeit war die schönste und unbeschwerteste seines Lebens. Endlich konnte er, losgelöst von allen äußeren Umständen, frei über sein Leben bestimmen und er tat etwas, das ihm Freude machte. Es gab für ihn nichts Befriedigenderes als Theologie zu studieren, er erfüllte sich damit einen Traum. Das Leben im Priesterseminar brachte ihm die Ruhe und Besinnlichkeit, die er sich schon als Kind so sehr gewünscht hatte, und die er zuletzt empfunden hatte, als seine Mutter ihn in den Armen gewiegt hatte. Er besuchte oft das Würzburger Theater oder Lesungen von Dichtern. Seine Liebe zum Theater und zur Literatur hatte sich schon in früher Kindheit gezeigt und jetzt durften sie sich Bahn brechen, und er konnte sie in größtem Maße genießen.
Ullrich Siebrecht wurde sich darüber bewusst, dass er in der Kirche von Biebigheim am Ambo stand und die Hände über der goldenen Schale mit Hostien und einem goldenen Kelch mit Wein hielt. Er sprach mit statischer Stimme die Formel für die Wandlung. Er erschrak über sich selbst, und über das Abgleiten seiner Gedanken in die Vergangenheit. Eigentlich sollte er als Priester in einem Moment, in dem er Gott so nah war wie bei der Wandlung, nicht mit den Gedanken abdriften in einen Tagtraum wie diesen.
Er schaute verlegen in die Gesichter von Biebigheimern, die er schon aus seiner Kindheit kannte. Er fuhr mit seinem Sonntagmorgengottesdienst fort, aber an diesem Sonntag weilten seine Gedanken, wie so oft in letzter Zeit, mehr in der Vergangenheit als in der Gegenwart.

- 5 -

Montag, 27. Juli, 0.15 Uhr

Kastner und Dreitt machten sich auf den Weg in die Garderoben des Stadttheaters Aschaffenburg. Kastner nahm die erstbeste Tür, klopfte kurz an und ging mit energischem Schritt hinein. Es war die Garderobe von Markus Bardusch. Bardusch war ein hoch gewachsener, schlanker und gut aussehender Mann Ende zwanzig. Er hätte mit seinem Gesicht und der fabelhaften Figur durchaus ein Modell für Michelangelos David sein können. Er hatte blonde Haare, und um seine Mundwinkel spielte immer ein schelmisches Lächeln.

Dreitt stellte sich vor und zeigte seinen Dienstausweis. Kastner begann mit der Befragung.

»Wir sind hier, weil wir im Fall Pratczek ermitteln. Was wissen Sie über ihn?«

»Nun, er war ein Kollege von mir und spielte mit mir in der Dreigroschenoper.«

»Was war Pratczek für ein Mensch? Kannten Sie ihn gut?«

»Ich kannte ihn nur von der Bühne. Was er privat gemacht hat, davon habe ich keine Ahnung. Er war ein guter Schauspieler, allerdings war er auch sehr von sich überzeugt.«

»Wie meinen Sie das?«

»Wenn alles nach seinem Kopf ging, dann war er zufrieden. Aber wenn nicht, konnte er ziemlich unbequem werden. Zum Beispiel hatte ein Kostümschneider ihm ein Jackett nach der Figurine, die der Regisseur abgesegnet hatte, geschneidert. Als er es zum ersten Mal anprobiert hat, fand er, er sähe darin zu fett aus und so. Es wäre einfach die Schuld des Schneiders, der es in einem für ihn ungünstigen Schnittmuster ausgeführt hätte. Das stimmte so nicht. Er sah gut darin aus. Er schlug solange Krach, bis der Regisseur es abändern ließ, weil sonst mit ihm kein Arbeiten war.«

»Würden Sie sagen, er war eine schwierige Persönlichkeit?«

»Er war nicht sehr beliebt bei den anderen. Durch solche Ausbrüche hat er sich mehr als einen Feind gemacht. Er war nicht der aalglatte

Saubermann, den er in der Presse darstellte.«
»War er heute vor oder während der Aufführung anders als sonst? Ist Ihnen irgendetwas Außergewöhnliches aufgefallen?«
»Nicht dass ich wüsste. Vor der Vorstellung war alles wie sonst und die Aufführung lief ganz normal, also keine Pannen oder sonstwas, meine ich. Soweit ich weiß, war auch Pratczek ganz normal. Ich kann das nicht so beurteilen, weil er vor der Vorstellung immer allein in seiner Garderobe saß. Ich teile mir meine Garderobe mit einem Kollegen, wie die meisten hier. Pratczek ging meist als Erster in die Maske und wollte danach nicht mehr gestört werden. Wahrscheinlich bereitete er sich auf die Aufführung vor. Erst kurz vor Vorstellungsbeginn betrat er den Seitenraum der Bühne.«
»Gab es auch jemanden, mit dem er sich hier gut verstand?«
»Ja, die Zeller, eine recht junge Kollegin. Sie ist erst seit dieser Spielsaison hier. Ein nettes Ding. Vielleicht war er zu ihr freundlicher, weil sie jung und hübsch war. Mit Frauen konnte er ja besonders gut. Fast jeden Abend hat ihn eine andere vor seiner Garderobe abgeholt. Ich verstand nie, was sie an dem finden.«
»Ist diese Frau Zeller hier?«
»Vorhin war sie noch da. Am besten, Sie schauen mal in ihrer Garderobe nach, die ist gleich nebenan.« Markus Bardusch zeigte auf die Tür rechts neben seiner, und man sah ihm an, dass er froh war, dass die beiden Kommissare abzogen.
»Wir danken Ihnen für Ihre Mithilfe. Bitte halten Sie sich zur Verfügung, falls wir noch weitere Fragen an Sie haben. Einen schönen Abend noch.«
Sie gingen durch die Tür hinaus in den Flur. Dann klopften sie an der Garderobe von Sina Zeller. Ein leises ›Ja‹ war zu hören und sie traten ein.
»Guten Abend, mein Name ist Kastner und das ist mein Kollege Herr Dreitt. Wir sind von der Polizei und ermitteln im Todesfall Pratczek. Wir hätten ein paar Fragen an Sie.«
»Selbstverständlich, wie kann ich Ihnen weiterhelfen?« Sina Zeller saß mit angezogenen Beinen auf ihrem Stuhl und wandte ihren Blick vom Spiegel zur Tür. Sie wirkte wie ein verängstigtes Kind.
»Kannten Sie Pratczek gut?«
»Gut wäre zu viel gesagt. Wir haben uns öfter nach den Proben im

Café gegenüber getroffen und haben meine Rolle einstudiert. Wissen Sie, ich bin neu hier am Theater. Frisch von der Schauspielschule. Da ist es das reinste Glück, wenn man an einem Theater wie hier eine Anstellung findet. Ich wollte meine Sache unbedingt gut machen, und deshalb war ich froh, dass mir Pierre, ich meine Herr Pratczek, ein bisschen geholfen hat. Er war schon über zehn Jahre hier am Theater und viele Besucher kamen mittlerweile nur wegen ihm in die Vorstellung. Er kannte den Intendanten sehr gut und konnte mir bei der Interpretation der Rolle weiterhelfen.«

»Sie wissen ja, dass Pratczek bei den Frauen enorm gut ankam. Wie war das denn bei Ihnen? Trafen Sie sich auch über das Rollenstudium hinaus öfter?«

»Nein, wir haben uns nur aus beruflichen Gründen getroffen. Privat kannte ich ihn nicht sehr gut.«

»Offenbar aber gut genug, um ihn zu duzen.«

»Hören Sie, wir duzen uns im Ensemble alle. Das gehört zur guten Stimmung untereinander. Pierre Pratczek und ich trafen uns aus rein beruflichen Gründen und mehr nicht. Ich habe eine intakte, glückliche Beziehung mit meinem Freund und hatte diesbezüglich keinerlei Interesse an Herrn Pratczek.«

»Sie erwähnten vorhin, dass sich der Intendant und Herr Pratczek schon lange kannten. Hatten sie ein freundschaftliches Verhältnis zueinander?«

»Ich denke schon, aber so ganz sicher bin ich mir dabei nicht.«

»Inwiefern sind Sie sich nicht sicher?«

»Bei den Proben und auch vor der Premiere waren sie locker und freundschaftlich im Umgang miteinander, aber am Tag nach der Premiere waren sie beide komisch. Sie gingen sich aus dem Weg, redeten kaum. Ich sprach Pierre vor einer Vorstellung darauf an. Erst war er ziemlich abweisend und sagte, ich hätte vor der Vorstellung nichts in seiner Garderobe zu suchen. Er wolle sich vorbereiten und ich würde ihn stören. Ich ließ nicht locker und er erzählte mir kurz und knapp, dass er und Vivon nach der Premierenfeier einen Streit gehabt hätten, und dass er mit dem Gedanken spiele, sich ein anderes Engagement zu suchen. Mehr hat er nicht gesagt. Aber ich glaube gespürt zu haben, dass er erleichtert war, mit jemandem darüber zu reden.«

»Wissen Sie, worum es bei diesem Streit ging?«

»Nein, das weiß ich nicht. Ich bin so gegen ein Uhr gegangen, da waren sie noch zusammen im ›Falstaff‹, wo die Premierenfeier stattfand. Von dem Streit selbst habe ich nichts mitbekommen. Er hat es nie wieder erwähnt.«
»War er vor der heutigen Vorstellung irgendwie anders, oder haben Sie etwas Außergewöhnliches bemerkt?«
»Nein, ich habe ihn erst kurz bevor der Vorhang aufging gesehen, und da haben wir nicht miteinander geredet. Ansonsten war alles wie immer. Er war der Erste in der Maske und hatte sich dann wohl in seine Garderobe zurückgezogen.«
»Ist Ihnen an den anderen etwas aufgefallen? War etwas anders als sonst?«
»Nein, nicht dass ich wüsste.«
»Ich bedanke mich vorerst bei Ihnen. Wenn wir noch Fragen haben, kommen wir auf Sie zurück. Guten Abend.«
Dreitt ging voran. Im Flur bemerkte er mit einem Grinsen: »Da hast du dich aber mächtig ins Zeug gelegt. Die Kleine ist wohl ganz deine Kragenweite, wie?«
»Lass das«, schnauzte ihn Kastner an, »nach sowas ist mir jetzt nicht zu Mute.«
Den Rest des Weges legten Leonard und Michael schweigend zurück. Die Maskenbildnerin konnte ihnen wenig Neues berichten, außer dass Pratczek ein Ekel war, und dass sie an dem Abend nichts Besonderes bemerkt hätte. Etwas war ihr jedoch noch eingefallen. Ab dem Abend nach der Premiere hatte Pratczek darauf insistiert, dass jedes Fältchen und jedes graue Härchen sofort unsichtbar gemacht wurde. Sie musste drei oder vier Schichten Make-up auftragen, bis es ihm recht war. Auch die Haare schien er sich zu färben. Er sagte, er wolle unbedingt wie dreißig wirken. Das fand sie schon etwas komisch, aber Pratczek war schon immer sehr eitel gewesen, und nach dem, was sie schon mit ihm erlebt hatte, wunderte sie nichts mehr.
Die Kommissare bedankten sich bei ihr und machten sich auf den Weg zu den Technikern. Sie nahmen den Fahrstuhl im Hintergrund der Bühne. Sie hätten die Werkstätten auch über die Zuschauerränge erreichen können, aber in Anbetracht dessen, dass es eine sehr lange Nacht werden würde, hatten sie sich für den bequemeren Weg entschieden.

»Der Pratczek war schon ein komischer Typ. Ich kann mir nicht vorstellen, dass der mit der Zeller nichts gehabt hat, bei seinem Frauenverschleiß. Vielleicht war sie ja eifersüchtig auf die anderen Weiber.«
Leonard blieb ihm eine Antwort schuldig.
»Ich möchte gerne wissen, um was es in dem Streit mit Vivon ging. Ich werde nachher nochmal zu ihm gehen, denke ich.«
Leonard trottete immer noch schweigend neben ihm her.
»Sag mal, redest du jetzt nicht mehr mit mir? Du bist doch nicht etwa wegen der Bemerkung von vorhin beleidigt?«
»Nein, ich denke nur über diesen Pratczek nach. Irgendwie scheint das alles nicht wirklich zusammenzupassen. Jeder sagt, er war ein Ekel, nur die Zeller meint, er war ganz in Ordnung. Der Einzige, mit dem er sich sonst noch zu verstehen scheint, ist Vivon, mit dem er sich anscheinend vor kurzer Zeit überworfen hat. Niemand weiß etwas Privates über ihn. Ich finde das merkwürdig, dass jemand, der sich in der Öffentlichkeit so zur Schau stellt, sich andererseits so zurückzieht.«
»Stimmt, das passt nicht wirklich zusammen. Vielleicht erfahren wir ja bei den Bühnentechnikern mehr, oder bei Vivon.«
Sie benutzten wieder den Fahrstuhl, denn die Theaterwerkstatt und die Technik befanden sich im ersten und zweiten Stock hinter der Bühne. Dort angekommen, fragten sie nach dem leitenden Bühnenbildner. Nach fünf Minuten standen sie einer robusten Frau Mitte vierzig gegenüber.
»Ein leitender Bühnenbildner ist leider nicht im Haus. Aber es gibt die Mitarbeiter der Theaterwerkstatt. Eigene Bühnenbilder bauen wir hier nicht mehr. Die Ensembles bringen die Bühnenausstattung mit. Nur wenn etwas kaputt geht, wird es hier repariert. Wenn Sie morgen wiederkommen wollen...«
»Es geht nur um eine Auskunft darüber, wie der Mechanismus des Galgens funktioniert hat. Ist denn niemand da, der noch darüber Bescheid weiß?«
»Da müssten Sie den Intendanten Leiter fragen. Der kann Ihnen sicher weiterhelfen.«
»Vielen Dank.«
»Dann statten wir doch Herrn Vivon noch einen kleinen Besuch ab«, sagte Dreitt, und sie machten sich auf den Weg durch den Flur zu den

Garderoben im oberen Stockwerk, wo auch das Büro lag. Dort trafen sie Jaques Vivon an. Er hatte sich einen Bourbon eingegossen.
»Herr Vivon, wir hätten noch ein paar Fragen an Sie, die den Abend der Premiere betreffen.«
»Setzen Sie sich doch. Möchten Sie auch einen?« Jaques Vivon bot ihnen ein Glas Bourbon an. Kastner lehnte ab.
Dreitt begann: »Herr Vivon, Frau Zeller hat uns berichtet, dass Sie mit Herrn Pratczek über einen Streit nach der Premierenfeier zwischen Ihnen gesprochen hat. Gab es diesen Streit?«
»Ja, wir hatten eine Meinungsverschiedenheit, das stimmt.«
»Kennen Sie und Herr Pratczek sich schon lange?«
»Ja, wir kennen uns, seitdem ich vor zehn Jahren zum Intendanten dieses Theaters ernannt wurde. Wir hatten ein freundschaftliches Verhältnis zueinander.«
»Worum ging es in dem Streit, Herr Vivon?«
»Ich musste Pierre leider mitteilen, dass ich ihn nächste Saison nicht mehr mit der Hauptrolle besetzen kann, weil er langsam zu alt wird. Das wollte er nicht wahrhaben. Ich sagte ihm, dass die Hauptrolle in der nächsten Spielsaison an Bardusch gehen wird. Er ist jung, talentiert und gut aussehend. Wir müssen uns an dem orientieren, was die Leute sehen wollen. Und im Moment wollen sie genau das.«
»Was hat Pratczek zu Ihnen gesagt, als er das erfuhr?«
»Er tobte geradezu. Er beschimpfte mich, ich hätte keine Ahnung von Theater, und dass die Leute doch nur wegen ihm kämen. Er sagte, er würde sich ein anderes Engagement suchen und mich finanziell ruinieren. Er meinte, er wolle damit an die Presse gehen und ich würde meine Entscheidung bereuen, genauso wie dieser dahergelaufene Nichtskönner Bardusch. Das waren seine Worte.«
»War es nicht so, dass Pratczek wirklich einen festen Stamm von Bewunderern hatte, die extra wegen ihm kamen?«
»Das stimmt zwar, aber die jungen Leute wollen dynamisches, modernes Theater sehen. Da kann ich ihn nicht mehr mit der Hauptrolle besetzen. Ich hatte ihm eine Nebenrolle angeboten. Ein Theater ist auch ein wirtschaftliches Unternehmen, wissen Sie. Wir müssen mit der Zeit gehen.«
»Was war Pratczek für ein Mensch?«
»Er war sehr besonnen, ernst und sehr klug. Er ging oft mit verschie-

denen Frauen aus, um immer ein Thema in der Presse zu sein. Er dachte, wenn über ihn geschrieben würde, würde man ihn nicht vergessen. Ich glaube, er hatte unglaubliche Angst davor, einmal vergessen zu werden. Mit dem eigentlichen Pierre Pratczek hatte das nichts zu tun. Er war eher zurückhaltend und wollte seine Ruhe haben.«
Dreitt wandte sich zum Gehen. Er hielt inne und drehte sich noch einmal zu Vivon um.
»Wie kommt es, dass ich den Eindruck habe, Sie wissen mehr, als Sie zugeben wollen?«
»Ich habe keine Ahnung, wovon Sie sprechen. Ich habe alles gesagt, was ich weiß. Und jetzt wäre ich Ihnen dankbar, wenn ich weiter arbeiten dürfte. Ich habe morgen sehr früh einen Termin mit der Presse.«
Vivons Stimme klang spröde und kalt.
»Danke, Herr Vivon. Wäre es möglich, morgen das ganze Ensemble und die Komparsen zu befragen und einen Blick in Pratczeks Garderobe zu werfen?«
»Ich denke, da dürfte es kein Problem geben, Herr Kommissar. Ich werde alle für morgen Nachmittag bestellen, ist Ihnen das recht?«
»In Ordnung, unsere Kollegen sind so gegen drei Uhr da.«
Dreitt und Kastner gingen, während sich Vivon noch einen Bourbon eingoss.

Montag, 27. Juli, 15.20 Uhr

Am nächsten Tag trafen um zwanzig nach drei die Kollegen von Dreitt und Kastner im Stadttheater Aschaffenburg ein. Das gesamte Ensemble, die Musiker, die Techniker und die Assistenten wurden befragt. Leider ohne Ergebnis. Niemand hatte etwas Besonderes bemerkt. Die Kommissare trafen im Theater um vier Uhr ein und erkundigten sich nach dem Stand der Dinge. Sie machten sich auf den Weg in die Garderobe von Pierre Pratzcek.
Kastner betrat zuerst den kleinen, fensterlosen Raum. Gegenüber der Tür befand sich ein runder Spiegel von etwa einem Meter Durchmesser, der an einer Holzverkleidung der Wand befestigt war. Rechts und links daneben waren untereinander je drei Glühbirnen angebracht, die das notwendige Licht verströmten. Davor stand ein rechteckiger

Holztisch mit Metallfüßen, wie in den anderen Garderoben auch. Auf dem Tisch lag jede Menge Krimskrams. Requisiten aus dem Stück, ein Styroporkopf, der als Halter für Perücken diente, momentan aber leer war. Manschettenknöpfe aus Silber, Haargel und Haarspray, Puder, ein Kamm und das Textbuch für die Dreigroschenoper. Ein paar Notenblätter lagen seitlich auf einem kleinen Beistelltisch. Dort standen auch ein alter Sessel im Stil der Fünfziger und eine Karaffe mit Rotwein, wie Dreitt mit einem Geruchstest feststellte. Neben der Tür an der anderen Wand standen auf dem Boden acht verschieden große Vasen mit frischen Blumen darin. An allen steckten Karten und auch auf dem Boden verstreut lagen noch Grußkarten. Dreitt hob einige auf und las sie. Sie enthielten alle ausnahmslos Bewunderungen, Einladungen zum Essen oder Danksagungen für schöne Abende.
»Wenn du so auf Frauen stehen würdest und immer bewundert werden wolltest, würdest du die Blumen mit den Karten so achtlos in die Ecke auf den Boden stellen?«, meinte Michael.
»Das ist schon etwas seltsam, da muss ich dir recht geben.«
Der kleine Beistelltisch hatte eine Schublade. Leonard Kastner zog sie auf. Darin waren Briefe. Scheinbar von einer von Pratczeks Bekanntschaften.
»Sie bedankt sich für den schönen Abend und fragt, wann sie sich wieder treffen und miteinander ausgehen. Und dass sie ihn liebt«, las Leonard vor.
»Armes Ding! Ob sie wusste, dass er jede Menge anderer Frauen hatte, die ihm dasselbe geschrieben haben?«
»Glaub ich nicht», antwortete er kurz.
In der Ecke befand sich noch ein kleiner Hocker aus Holz, ansonsten war das Zimmer leer. Leonard Kastner hielt das Päckchen mit Briefen noch in der Hand. Als er es auf den Tisch legte, bemerkte er, dass die Ecke eines Fotos zwischen den Umschlägen herausgerutscht war. Leonard zog mit spitzen Fingern das Bild heraus. Wie gebannt starrte er auf das, was darauf zu sehen war. Michael kam näher und spähte über seine Schulter.
Ungläubig entfuhr ihm: »Das glaub ich jetzt nicht. Die beiden Herren kenne ich doch.«
Das Bild zeigte Jaques Vivon und Pierre Pratczek Arm in Arm. Dem Bildhintergrund nach bei einer Reise nach Rom, denn man konnte

eindeutig Teile des Trevi-Brunnens erkennen. Das Bild musste schon einige Jahre alt sein, denn beide hatten kaum graue Strähnen und die Mode deutete auf Anfang der neunziger Jahre hin.
»Das ist wirklich interessant, die Beziehung zwischen den beiden scheint wohl alles andere als geschäftlich gewesen zu sein.«
»Wir werden noch einmal mit Vivon reden müssen, unter anderem darüber, worum es in diesem Streit noch ging. Die Sache mit der Rolle nehm ich ihm nicht ab. Das ist bis jetzt der einzige Hinweis, der handfest ist, also werden wir dem nachgehen. Die Leute von der Spurensicherung waren gestern noch in Pratczeks kleinem Appartement in der Stadt. Auch dort: Fehlanzeige. Nichts, was irgendwie auf seinen Tod hinweist«, sagte Michael Dreitt.
Sie machten sich auf den Weg in Vivons Büro.
»Guten Tag Herr Kastner und Herr Dreitt.« Der Intendant begrüßte sie in seiner gekünstelt höflichen Art. »Wie ich hörte, haben Sie sich Herrn Pratczeks Garderobe bereits näher angesehen.«
»Zumindest funktionieren die Buschtrommeln hier vorzüglich», meinte Dreitt spitz, der mit der Art des Intendanten nicht gut konnte.
»Haben Sie schon Hinweise finden können, was es mit Pratczeks Tod auf sich hat?«
»Nein, leider noch nichts Handfestes, weshalb wir noch einmal zu Ihnen gekommen sind, Herr Vivon. Wir hätten noch ein paar Fragen an Sie.«
»Ja gerne, fragen Sie ruhig.«
»Herr Vivon, wie genau funktionierte der Mechanismus, der den Strick stoppte, wenn Mackie Messer gehängt wurde?«
»Das war eine äußerst knifflige Angelegenheit, die sich der Bühnenbildner mit mir zusammen ausgedacht hat. Es war nicht leicht, es so echt wie möglich wirken zu lassen. An der Galgenkonstruktion waren an der Rückseite, für den Zuschauer unsichtbar, Metallösen angebracht, die den Strick aus dem Boden des Podestes, auf dem Pierre stand, den ganzen Galgen entlang bis zur äußersten Ecke des Querbalkens führte. Das war aber lediglich eine Attrappe, die das ganze Konstrukt echt wirken lassen sollte. Pierre sollte an dem Strick ›hängen‹, der von unten heraufkam. Die Schlinge baumelte herunter, so dass er seinen Kopf hineinstecken konnte. Wenn unten im Podest die Klappe aufging, fiel Pierre ungefähr zwanzig Zentimeter nach unten

und kam dann auf einer Plattform sicher zum Stehen. Der Strick hatte genau diese Länge, plus die dreiundzwanzig Zentimeter, die nach dem Öffnen der Klappe benötigt wurden.
Sie müssen sich das so vorstellen. Der Strick ist vier Meter siebenundsechzig lang. Wenn Pierre auf der geschlossenen Klappe stand, benötigte er eine Stricklänge von vier Meter vierundvierzig. Die restlichen dreiundzwanzig Zentimeter Strick verschwinden im Loch des Podestes. Ging die Klappe dann auf, zog sich der Strick nach oben und war exakt so lang, dass Pierre bequem auf der Plattform stehen konnte und lediglich leicht den Kopf nach oben anheben musste, während der Strick leicht auf Zug war. So konnte er im Stehen noch gut das Sterben spielen. Der Strick hatte am Ende eine feste Holzscheibe, die mit dem Strickende durch Schnur und durch ein stark klebendes Harz verbunden war. Da konnte eigentlich nichts passieren. Wäre die Scheibe einmal abgegangen, so wäre der Strick eben nicht gestoppt worden und er hätte lose davon gehangen.«*
»Wie kamen Sie darauf, das Stück so zu inszenieren, dass Mackie Messer am Ende gehängt wird? Ich habe mir sagen lassen, da gibt es durchaus andere Interpretationsmöglichkeiten«, hakte Dreitt nach.
»Die Leute wollen Tote sehen, das ist der Grund. Heutzutage verkaufen sich Tod, Sex, Intrigen und Komik gut. Ich sagte Ihnen bereits, dass wir unter anderem auch ein wirtschaftliches Unternehmen sind.«
»Ach ja, bevor ich es vergesse«, begann Kastner, »wir haben in der Garderobe von Pratczek etwas Interessantes gefunden, das Sie uns bestimmt genauer erklären können.«
Kastner zog das Foto aus der Innentasche seiner Jacke und reichte es Jaques Vivon. Er nahm es in die Hand und betrachtete es.
»Wo haben Sie das her?«
»Es steckte in einem Stapel Liebesbriefe von diversen Damen. Was hat es damit auf sich? Dieses Bild zeigt eindeutig Sie und den Toten.«
»Es hat nichts zu bedeuten. Das ist lange her und spielt heute keine Rolle mehr.«
Kastner setzte sich auf den Stuhl am Schreibtisch, dem Intendanten direkt gegenüber.
»Gestern Abend in der Vorstellung ist ein Schauspieler auf grausame

---

* *siehe Skizze im Anhang.*

Weise ermordet worden, und nun finden wir ein Foto, das Sie und ihn in einer eindeutigen Pose zeigt. Und Sie wollen mir ernsthaft erklären, es hätte nichts zu bedeuten? Ich denke, es wäre besser, wenn Sie uns die Wahrheit darüber sagten, denn wenn wir sie selbst herausfinden – und das werden wir, darauf können Sie sich verlassen – dann, fürchte ich, sieht es ganz und gar nicht gut für Sie aus.«

Dreitt hatte sich an der Tür im Hintergrund gehalten. Sie spielten wieder einmal »Guter Bulle, böser Bulle«. Jetzt war er an der Reihe.

»Herr Vivon, Sie werden sicherlich verstehen, dass dieses Foto Sie nicht gerade entlastet. Vielmehr verschafft es Ihnen ein Motiv für einen Mord, wenn Sie es unkommentiert so stehen lassen. Wollen Sie uns nicht doch erklären, was damals mit Ihnen und Pratczek gewesen ist?«

Vivon wechselte die Gesichtsfarbe von rot zu leichenblass. Er wirkte wehmütig und zerknirscht, irgendwie sehr verletzt und enttäuscht. Zäh und stockend begann der Intendant zu sprechen.

»Das Foto, das Sie gefunden haben, wurde 1989 in Rom aufgenommen. Pierre und ich kannten uns damals noch nicht lange. Ich wollte den Kopf frei kriegen und bin nach einem Rauswurf an einem anderen Theater überstürzt nach Rom geflogen. Ich brauchte eine Auszeit, um mein Leben neu zu ordnen. Pierre hatte damals ein Engagement als Travestie-Sänger für den Sommer. Er trat in meinem Hotel auf. Er fand kein anständiges Engagement zu diesem Zeitpunkt. Wir lernten uns kennen und es wurde schnell eine Liebelei daraus. Damals wusste niemand, dass wir zusammen waren, und heute weiß es noch immer niemand. Ich bitte Sie darum, Diskretion zu wahren, es geht hier um meine Zukunft und um meinen Ruf.«

»Bitte fahren Sie fort«, meinte Dreitt kurz angebunden.

»Kurze Zeit danach bekam ich das Angebot, hier in Aschaffenburg die Stelle des Intendanten zu besetzen. Natürlich nahm ich an. Ich war damals sehr verliebt in Pierre und holte ihn aus Rom hierher zu mir und bot ihm die männliche Hauptrolle an. Seitdem arbeitete er hier im Theater.« Der Redefluss des Herrn Vivon brach abrupt ab.

Kastner hatte die ganze Zeit angestrengt zugehört. Ihm ging etwas im Kopf herum.

»Wie lange dauerte die Beziehung mit Pratczek?«

Vivon zog sich immer mehr in sich zurück und sein Blick schweifte ab, als ob er in der Ferne seine Erinnerungen an diese Zeit projiziert sehen würde.

»Verstehen Sie mich nicht falsch, als Beziehung kann man es nicht bezeichnen. Wir hatten eine kleine, schmutzige Affäre, die fast drei Jahre dauerte.«

Seine Stimme überschlug sich und einen Moment lang glaubte Kastner, dass er etwas wie Wahnsinn in seinen Augen aufblitzen sah. In völlig ruhigem Ton fuhr Vivon fort.

»Ich hatte mich damals sehr in Pierre verliebt, aber als wir uns täglich im Theater sahen, verflog dieser Gemütszustand sehr rasch und machte einer Art Gewohnheit Platz, die sich auf Quickes in der Garderobe oder hier im Büro beschränkte. Er hatte sich das Image als Frauenschwarm aufgebaut und war nach den Vorstellungen meist restlos ausgebucht. Irgendwann wurden auch die sexuellen Kontakte immer unregelmäßiger und rissen schließlich ganz ab.«

Dreitt schaltete sich ein: »Das muss sehr hart für Sie gewesen sein, nach dem, was Pratczek Ihnen alles zu verdanken hatte. Waren Sie danach nie eifersüchtig auf die Frauen?«

»Was ist das denn für eine blöde Frage? Natürlich! Und ich bin es bis zum letzten Tag gewesen. Ich wusste, dass er seit einiger Zeit jemand anderen hatte. Vermutlich jemanden, der vom Alter her besser zu ihm passte als ich. Es hat mich fast verrückt gemacht!«

Wieder dieses Augenfunkeln. Kastner erschauerte.

»Aber Ihre Affäre mit ihm war doch längst vorbei.«

»Ich habe nie aufgehört ihn zu lieben, nie. Ich hatte ihm vor der Premiere gestanden, dass ich ihn noch liebe. Er hat gelacht und gesagt, das wäre Schnee von gestern. Ich hatte ihm mitgeteilt, dass er nächste Saison nicht mehr mit der Hauptrolle besetzt wird. Dann ist er völlig ausgeflippt und hat behauptet, dass ich mich an ihm rächen wollte, weil er mich abblitzen lies. Das stimmt nicht. Wirklich! Ich wollte ihm die Premiere nicht versauen, aber irgendwann musste ich es ihm ja sagen. Also habe ich beschlossen, es möglichst bald zu tun. Er hat mich als alten, verrückten Mann beschimpft und mich stehen gelassen.«

»War das nicht hart für Sie, so abgelehnt zu werden?«

»Nein, ich habe damit gerechnet. Ich war Pierre, seitdem er bekannt geworden war, eben nicht mehr gut genug. Das habe ich gewusst, deshalb hat es mich auch nicht überrascht.«

»Dann bedanken wir uns einmal mehr bei Ihnen, Herr Vivon, einen schönen Tag noch.«

Sie gingen. Leonard Kastner und Michael Dreitt waren im Foyer des Theaters angekommen. Sie sahen, wie sich das Reinigungspersonal an die Arbeit machte.
Kastner ging zu einer der vier Putzfrauen hinüber und zeigte seinen Ausweis vor.
»Wir sind von der örtlichen Polizei. Leonard Kastner ist mein Name. Wir ermitteln im Todesfall Pratczek, Sie haben sicher schon davon gehört. Dürfen wir Ihnen ein paar Fragen stellen?«
»Wenn es schnell geht. Ich habe schließlich nicht den ganzen Tag Zeit.«
»Kannten Sie Pierre Pratczek?«
»Nee, die Putzfrauen hier haben doch mit den Herrn und Damen vom Theater nichts zu tun. Ich treffe höchstens mal jemanden von den Bühnenbildnern oder den Intendanten, der uns rein lässt. Die da oben kenn' ich nicht.« Sie deutete die Treppe hinauf zum Theatersaal.
»Ist Ihnen irgendetwas aufgefallen, das anders war als sonst?«
»Ich weiß zwar nicht, ob es wichtig ist, aber im Theatersaal, da waren am Morgen vor der Aufführung Stühle verstellt. Wissen Sie, ich muss dort staubsaugen, deshalb weiß ich das. Das passiert zwar öfter, dass die Stühle in der letzten Reihe, die man für Rollstuhlfahrer auch hinausstellen kann, ab und zu ein bisschen anders stehen, aber so komisch hab ich die Stühle noch nie gesehen. Das war schon merkwürdig.«
»Wie standen denn die Stühle da?«
»Na ja, gerade so, als ob sich jemand ein Bett gebaut hätte. Der eine stand mit der Lehne nach rechts, der andere nach links und mittendrin stand noch einer. Da war es wohl jemandem in der Vorstellung mächtig langweilig, wenn er sich hinlegen musste!« Die Putzfrau fand die Vorstellung sichtlich amüsant. »Das ist alles, was ich weiß, kann ich jetzt weiterarbeiten?«
»Ja, danke. Sie haben uns sehr weitergeholfen.«
Sie fuhren zum Revier. Kastner war dabei so in Gedanken versunken, dass er den Dalberg auf der falschen Seite hinunter fuhr und sie vor dem Kreisel am Freihof im Rückstau stecken blieben, den anscheinend vor allem die gerade abfahrenden Stadtbusse verursachten. Im Büro angekommen, machten sie sich erst mal einen starken Kaffee. Die beiden waren etwas ganz Besonderes auf ihrer Etage. Es waren die einzi-

gen Kommissare, die in ihrem Büro eine eigene Kaffeemaschine hatten. Die hatten sie sich besorgt, weil sie sich einig waren, dass das Zeug aus dem Automat niemand trinken sollte, der noch an seiner Magenschleimhaut hing.

Ein Kollege kam herein mit einem Stapel Akten auf dem Arm. Er legte zwei blaue Papphefter auf den Tisch.

»Hier! Der Bericht vom kriminaltechnischen Institut und der von der Gerichtsmedizin.«

Dreitt schnappte sich den Hefter von Dr. Spielmann, also blieb Kastner nur der Bericht der Spurensicherung. Beide lasen.

Leonard durchbrach als Erster das Schweigen: »Es war Mord«, bemerkte er trocken.

»Was haben sie festgestellt?« Michael sah nicht von seinem Bericht auf, als er fragte.

»Dass der Strick um zwanzig Zentimeter gekürzt wurde. Die Holzscheibe wurde anscheinend gelöst und um zwanzig Zentimeter nach oben verschoben und wieder mit Sisalfäden und dem Harz befestigt. Dann wurde das Ende mit einem Messer abgetrennt. Man hat allerdings keine Fingerabdrücke gefunden und auch die Dose mit dem Harz war nirgends aufzufinden. Die Kollegen haben den Inspizienten befragt, doch der sagte aus, dass er die Dose in dem Gang unter der Bühne, über dem das Podest steht, abgestellt habe, weil er erst am Abend davor die Befestigung des Strickes überprüft habe und nachbessern musste. Allerdings hat man am Strickende dunkelgrüne Stofffasern gefunden.«

»Dann müssen wir jetzt herausfinden, wer ein Motiv hatte. Da fallen mir gleich mehrere Personen ein«, merkte Kastner an.

Dreitt war mit dem Bericht fertig. »Die Todesursache war Strangulation, wie schon bekannt, die Leber war vom Alkohol etwas angegriffen und er hatte einen Blutalkoholspiegel von null Komma acht. Sonst war alles in schönster Ordnung. Irgendwas ist da faul. Diese Sache mit dem Intendanten vorhin ist mir suspekt. Auf der einen Seite war er völlig am Boden zerstört, weil er Pierre Pratczek angeblich so geliebt hat, und dann schaltete er plötzlich auf eiskalt und berechnend um.«

»Stimmt! Und dieser Ausdruck in seinen Augen – dem traue ich eine ganze Menge zu, wenn ich ehrlich bin. Ich fahr nochmal in seine Wohnung und schau mich dort um. Vielleicht haben die was übersehen.«

Leonard war bereits auf dem Sprung, als Michael noch sagte: »Mach das. Ich bleibe hier und schau mir noch mal den Bericht der Spurensicherung an und rufe danach im Kriminaltechnischen Institut an. Und unser Tausendschönchen überprüfe ich auch noch einmal. Bei dieser durchgeknallten Mischpoke vom Theater würde es mich nicht wundern, wenn die sogar Schwule bekehren kann, um an eine Rolle zu kommen. Die Zeller ist durchtrieben, denk an meine Worte!«
Den letzten Satz hatte er überbetont und dann gelacht.
»Bis dann«, verabschiedete sich Kastner, als er aus der Tür ging.
Michael Dreitt war schon am Telefon, konnte aber nichts Neues herausbringen. Dennoch spukte ihm der Intendant des Stadttheaters im Kopf herum. Er fragte sich, wie der Streit zwischen ihm und Pratczek wohl abgelaufen sein mochte. Scheinbar hatte niemand aus dem Ensemble etwas davon bemerkt.
Er beschloss, einmal ins ›Falstaff‹ zu fahren. Es war jetzt 17.30 Uhr und damit die beste Zeit um etwas zu essen. Dreitt nahm seinen Privatwagen und legte den Weg zum Stadttheater in knapp einer Viertelstunde zurück, da noch ein Rest Stau vor der Willigisbrücke herrschte. Er parkte im Parkhaus und legte die wenigen Meter bis zur Schlossgasse zu Fuß zurück. Er blieb vor der mächtigen Holztür mit ihren nostalgischen Schnörkeln stehen. Er drückte die Klinke herunter und betrat den Gastraum, der leer war. Um diese Zeit war hier wohl noch nichts los. Dreitt hustete laut, um auf sich aufmerksam zu machen. In der Küche rührte sich etwas. Ein Mann mittleren Alters kam aus der Tür heraus geschlurft.
»Ja, bitte?«
Kommissar Dreitt zeigte seinen Dienstausweis und stellte sich vor.
»Ich bin hier, um mich nach der Premierenfeier vor einigen Tagen in ihren Räumen zu erkundigen. Es ging um die Dreigroschenoper. Vor einer Woche war das Ensemble nach der Vorstellung bei Ihnen, um zu feiern.«
Der Mann hinter der Theke hob den Kopf, als ob er etwas sagen wollte. Dann schwieg er.
»Es soll einen Streit zwischen dem Intendanten und dem Schauspieler Pierre Pratczek gegeben haben. Wissen Sie etwas darüber?«
Der Mann blickte auf die polierte Oberfläche der Theke.
»Wenn ich etwas wüsste, welchen Grund hätte ich, es Ihnen zu sagen? Ich will keinen Ärger. Ich halte mich aus solchen Geschichten raus.«

»Ich glaube, Sie verstehen nicht, um was es hier geht. Der Schauspieler Pierre Pratczek ist tot. Höchstwahrscheinlich ermordet. Und wenn er vorher hier einen Streit gehabt hat, könnte das ein wichtiger Hinweis auf den Täter sein. Gab es einen Streit oder nicht?«
Dreitts Ton hatte sich merklich abgekühlt.
»Ja, es gab diesen Streit. Als nur noch Vivon und Pratczek da waren, so gegen drei denke ich, bekamen sie sich aus irgendeinem Grund in die Haare. Ich war in der Küche und hatte schon angefangen aufzuräumen, wissen Sie, da habe ich nicht genau mitbekommen, worum es ging. Als ich aus der Küche kam, weil ich laute Stimmen hörte, sah ich, wie Pratzcek ein volles Rotweinglas nach Vivon warf. Es verfehlte nur um Zentimeter seinen Kopf und landete auf dem Boden.«
»Was passierte dann?«
»Alles ging sehr schnell. Pratczek sank auf die Knie und begann zu heulen wie ein Kind. Dann sprang er auf und stieß dabei einen Stuhl um. Er rannte zur Tür hinaus. Pratzcek war wie im Rausch. Völlig von Sinnen.«
»Wie hat Herr Vivon reagiert?«
Der Wirt machte eine kurze Pause.
»Ich denke, er machte sich große Sorgen. Er murmelte leise vor sich hin, dass er Angst hätte, Pratczek würde sich etwas antun. Dann wischte er sich mit einem Taschentuch die Rotweinspritzer aus dem Gesicht und ging.«
»Hat er noch etwas gesagt?«
»Nein. Er ging wortlos. Ich habe mir nichts weiter dabei gedacht. Sie waren alle stark angetrunken. Ich konnte ja nicht ahnen, dass Pratczek ermordet wird.« Der Wirt zeigte sich ehrlich betroffen.
»Ist schon in Ordnung. Sie haben uns mit Ihrer Aussage sehr weiter geholfen.«
Einen Moment überlegte Dreitt, ob er gleich hier etwas essen sollte, denn sein Magen knurrte, entschied sich aber dagegen. Er wollte den Wirt nicht weiter verunsichern. Er ging Richtung Schlossplatz und aß in einem kleinen Bistro in der Nähe der Stadtbibliothek eine Kleinigkeit.
Um kurz vor sechs ging er zurück zum Parkhaus am Theater. Gerade als er durch die automatische Tür zum Vorraum mit dem Kassenautomaten gehen wollte, bemerkte er eine zierliche Gestalt, die aus der kleinen Bankfiliale schräg gegenüber dem Haupteingang kam. Schnell ging er in den Vorraum hinein und stellte sich mit dem Rücken zur Tür, sodass

man ihn nicht so schnell erkennen konnte. Sina Zeller kam über den Platz geschlendert und lief Richtung Innenstadt die Dalbergstraße hinunter. Dreitt steckte das Parkticket wieder in seine Geldbörse und trat auf den gekiesten Weg vor dem Theater. Er ging nach links Richtung Bühneneingang und klingelte. Ein Angestellter des Theaters öffnete nach einiger Zeit.

Er zeigte seine Polizeimarke vor. »Mein Name ist Michael Dreitt. Meine Kollegen waren vor ungefähr einer Stunde hier. Ich möchte mich noch einmal in der Garderobe von Sina Zeller umsehen, wenn Sie nichts dagegen hätten.«

Der junge Mann ließ ihn herein. »Soll ich Sie zu Frau Zellers Garderobe führen?«

»Nein danke, ich finde den Weg schon selbst.«

Er ließ den unsicheren Jungen stehen und eilte an ihm vorbei, rechts den Gang hinunter und zielstrebig in die Garderobe von Sina Zeller. Er öffnete sämtliche Schubladen und Schranktüren, obwohl er nicht genau wusste, nach was er eigentlich suchte. Sein Gefühl sagte ihm, dass Sina Zeller noch etwas zu verbergen hatte.

Plötzlich fiel sein Blick auf eine kleine Ablage auf dem Schminktisch, der völlig überladen war mit Kleinigkeiten. Er angelte mehrere Prospekte über Existenzgründerdarlehen von verschiedenen Banken hervor. Außerdem waren mehrere Angebote über gewerbliche Räumlichkeiten angeheftet, die zum Verkauf standen. Dreitt fragte sich, wo zum Teufel Sina Zeller das Geld hernehmen wollte, um eine Immobilie zu erwerben, geschweige denn eine eigene Existenz zu gründen. Irgendetwas war hier faul.

Er legte die Prospekte wieder an ihren Platz. Michael Dreitt schloss die Tür der Garderobe hinter sich und verließ in Gedanken versunken das Theater durch den Bühneneingang. Er zahlte sein Ticket und begab sich zu seinem Auto. Dann ließ er sich in den Fahrersitz fallen. Einen Moment schloss er die Augen. Er wusste, dass seine Entdeckung wichtig sein konnte. Trotzdem hatte er noch weniger Ahnung als vorher, wie die Puzzleteilchen dieses Mordfalles zusammenpassen sollten. Er würde jetzt wieder ins Revier fahren und die finanziellen Verhältnisse von Sina Zeller überprüfen lassen. Er war gespannt, ob Leonard auch Neuigkeiten zu berichten hatte.

– 6 –

Montag, 27. Juli, 17.30 Uhr

Kerstin Weinrich ging mit geschwollenen Augen die Hauptstraße von Biebigheim entlang. Sie war leicht dicklich und in aller Regel schlampig angezogen. Sie vermittelte den Eindruck einer typischen Studentin. Ihr schwarz gefärbtes, halblanges Haar war mit einem einfachen orangefarbenen Haargummi zu einem unordentlichen Pferdeschwanz zusammengefasst. Sie trug ein dunkelgrünes, verwaschenes T-Shirt mit dem Aufdruck »Fuck Racism« und schwarze, enge Jeans mit abgeschnittenen Säumen, über deren Bund eine kleine Speckrolle hing. Dazu trug sie eine schwarz umrandete Brille und nicht gebundene Collegeschuhe. Sehr zum Leidwesen ihrer Eltern, die sie oft darauf hinwiesen, dass es weder gut für den Ruf der Apotheke noch für die Arztpraxis wäre, wenn eine zukünftige Pharmakologin, die das Geschäft übernehmen sollte, sich so in der Öffentlichkeit präsentierte, fand Kerstin es in Ordnung, so herumzulaufen, weil sie sich in ihren Klamotten, wie sie sagte, wohl fühlte.
Sie war auf dem Weg in den kleinen Laden der Perners, um eine Zeitung zu kaufen und dann bei einer Tasse schwarzem Tee im Garten ihrer Eltern einen gemütlichen Abend in der Hängematte zu verbringen, schließlich war sie das ganze Semester über in Heidelberg in ihrer Studentenbude, da tat es gut, sich einmal richtig verwöhnen zu lassen, wenn man zu Hause war. Sie öffnete die Ladentüre und trat ein. Silke von Giebhardt war mit Frau Perner in ein Gespräch über irgendetwas vertieft, das wohl im Main-Echo stehen musste, denn sie zeigte auf die ausgebreitete Zeitung auf dem Ladentisch.
Kerstin schaute sich die Auswahl an Zeitschriften in dem drehbaren Zeitungsständer des kleinen Ladens an. Das Telefon klingelte irgendwo im hinteren Teil des Ladens und Frau Perner ging durch eine Tür mit einer Glasscheibe in das kleine, vollgestopfte Büro. Frau Perner meldete sich am Apparat, und von einer auf die andere Sekunde wurde Frau Perners Stimme hart und unfreundlich. Durch die anschwellende Lautstärke, die Frau Perner im Verlauf ihres Gesprächs an den

Tag legte, wurden Silke von Giebhardt und Kerstin Weinrich unfreiwillig Zeuginnen des Inhalts des Gesprächs. Es ging um einen alten Streit zwischen Frau Perner, einer geborenen Kessler, und ihrem Bruder, dem Besitzer der kleinen Pension direkt nebenan. Die Kesslers hatten die Pension der Eltern übernommen und die Perners ausbezahlt. Von diesem Geld hatten sich die Perners den Laden gebaut. Dazwischen lagen noch drei unbebaute Grundstücke, die sie von ihren Eltern gemeinsam geerbt hatten. Der Laden der Perners lief seit einiger Zeit schon nicht mehr so gut und deshalb hätten die Perners gerne die Grundstücke verkauft und das Geld in den Laden gesteckt. Die Kesslers hingegen hätten die Grundstücke zur Erweiterung ihres Pensionsbetriebes gerne für die Errichtung einer Freizeitanlage mit Minigolfanlage und Beachpark genutzt, um Touristen anzulocken. Darüber war ein erbitterter Streit zwischen den beiden Familien entbrannt, und sie blockierten ihrer beider Absichten gegenseitig, wie man aus dem Telefongespräch entnehmen konnte.

Unangenehm berührt aufgrund der Tatsache, dieses Gespräch mit anhören zu müssen, begann Silke von Giebhardt mit Kerstin Weinrich zu sprechen.

»Es ist mir ein bisschen peinlich, dieses Telefonat mit anhören zu müssen. Aber bei der Lautstärke ist es ja nicht zu vermeiden.«

Silke von Giebhardt war sichtlich verunsichert, ob sie bleiben oder gehen sollte. Kerstin Weinrich tat das alles mit einer wegwerfenden Geste ab.

»Dieser Streit ist sowieso völlig unnötig. Würde Frau Perner ihren Teil vom Grundstück an ihren Bruder verkaufen, hätten sie das Geld für den Laden und die Kesslers ihr blödes Freizeitzentrum.«

»Also ich verstehe schon, dass sie den Lärm und den Dreck von den Touristen nicht direkt neben ihrem Wohnhaus haben wollen. Schließlich wohnen die Kesslers ja woanders und es würde sie nicht direkt betreffen.«

»Trotzdem, bevor ich meine Existenz aufs Spiel setzen würde, würde ich lieber das Geld nehmen und gut.«

»Es nützt ja nichts, über die Probleme anderer zu diskutieren, es geht uns schließlich nichts an. Das müssen sie selbst entscheiden. Aber mal etwas ganz Anderes: Haben Sie schon den Bericht über den Pratczek im Main-Echo gelesen?«

In diesem Moment kam ihr Bruder, Pfarrer Ullrich Siebrecht herein.
»Hallo Ullrich«, sagte Silke kurz angebunden, und Ullrich deutete ein Nicken in ihre Richtung an, während er sich bei den Süßigkeiten auf der anderen Ladenseite umsah.
»Also, im Main-Echo steht, der Pratczek ist ermordet worden!«
Kerstin wandte sich wieder Silke zu: »Das ist doch dieser völlig arrogante Schauspieler, über den die Käseblätter der Umgebung hin und wieder mal berichten? Und der ist tatsächlich umgebracht worden? Wer würde den schon umbringen?«
Silke antwortete aufgeregt: »Der Grund ist noch nicht klar, die Polizei ermittelt noch. Es heißt, er sei auf der Bühne am Galgen erhängt worden, als er den Mackie Messer gespielt hat. Das Publikum gab Standing Ovations, weil sie dachten, er spielt so überzeugend, dabei waren sie Zeugen seines Todeskampfes, furchtbar, nicht?«
»Na das nenn' ich einen gut inszenierten Abgang!«, stellte Kerstin trocken fest.
Die Türe des Ladens knallte zu. Silke von Giebhardt sah ihren Bruder totenbleich davon stürzen.
Kerstin Weinrich fragte: »Was ist denn mit dem los?«
»Ich werde nach dem Einkauf mal bei ihm vorbeigehen und nachsehen. Ich weiß auch nicht, was er hat.«
Frau Perner war inzwischen wieder dazugekommen.
»Sogar die Packung Lakritze hat er fallen lassen. Er kauft sowieso immer eine andere Marke, aber die haben wir im Moment nicht auf Lager, er hatte sich vor zwei Tagen schon mal danach erkundigt. Vielleicht ist ihm schlecht geworden?«
Man merkte Frau Perner ihre Unsicherheit sichtlich an. Sie war sich darüber bewusst, dass man ihren Streit am Telefon Wort für Wort gehört hatte.
»Also ich muss dann sowieso los«.
Silke von Giebhardt zahlte ihre Einkäufe und ging. Kerstin Weinrich kaufte ein Main-Echo und ein Päckchen Kaugummi, und ging ebenfalls. Sie ließen eine ziemlich ratlose Frau Perner zurück.

– 7 –

Montag, 27. Juli, 17.45 Uhr

Kastner war auf dem Weg durch die Innenstadt, um sich Pratczeks Wohnung anzusehen. Es war Feierabendzeit und über die Ringstraße Richtung Österreicher Kolonie zu kommen, bedeutete eine endlose Warterei im Rückstau vor den roten Ampeln. Kastner war genervt. Zum Glück hatte er sich in der Bäckerei gegenüber dem Polizeigebäude einen Kaffee zum Mitnehmen besorgt. Er steckte sich den Pappbecher zwischen die Beine. An der roten Ampel, die vor der Einfahrt zum Wittelsbacherring am Ende der Ringstraße stand, bemerkte er die Stille. Die Mauern, die den Ring begrenzten, schienen in der Zeit, in der er warten musste, immer näher zu rücken, ihn bedrohlich vom Rest der Welt zu trennen. Wieder die unheimliche Stille, die dazu führte, dass seine Gedanken in seinem Kopf widerhallten, wie Stöckelschuhe auf Kopfsteinpflaster.

Die Ampel sprang auf »Grün« und er schlug links ein, um auf den Wittelsbacherring zu kommen. Er suchte mit der anderen Hand den Knopf, um das Radio einzuschalten. Er hatte unterschätzt, dass der heiße Kaffee aus dem Becher schwappen könnte und verbrühte sich beide Oberschenkel. Er fluchte laut. Im Hohenzollernring fuhr er bei der ersten Gelegenheit rechts an den Straßenrand und warf den Becher wutschnaubend aus dem Fenster.

Als erstes würde er versuchen, in Pratczeks Wohnung die verbrühten Hautstellen zu kühlen. Kastner bog rechts in die Goldbacher Straße ein und fuhr ein kurzes Stück, bis er an die abknickende Vorfahrt am Viadukt kam. Dort lenkte er sein Fahrzeug – unerlaubterweise – geradeaus, herunter von der Goldbacher in die Elsässer Straße. Er kam an Pratczeks Wohnung an, die in einem leicht heruntergekommenen Wohnviertel mit anonymen Wohnblocks und alternden Mehrfamilienhäusern lag.

Er stieg aus. Sein Blick fiel auf die Goldbacher Straße Richtung Viadukt, und über eine kleine Hecke blickte er direkt auf die Schienen des Güterbahnhofs. Das Gehen machte ihm ein wenig Mühe, und die

Jeans die er trug hatte braune Kaffeeflecken an den Oberschenkeln. Er erreichte den dritten Stock in einem ca. dreißig Jahre alten Plattenbau mit schmutziggelbem Rauputz und einer mit Schmierereien versehenen Eingangstür aus Holz, die offen stand. Es war hier in der kleinen Seitenstraße das größte Haus. Kastner ging durch die Tür des Treppenhauses in einen langen Flur, dessen untere Hälfte mit rotbrauner Lackfarbe und die obere Hälfte mit weißer Wandfarbe gestrichen und von Rissen durchzogen war. Das graue Linoleum war wellig und stumpf. Er schaute nach den Namen auf den dunkelbraunen Türen, die links und rechts abzweigten, bis er vor Pratczeks Wohnungstür stand.
Die Tür war mit einem rot-weißen Klebesiegel der Polizei gesichert. Kastner löste es vorsichtig vom Rahmen, öffnete die Tür und trat ein. Die Tür schräg gegenüber hatte sich leise einen Spalt geöffnet und ein paar Augen spähten über die Türkette hinüber zu Kastner. Leonard Kastner war sich über die Augen in seinem Rücken bewusst, ließ sich aber nichts anmerken.
Er betrat die Einzimmerwohnung von Pierre Pratczek. Tausende von Eindrücken prasselten in Sekunden auf ihn ein. In dem kleinen Raum befand sich eine Single-Küche mit einer Spüle und zwei Kochplatten auf drei Unterschränken, sowie einem Kühlschrank und einer Mikrowelle. Auf dem Herd stand ein Topf mit einem Rest Nudelsuppe aus der Tüte, die daneben lag, und in der Spüle stand ein benutzter Suppenteller mit einem schmutzigen Suppenlöffel. Das musste Pratczeks letzte Mahlzeit gewesen sein. Außerdem stand auf dem kleinen Sofatisch eine benutzte Kaffeetasse zusammen mit zwei Rotweingläsern und einer halbvollen Flasche Rotwein, der allerdings von sehr guter Qualität war, soweit Kastner als Biertrinker das beurteilen konnte.
Er machte die Schränke der Küche auf. Im einen fand er zwei verschiedene Putzmittel, einen Spüllappen samt Spülmittel, einen kleinen, fast leeren Mülleimer und einen Handfeger mit Schippe. Im anderen Schrank fanden sich ein paar Gewürze, Fertiggerichte und Töpfe. Im Kühlschrank standen eine Flasche Bourbon, von der Marke, die auch Jaques Vivon trank, drei Flaschen Wein, eine Flasche Whiskey, ein Tetrapak mit Eistee und eine Packung Brötchen zum Aufbacken. Das war hier wohl ein typischer Junggesellenhaushalt. Im Vorratsfach standen noch eine ungeöffnete Milchpackung, etwas Zucker und Mehl

und verschiedene Sorten schwarzer Tee, sowie Kaffeepulver und Kaffeefilter. In der Küche war nichts Außergewöhnliches zu finden.
Er sah sich im Zimmer um. In der Ecke stand ein braunes Schlafsofa, das mit Cordstoff überzogen war. Es war noch ausgezogen und das Bettzeug lag zerwühlt darauf. Daneben stand ein ramponierter Sofatisch mit den besagten Gläsern und der Weinflasche, der Aschenbecher war übervoll. Die eine Wand war völlig ausgefüllt mit einem Regalsystem, in dem sich kreuz und quer Bücher stapelten. Dazwischen standen kleine Pappboxen. Darin fand Leonard hunderte Fotos von Pratczeks Auftritten. Nichts Persönliches, nichts von seiner Familie, nichts, was mit seinem Privatleben zu tun hatte. Es war so, als ob Pratczek keine Kindheit und Jugendzeit, keine Familie und keinerlei Erinnerungen an seine Vergangenheit gehabt hätte. Pierre Pratczek schien vor seiner Karriere nicht existiert zu haben. Kastner fand das merkwürdig.
An der dritten Wand stand ein großer Schrank mit Kleidern, Schuhen und Accessoires, die, akribisch geordnet, den gesamten Innenraum ausfüllten. Kastner konnte seinen Blick nicht von dem Schrank abwenden, obwohl ihn der Eindruck schier erschlug. Selten hatte Kastner einen so genau sortierten und aufgeräumten Kleiderschrank gesehen. Das wollte nicht zum Eindruck der restlichen Wohnung passen. Der Kommissar konnte förmlich den Unterschied zwischen dem, was für Pratczek Privatleben war, und dem Tant, mit dem er eindeutig seine Auftritte in der Öffentlichkeit in direkten Bezug setzte, spüren. Der Inhalt des Schrankes war Pratczeks selbst geschaffenes Sein.
Kastner ließ die Schranktüren offen und schaute sich weiter um. Das war also alles, was Pratczek an wahrer Persönlichkeit besaß. Eine heruntergekommene, chaotische Wohnung mit schäbigen Möbeln. Dieser Blick hinter die Fassade von Pierre Pratczek senkte sich dumpf auf sein Gemüt und machte ihn betroffen.
Er warf einen Blick ins Badezimmer. Es war winzig. Die Dusche, die Toilette und das Waschbecken waren so eng aneinandergebaut, dass man sich kaum drehen konnte. Alles war penibel sauber. Pierre Pratczek verfügte über eine immense Anzahl an Pflege- und Kosmetikprodukten, die allesamt wohl ein kleines Vermögen gekostet haben mussten.
Er ging wieder ins Wohnzimmer und ließ seinen Blick erneut über den

Schrank schweifen. Sein Blick streifte Anzüge von bekannten Designern, teure Seidenhemden, goldene und silberne Manschettenknöpfe, einen Gehstock mit silbernem Knauf, verschiedene Hüte in Hutschachteln, Tweedhosen, Anzughosen in verschiedenen Farben, einen Trenchcoat, einen Lodenmantel und einen Gehrock aus Schurwolle, italienische Lederschuhe in verschiedenen Farben und Ausführungen, allesamt Maßanfertigungen – alles in allem nur das Beste vom Besten. Der Schrank zog Kastner magisch an. Wenn Pratczek etwas, das mit einer geheimen Affaire zu tun hatte, verbergen wollte, dann würde er es mit Sicherheit nicht in irgendwelchen Schubladen herumliegen lassen, sondern dafür sorgen, dass es an einem Ort war, der nur ihm zugänglich war.
Kastner steuerte auf die linke Schranktür zu. Er hatte eine Ahnung. Er nahm die Box in der Unterwäsche und Socken waren, und drehte sie vorsichtig um. Am Unterboden klebend fand er ein dünnes Bündel Briefe. Sie waren absichtlich dort versteckt worden, weil sie durch Hochheben der Schachtel allein nicht zu entdecken waren. Kastner hatte sie auch mehr aus Zufall bemerkt, weil sich das Klebeband gelöst hatte und am Boden des Schrankes festklebte, als er die Schachtel herausziehen wollte. Es waren genau vier Briefe. Der Kommissar öffnete sie.
Es waren allesamt Liebesbriefe an Pierre Pratczek. Unterschrieben waren sie mit U.S. Der Poststempel besagte, dass sie in Biebigheim, einem Nest einige Kilometer von Aschaffenburg entfernt, aufgegeben worden waren. Sie waren nicht die Briefe eines Fans oder einer flüchtigen Bekanntschaft. Aus dem Inhalt ging hervor, dass sich Pierre Pratczek wohl regelmäßig mit der betreffenden Person getroffen haben und wohl auch eine sexuelle Beziehung zu ihr oder vielleicht auch ihm gepflegt haben musste.
Kastner nahm die Briefe und wollte gerade gehen, da berührte ihn etwas am Bein. Er erschrak fürchterlich und ließ die Briefe fallen. Er hatte den jungen Kater die ganze Zeit nicht bemerkt. Jetzt, als er sich umschaute, sah er ein kleines Katzenkissen und eine Schale für Wasser und Futter auf dem Boden in der Ecke neben dem Küchenschrank. Die Näpfe waren leer und der Kater bettelte erbärmlich. Beim Verlassen der Wohnung erinnerte er sich an die neugierigen Augen hinter der Tür, die ihn stumm beobachtet hatten. Als er an der Wohnungstür

vorbeiging, schaute er auf das Türschild. Grevner stand dort. Michael würde wohl morgen mal bei Herrn oder Frau Grevner vorbeischauen und ihnen einen Besuch abstatten.
Er nahm den Kater mit in sein Auto und sprach an das Tier, das ihn verständig ansah, die Warnung aus, dass er es aussetzen würde, wenn es wagte ins Auto zu pinkeln. Leonard Kastner hoffte, dass sich Dreitt schon um das Tier kümmern würde.
Er gelangte zum Revier und nahm den Kater unter den Arm. Die Kollegen, denen er auf dem Weg nach oben begegnete, schauten ihm kopfschüttelnd nach.
Michael fragte: »Was ist das? Bist du unter die Tierfreunde gegangen?«
»Ich habe ihn in Pratczeks Wohnung gefunden. Ich dachte, du könntest dich um ihn kümmern.«
Die Hände abwehrend vor dem Körper haltend entgegnete Michael: »Sorry, Tierhaarallergie. Der wird wohl bei dir einziehen müssen. Oder du bringst ihn ins Tierheim.«
»Ich hole ihm erstmal Wasser. Der hat nichts mehr zu essen gekriegt, seit Pratczek tot ist. Ach übrigens, ich habe diese Liebesbriefe gefunden.« Leonard legte sie auf den Schreibtisch seines Kollegen.
»Er hatte wohl doch eine Beziehung. Man weiß nur nicht genau, ob es Mann oder Frau war. Aber aufgegeben wurden die Briefe in Biebigheim und unterschrieben waren sie mit U.S. Morgen fahre ich raus nach Biebigheim, um der mysteriösen Liebschaft auf den Grund zu gehen.«
Michael Dreitt nahm die Briefe mit. »Ich mach erst mal Pause, hab mir gerade ein Brötchen mit Frikadellen besorgt. Ich hol mir unten schnell noch was zu Trinken.«
Leonard hörte gar nicht mehr richtig zu, denn er war damit beschäftigt, mit seinem neuen Mitbewohner zu spielen. Als Michael zurückkam, saß Tom, wie Leonard Kastner seinen Kater inzwischen genannt hatte, auf dem Boden und verschlang in Windeseile eine seiner Frikadellen.
Michael entfuhr es: »Ich glaub', du hast sie nicht mehr alle!«

– 8 –

Dienstag, 28. Juli, 5.30 Uhr

Die Sonne ging über den Dächern von Biebigheim auf. Es war halb sechs in der Frühe und Ullrich Siebrecht brachte gerade den kleinen Reisewecker auf seinem Nachttisch zum Schweigen. Er lag noch ungefähr eine Sekunde mit geschlossenen Augen da, bevor er sich mit Schwung auf die Kante seines Bettes setzte. Er gähnte und reckte sich und ging dann in das kleine Bad, das direkt an sein Schlafzimmer anschloss und nur von ihm benutzt wurde. Er ging zur Toilette und duschte sich danach kalt, um richtig wach zu werden. Nach dem Zähneputzen kämmte er sich kurz durch die dunklen Haare, streifte seine Kleider – Jeans und ein schwarzes Poloshirt – über, schlüpfte in schwarze Lederschuhe und schnürte diese zu.
Ullrich hielt nichts von übertriebenen Vorschriften. Er kleidete sich ganz normal, wenn er nicht gerade in kirchlichen Belangen unterwegs war. Schließlich war er ein ganz normaler Mensch, der auch ein Privatleben hatte.
Er ging die knarrende Holztreppe hinunter ins Erdgeschoss. Wie immer hatte Mathilda, seine Pfarrersköchin, sein Frühstück auf sechs Uhr gerichtet. Ullrich stand gerne früh auf. Die Luft war dann noch frisch und der ganze Tag lag vor ihm. Er brauchte morgens viel Zeit bis er sich an die Arbeit machte, und er genoss die Stille, die überall herrschte. Mathilda war gerade dabei, den Kaffee aufzugießen. Sie kochte ihn noch mit einem Kaffeefilter und einer altmodischen Porzellankanne. Ullrich hatte ihr schon öfter angeboten, eine Kaffeemaschine zu kaufen, aber sie wehrte das strikt ab. Ihrer Meinung nach schmeckte der Kaffee frisch gebrüht am gehaltvollsten.
Sie war eine eigensinnige und sehr ursprüngliche Person. Sie war knapp über dreißig und hatte ungarische Wurzeln. Im Dorf war sie nicht sehr beliebt wegen ihrer schroffen und teilweise abweisenden Art. Ullrich hatte sie als Pfarrhaushälterin eingestellt, weil es die einzige Bewerberin war, die ihm keine dummen Fragen zu seiner Person stellte und auch nicht den Eindruck machte, als ob sie sich, dem Kli-

schee entsprechend, am Tratsch der Leute in Biebigheim beteiligte. Er hielt nichts von der spießbürgerlichen, neugierigen und biederen Art der Biebigheimer. Dafür hatte er als Kind hier zu viel gelitten. Mathilda machte ihre Arbeit ordentlich und ließ ihn in Ruhe, und das war genau was er wollte.

Er ging wie jeden Morgen für zwanzig Minuten in die menschenleere Kirche, um sich in einem stillen Morgengebet auf seinen Tag einzustimmen und mit Gott zu sprechen. Als er wiederkam, war der Kaffee fertig und stand in seinem Kaffeebecher auf dem Tisch. Es war der Kaffeebecher seiner Mutter gewesen und er bestand darauf, dass er stets seinen Kaffee daraus trinken konnte. Die Zeitung lag neben seinem Teller.

Mathilda war die meiste Zeit des Tages nicht mit ihm zusammen. Sie aßen nicht gemeinsam und wenn sie sich über den Weg liefen, entstand höchstens eine Konversation darüber, was die Tagesplanung betraf, ansonsten ging jeder seiner Wege. Die Bewohner von Biebigheim hatten anfangs darüber getuschelt, dass Pfarrer Siebrecht sich eine so junge Köchin einstellte, aber als man Mathilda besser kannte, legte sich das schnell.

Pfarrer Siebrecht rührte lustlos mit dem Löffel in seinem Kaffee herum und biss nur einmal von seinem mit Käse belegten Brot ab. Er hatte keinen rechten Appetit. Der Tod von Marie-Luise und von Pierre waren ihm auf den Magen geschlagen. Er beschloss, einen Spaziergang zu machen, um den Kopf wieder frei zu bekommen. Er zog sich einen dünnen Strickpullover über und ging einfach, immer entgegengesetzt dem Dorf, hinaus in die Natur. Er lief ziellos über Feldwege und durch Waldstücke, ohne darauf zu achten, in welche Richtung. Er atmete die frische Luft und betrachtete das Blätterdach über sich, durch das die goldenen Strahlen der Sonne lustige Muster auf den Boden warfen. Es roch nach Erde und Blättern. Über den Feldern hingen, wie hauchdünne Spinnweben, Nebelnester, die langsam vom Sonnenschein verdampft wurden.

Er gelangte nach einem Umweg von fast einer Stunde in das kleine Wäldchen hinter seinem Elternhaus. Er überquerte mit einem großen Schritt die kleine Quelle und nahm die verwitterte Bank als willkommene Möglichkeit, sich auszuruhen. Als er vor elf Jahren hier gesessen und Shakespeares Sommernachtstraum gelesen hatte, war ihm Marie-

Luise erstmals begegnet. Nun war er wieder in Biebigheim, um seine Heimatgemeinde als Seelsorger zu betreuen, und hatte sie als erwachsene Frau wiedergetroffen, das war ein Wink des Schicksals. Auch sie war nach ihrem Studium als Lehrerin hierher zurückgekommen, so wie es ihn wieder hierher gezogen hatte. Das Schicksal hatte ihre beiden Leben irgendwie miteinander verwoben. Sie waren sich so nah, wie sich zwei Menschen nur sein konnten. Da war nichts Sexuelles. Nie war nach seiner Rückkehr auch nur der Hauch einer Versuchung da gewesen. Sie waren einfach nur die besten Freunde, die man sich vorstellen konnte. Obwohl ihm Marie-Luise gestand, dass sie in ihn verliebt sei, einigten sie sich, dass es besser sei, wie es ist. Oder besser, wie es war. Plötzlich hatte jemand die Fäden des Schicksals durchtrennt und Marie-Luise war aus dem Leben gerissen worden.
Für Ullrich war es immer noch unfassbar, wie Marie-Luise das hatte tun können. Hatte sie sich wirklich in die Liebe zu ihm verrannt? In ihrem Abschiedsbrief stand, dass sie nicht mehr damit leben könne, dass sie mit ihren unerwiderten Gefühlen ganz alleine außerhalb einer eingeschworenen Gemeinschaft existieren sollte. Nichts hatte darauf hin gedeutet, dass sie unglücklich war oder des Lebens überdrüssig. Ullrich hatte dafür gebetet, dass Gott sie zu sich nehmen solle, auch wenn sie anscheinend ihrem Leben selbst einen Schlusspunkt gesetzt hatte. Wenn jemand das Paradies verdient hatte, dann eine so wunderbare Persönlichkeit wie sie.
Und dann gestern noch die Nachricht darüber, dass Pierre ermordet worden war. Ullrich war total zusammengebrochen. Pierre war der einzige Mensch, der ihm annähernd soviel bedeutet hatte wie Marie-Luise. Pierre war völlig zurückgezogen, eigenbrötlerisch und exzentrisch. Er hatte ein gutes Herz, aber Ullrich hatte in den zwei Jahren, die sie sich kannten, so gut wie nichts über ihn gewusst. Er redete nie über seine Vergangenheit und hatte wenig eigene Persönlichkeit. Sein Leben, oder besser gesagt, die Seifenblase, die er sich mit seinem glamourösen Leben aufgebaut hatte, zerplatzte, sobald man zu ihm nach Hause kam und sah, wie er lebte, wie depressiv und einsam er war, weil er keine Tiefe und Zuneigung zulassen konnte.
Sie führten viele Gespräche darüber, aber Pierre hatte sich ihm nie geöffnet. Er hatte gesagt, alles was früher war, sei unwichtig und existiere nur noch in seinen Träumen. Er hatte gesagt, er könne sich vorstel-

len, sein Kontrakt aufzugeben. In eine andere Stadt zu ziehen und noch einmal neu anzufangen. Mit Ullrich zusammen wollte er das schaffen, hatte er ihm eines Tages geschrieben. Weggehen und frei sein, von allen Fesseln und Fängen, die ihn hier hielten. Es war das erste Mal, dass Ullrich etwas wie ein positives Gefühl bei Pierre wahrgenommen hatte, einen Hoffnungsschimmer, den er bewahren wollte, wie ein zerbrechliches Glasfläschen mit gefangenen Sonnenstrahlen.

Und jetzt waren die beiden wichtigsten Menschen in seinem Leben tot und er durfte und konnte sich niemandem anvertrauen. Er war gefangen in der Berufung, die er selbst gewählt hatte und von der er zutiefst überzeugt war.

Er klappte in Gedanken das Buch der Erinnerung zu und machte sich auf den Weg ins Pfarrheim. Als er in der Küche des Pfarrhauses ankam, war der Frühstückstisch noch genauso wie er ihn verlassen hatte. Das war ungewöhnlich, denn normalerweise wurde der Tisch, gleich nachdem er fertig war, abgedeckt und das Geschirr gespült. Mathilda war nirgends zu sehen.

Er ging nach oben, denn er wollte den Pullover wieder in den Schrank bringen. Auf seinem Spaziergang war ihm ohnehin etwas warm geworden. Er ging die Treppe hinauf und stellte fest, dass die Tür zu seinem Zimmer offen stand. Er hatte sie aber geschlossen, weil sein Fenster gekippt war und die Tür sonst immer laut scheppernd ins Schloss fiel. Er stand im Türrahmen und sah Mathilda, die vor seinem Bett kniete und etwas las. Die obere Schublade der schweren Zedernholzkommode stand offen.

Ullrich stürzte ins Zimmer. In der Schublade bewahrte er, unter einem zweiten Einlegeboden, die Briefe von Pierre auf. Das konnte nicht sein. Das würde Mathilda nicht wagen. Mathilda war erschrocken aufgesprungen, als Ullrich Siebrecht ins Zimmer stürmte.

Er schrie sie wutentbrannt an: »Was schnüffeln Sie in meinem Zimmer herum? Sind Sie noch ganz bei Trost?«

Sie schaute ihn entsetzt an.

»Ich wollte nur Ihre Socken in die Schublade legen, dabei ist mir aufgefallen, dass das Schrankpapier so abgenutzt ist und ich wollte es austauschen. Dann entdeckte ich die kleine Öffnung an der Ecke und fuhr mit dem Finger hinein. Das Brett löste sich und ich sah in dem Fach darunter die Briefe. Ich weiß, es geht mich nichts an, aber...«

Weiter kam sie nicht.
Pfarrer Siebrecht brachte unter größter Beherrschung und auch nur in sehr leise gezischtem Ton hervor: »Gehen Sie. Ich will Sie nie mehr in meinem Zimmer sehen, und zu niemandem ein Wort. Ich schaue mich nach einer anderen Köchin um.«
Mathilda verließ in zügigem Schritt und mit hartem, trotzigem Gesicht das Zimmer. Ullrich setzte sich auf das Bett und nahm die Briefe wieder an sich. Er packte sie zusammen und verstaute sie in seinem Aktenkoffer, den er abschloss. Er atmete tief ein und schloss die Augen. Es würde wohl besser sein, die Briefe von ihm an Pratczek aus dessen Wohnung zu holen, bevor alles zusammenbrach, was er sich aufgebaut hatte. Nicht vorstellbar, was passieren würde, wenn die Leute aus Biebigheim davon erführen.
Am frühen Abend fuhr Ullrich Siebrecht mit dem Bus in die Stadt. Den Aktenkoffer hatte er dabei. Als er an Pierre Pratczeks Wohnung ankam, bemerkte er das polizeiliche Siegel an der Tür. Er hoffte inständig, dass die Briefe noch da waren. Vorsichtig machte er sich an einer Ecke des Klebesiegels zu schaffen und begann es langsam abzuziehen, bis es die Tür freigab. Er schaute sich kurz um und begab sich zu einem Fenster im Treppenhaus. Dort war ein Ersatzschlüssel unter dem Fensterbrett festgeklebt. Bei ihren Treffen hatten sie es immer so gehalten, dass er schon in der Wohnung wartete, wenn Pierre aus dem Theater kam.
So leise wie möglich öffnete er die Tür und schlüpfte durch einen Spalt hindurch in die düstere Wohnung. Mit einem Feuerzeug verschaffte er sich einen schwachen Lichtschimmer und öffnete Schubladen und Schränke. Es war nicht das erste Mal, dass er in Pierres Wohnung war. Hier war der schöne Schein in Schränke gepackt und die oberflächliche Realität ihrer Beziehung wurde ihm bewusst.
Er konnte trotz intensiver Suche nichts finden. Wo hatte Pierre bloß die Briefe versteckt? Bei dem Gedanken daran, dass er hier eingebrochen war, wurde ihm mulmig. Schließlich ging er unverrichteter Dinge wieder. Er schlich sich genauso leise hinaus und versuchte das Siegel so gut wie möglich wieder anzukleben, sodass es nicht allzu schnell auffallen würde.
Er ging geknickt zurück zum Bahnhof. Sein Bus würde erst in vierzig Minuten abfahren und er dachte daran, noch schnell einen Kaffee im

Bahnhofsrestaurant zu sich zu nehmen. Etwas zu essen wäre auch nicht schlecht, denn den letzten Bissen hatte er beim Frühstück zu sich genommen, und das war jetzt immerhin fast dreizehn Stunden her. Beim Gedanken daran knurrte sein Magen unüberhörbar.
Er schlenderte über den kleinen Platz vor dem Bahnhofsportal. Da fiel ihm ein Wagen am Straßenrand auf, den er gut kannte. Es war der Wagen seiner Schwester. Er schaute nach dem Nummernschild. Es gab keinen Zweifel, es war ihr weißer Kastenwagen. Ullrich ging darauf zu, um seine Schwester zu begrüßen, wenn er sich auch nicht erklären konnte, was sie hier um diese Zeit tat. Bevor er den Wagen erreichte, öffnete sich die Tür, und eine ihm ebenfalls bekannte Person stieg aus. Es dauerte einen Moment, bis er Kerstin Weinrich erkannte. Sie hatte schwarze Hotpants aus Jeansstoff an, ein neongelbes, tiefausgeschnittenes Top und große Ohrringe. Ihr Gesicht war stark geschminkt und sie trug halbhohe Lederstiefel.
Ullrich verharrte im Schritt. Das junge Mädchen ging schnurstracks auf den Eingang des Bahnhofs zu. Ullrich folgte ihr mechanisch, von der Neugier getrieben. Kerstin durchquerte das Bahnhofsgebäude und verließ es durch den Hinterausgang wieder. Sie ging eilig ein Stück den Bahnsteig zu Gleis 1 entlang, bis zu einem kleinen Durchgang, der am alten Postgebäude wieder zur Vorderseite des Bahnhofs führte. In dem kleinen Durchlass wartete ein dunkel gekleideter Mann, der die Kapuze seines Pullovers tief ins Gesicht gezogen hatte. Außerdem trug er eine Basecap. Als Ullrich an der Durchfahrt ankam, konnte er lediglich einen kurzen Blick erhaschen, bevor der junge Mann und Kerstin in verschiedene Richtungen davonliefen. Er konnte mit Kerstin Weinrich kaum Schritt halten, als sie Richtung Elisenpalais ging. Er folgte ihr bis zu der Einfahrt des Notschalters einer Apotheke. Von seiner Position aus konnte er nicht sehen wohin sie ging, aber sie musste ja auch irgendwann wieder herauskommen.
Er wartete einige Minuten. Er wollte mit ihr reden. Er wollte wissen, was sie in diesem Aufzug im Wagen seiner Schwester beziehungsweise seines Schwagers zu suchen hatte. Kerstin kam nicht. Er tastete sich behutsam nach vorn und spähte um die Ecke. Er konnte nichts erkennen. Nach ein paar Schritten in den Innenhof hinein entdeckte er nach einigem Suchen in einer Nische zwischen dem Hauseingang und einem Müllcontainer Kerstins Tasche. Er ging darauf zu.

Sie lag dort, fast bewusstlos. Neben ihr lagen ihre Tasche, eine Plastikspritze, ein Teelöffel und ein Feuerzeug. Um ihren Arm hatte sie einen Gummigurt, der eigentlich zur Blutabnahme verwendet wurde. Der war wohl aus der Praxis ihres Vaters.
Ullrich sprach sie an und versuchte, sie nicht in die Bewusstlosigkeit abdriften zu lassen. Er musste schnell handeln, denn er konnte nicht einschätzen, wie schlimm ihr Zustand war. Er fragte sie, wer in dem Auto gesessen hatte.
Halb im Rausch antwortete sie: »Gisbert. Ich hab mit ihm 'ne Nummer geschoben. Brauchte dringend 'nen Schuss. Scheiß Drogen.« Danach stammelte sie nur noch unverständliches Zeug.
Ullrich Siebrecht zog sein Handy aus der Innentasche seiner Jacke und rief einen Krankenwagen. Bevor Hilfe eintraf, stammelte Kerstin noch, er solle heimfahren und seiner Schwester helfen. Das verstand er nicht, aber wusste, dass sie es ernst gemeint hatte. Als sie von den Sanitätern in Empfang genommen wurde, verabschiedete sich Ullrich von Kerstin. Er erwischte gerade noch den Bus und fuhr nach Biebigheim, mit einer unguten Vorahnung im Gepäck.

– 9 –

Dienstag 28. Juli, 19.02 Uhr

Am frühen Abend wurde Kommissar Dreitt darüber informiert, dass ein anonymer Anrufer gemeldet habe, das Polizeisiegel an der Wohnungstür von Pratczek sei entfernt worden. Dreitt hatte Zeit und wollte gleich dort vorbeifahren, mit der Option, sich noch den einen oder anderen Burger mit Pommes und Cola bei einem Schnellrestaurant zu besorgen. Er wollte nicht, wie gestern, nur ein trockenes Brötchen als Abendessen zu sich nehmen, denn mehr war ihm, nachdem ihm der Kater die Frikadellen weggeschnappt hatte, ja nicht geblieben.
Er machte sich auf den Weg durch die Innenstadt und besorgte sich unterwegs reichlich Proviant, den er bis zur Ankunft an Pratczeks Wohnung verzehrt hatte. Den entstandenen Müll warf er in den stinkenden Container, der vor dem Haus stand. Er nahm zwei Stufen auf einmal und spurtete die Treppen nach oben. Diesmal war die Tür zum Flur geschlossen. Er drückte die Klinke herunter und die Tür schwang knarrend auf.
Michael Dreitt ging in selbstbewusster Haltung den Flur hinunter. Was niemand sah war, dass seine Hand unter der Jacke auf dem Griff seiner Waffe ruhte. Er war längst nicht so sicher und furchtlos wie er sich gab. Der dunkle, leere Flur mit den vielen Nischen machte ihm in der Tat Angst. Es war kindisch, sich zu fürchten, aber in dieser Gegend konnte man sich längst nicht überall sicher fühlen. Pratczek hatte sich nicht gerade eine Wohnung in einem Nobelviertel angemietet. Das war auch ein Punkt unter vielen, den der Kommissar nicht verstand. Wenn man Geld für Kleider des gehobenen Standards hatte, warum zum Teufel gab man sich dann mit einer solchen Wohnung zufrieden?
Er stand vor der Tür und überprüfte das Siegel. Es war scheinbar abgezogen und danach wieder angeklebt worden. Er hatte den Koffer der Spurensicherung mitgebracht. Er wollte eventuelle Fingerabdrücke sichern, doch an dem Klebestreifen und auch am Türgriff fand er so viele verschiedene Abdrücke, dass es besser sein würde, seine Kollegen zu rufen.

Er betrat die Wohnung und fand alle Schränke und Schubladen offen und durchwühlt vor. Scheinbar hatte der Einbrecher nicht gleich das gefunden, was er suchte, vielleicht auch gar nicht. Falls hier Fingerabdrücke zu finden waren, sprengte das eindeutig seine Kapazitäten. Er konnte unmöglich die ganze Tür inklusive Rahmen, alle Schubladen und Schranktüren und alles andere absuchen. Er rief mit seinem Handy die Kollegen von der Spurensicherung an, sie sollten so schnell es ging vorbeikommen, er würde hier auf sie warten.
Sein Blick fiel auf die Unordnung am Boden. Er sah die Box, von der Leonard ihm heute, als er ins Revier gekommen war, erzählt hatte. Sie lag mit dem Deckel nach unten auf dem Boden. Deutlich konnte man die Spuren der entfernten Klebestreifen sehen. Welcher Einbrecher machte sich die Mühe, eine Kiste umzudrehen und verkehrt herum auf den Boden zu legen, ohne dass etwas heraus fiel? Eigentlich würde man doch erwarten, dass er einfach den Deckel entfernt oder die ganze Kiste zu Boden geworfen hätte, außer er wusste, wonach er zu suchen hatte. Wie es aussah, hatte er nicht das gefunden, was er erhoffte. Womöglich war der oder die Geliebte heimlich zurückgekommen und wollte die Hinweise auf sich vernichten.
Als die Spurensicherung eintraf, ging Dreitt hinaus in den Flur. Auch vorhin schon hatte er sich hier beobachtet gefühlt. Dreitts Arm schnellte blitzschnell nach vorne, griff in den Türspalt der Tür schräg gegenüber und drückte sie nach innen, sodass die Verschraubung der Türkette aus ihrer Halterung am Türblatt gerissen wurde. Die Wohnungstür flog auf, und da stand eine leichenblasse Nachbarin mit schreckgeweiteten Augen. Sie fing an zu schreien.
Kommissar Dreitt, der wusste, dass er in diesem Moment über die Stränge geschlagen hatte, zog seinen Dienstausweis aus seiner Tasche und versuchte, die Frau zu beruhigen. Die Nerven waren mit ihm durchgegangen.
Nach einiger Zeit hatte sich die Nachbarin wieder beruhigt. Dreitt erklärte ihr, dass er in dem Fall Pratczek ermittelte. Sie sagte ihm, dass sie die Anruferin gewesen wäre und als Dreitt die Tür aufgerissen habe, hätte sie gedacht, der Einbrecher wäre zurückgekommen. Sie erzählte ihm, dass sie so gut wie nichts über Pratczek wusste, außer, dass vor längerer Zeit, also schon vor einigen Jahren um genau zu sein, öfter ein Mann zu ihm gekommen war. Es war kurz nachdem er

hier eingezogen war. Damals war Pratczek neu am Theater gewesen, soviel hatte sie in Erfahrung bringen können.
Die Beschreibung passte ziemlich genau zu Jaques Vivon. Dreitt wollte heute Abend noch einmal zum Theater, um Vivon über die Anfangszeit von Pratczek in seinem Theater und über sein Privatleben zu befragen. Langsam kam es ihm so vor, als ob Vivon ihm noch eine Menge zu erzählen hätte.
An diesem Tag war keine Vorstellung, das hieß, Dreitt platzte mitten in eine Probe, die schon für ein Stück in der nächsten Spielsaison stattfand. Er sah Bardusch mit Sina Zeller und einigen Tänzerinnen auf der Bühne. Bardusch hatte eine ausgezeichnete Stimme. Dreitt kannte sich mit Theater und Musik zwar nicht sonderlich gut aus, aber er erkannte wohl, dass es sich um ein Lied aus dem Musical »Grease« handelte. Das hatte er früher einmal mit seiner Freundin als Film im Fernsehen gesehen, und es hatte ihn schon damals nicht vom Hocker gerissen. Die Damen auf der Bühne trugen Petticoats und Caprihosen, verkörperten also ganz den Stil der Fünfziger. Bardusch gab den Halbstarken und seine blonden Haare waren mit Pomade zurückgekämmt.
Plötzlich erhob Bardusch seine Stimme und brach mitten im Stück ab. Er schrie und tobte. Zuerst verstand Dreitt noch nicht warum, weil er sich in den hinteren Rängen aufhielt. Er kam langsam nach vorne und verstand, warum Bardusch sich gestört fühlte. Die Tänzerinnen, die er als langbeinge Salatschnepfen bezeichnete, würden viel zu nah bei ihm tanzen. Sie sollten doch gefälligst hinten auf der Bühne rumhüpfen und sein ausdruckstarkes Spiel nicht verunglimpfen. Schließlich ginge es bei dem Lied um Danny, und die Zuschauer sollten den Fokus nicht auf das Rumgehopse richten, sondern auf ihn.
Vivon winkte ab und ließ ihn stehen. Im Gehen gab er allen Anwesenden für den Rest des Abends frei. Bardusch stürzte von der Bühne herab und holte ihn mit entschiedenen Schritten ein.
»Sie können doch hier nicht einfach abbrechen. Ich habe ein Recht darauf, dass richtig geprobt wird. Schließlich steht hier mein Ruf auf dem Spiel!«
»Da war sogar das Proben mit Pratczek angenehm. Der hatte wenigstens etwas, auf das er sich etwas einbilden konnte. Mit Ihnen ist kein Arbeiten. Sie haben sich noch nicht mal die Sporen verdient, wollen aber wie eine launische Diva behandelt werden. Gehen Sie davon

aus, dass Sie in der nächsten Saison ein anderes Engagement annehmen müssen. Ich schaue mich nach jemand anderem um, ihr Vertrag läuft im Herbst aus. Und jetzt habe ich Feierabend, bitte richten Sie sich danach. Ich möchte nicht gestört werden.«
Dreitt lief dem Intendanten nach und hatte trotz seiner Größe Schwierigkeiten, mit ihm Schritt zu halten.
Vivon blaffte ihn an: »Was wollen Sie schon wieder hier?«
»Jemand ist in Pratczeks Wohnung eingebrochen.«
»Ich war es nicht, also was wollen Sie von mir?«
»Ich möchte mehr über Pratczeks Vergangenheit wissen. Sie sind der Mensch, der ihn am längsten kannte.«
»Sie werden nicht gehen, bevor Sie bekommen was Sie wollen?«
»Nein, auf keinen Fall.«
»In Ordnung, ich sage Ihnen, was ich weiß, und Sie lassen mich dann in Ruhe, ich will allein sein.«
»Gut.«
»Also, ich weiß, dass Pierre Pratczek in einem Kinderheim aufgewachsen ist. Er wollte partout keine Lehre in einer Schreinerei anfangen, so wie es das Heim arrangiert hatte. Mit achtzehn Jahren flog er dort raus, hielt sich eine Weile lang mit Jobs über Wasser und wohnte in verschiedenen WGs. Irgendwann kam dann der Absturz. Er kam in die Hausbesetzerszene und hatte kaum was zu Beißen. Er wurde ein paar Mal hops genommen, weil er bei Demos Steine geworfen und randaliert hatte. Sein großes Glück war, dass er eines Tages auf der Suche nach Arbeit bei einer Kleinkunstbühne nachfragte, und dort einen Job als Beleuchter bekam.
Dann ging alles ziemlich schnell. Pratczek erkannte sein Talent und arbeitete Tag und Nacht, um sich die Schulgebühren für die Schauspielschule, die übrigens ziemlich schlecht war, zu finanzieren. Er saugte das Wissen auf wie ein Schwamm, und setzte perfekt um. Er beendete die Schauspielschule als Klassenbester. Von da an ging es stetig bergauf. Er brach mit seiner Vergangenheit und verbrannte alle Erinnerungen, die ihn noch gefangen hielten. Er lebte für Schauspielerei und den schönen Schein.
Ich sah ihn das erste Mal bei einem Urlaub in Rom, das wissen Sie ja bereits. Dann kam er hierher ans Theater. Wir haben machmal für eine Spielsaison ein Gastensemble vom Würzburger Theater hier. Als ich

hörte, dass es ein Casting geben würde, lud ich Pierre dazu ein. Er wurde genommen und spielte zuerst nur eine Saison hier als Gast. Doch der Erfolg, den er beim Publikum hatte, war derart groß, dass ich die Verantwortlichen überzeugen konnte, ihn fest zu beschäftigen. Wissen Sie, wir haben nur etwa drei eigene Produktionen pro Saison hier, deshalb war es schon etwas Besonderes, hier spielen zu dürfen. So war's. Er war ein toller Mensch, auch wenn wir irgendwann gemerkt haben, dass wir nicht zusammen passen, weil er sich gegenüber der realen Welt abgeschottet und in einem Traum gelebt hat. Aber verdammt nochmal, das hatte er nicht verdient, und ich hoffe, Sie schnappen das Schwein, das ihn umgebracht hat!«

Vivon ließ Dreitt einfach stehen. Er war mit Tränen in den Augen davon gestürzt.

Dreitt wunderte sich über den Gefühlsausbruch von Vivon. Immerhin wusste er jetzt, was er wissen wollte. Allerdings hatte er sich die Vergangenheit von Pratczek aufgrund der Tatsache, dass er eine lokale Größe war, etwas anders vorgestellt. Der Grund, warum er so gut wie nichts aus seiner Vergangenheit zurückbehalten hatte, war wahrscheinlich der, dass es nichts gab, was er hätte aufbewahren können und wollen.

Dreitt atmete tief durch und machte sich auf den Weg ins Revier. Sein Job machte ihm Spaß und er war aus tiefster Überzeugung Polizeibeamter, aber an Tagen wie diesem wäre er einfach gerne im Bett geblieben.

- 10 -

Dienstag, 28. Juli, 19.29 Uhr

Ullrich Siebrecht saß im Bus und wünschte sich, er möge doch etwas schneller fahren. Er fuhr mit der Linie 54 der Verkehrsgesellschaft. Wie immer hatte sie Verspätung. Seine böse Vorahnung verstärkte sich mit jedem Kilometer, den er näher an Biebigheim heranfuhr. Was hatte Gisbert, sein Schwager, am Bahnhof zu suchen? Warum war Kerstin Weinrich bei ihm eingestiegen? Niemand hatte geahnt, dass sie Drogen nahm. Und dass sie anschaffen ging um an Geld zukommen – nicht auszudenken, was passieren würde, wenn ihre Eltern das erfuhren! Auf jeden Fall würde es wohl einen handfesten Skandal in Biebigheim geben.
Er würde einmal mit den Eltern von Kerstin reden. Er mochte sie gerne, weil sie nicht so spießig wie seine anderen Gemeindemitglieder waren. Vielleicht gab es einen Weg, dass die Biebigheimer nichts davon erfuhren und sie eine Entziehung hier in der Nähe machen konnte.
Es fühlte sich an, als stülpte sich sein Magen von innen nach außen. Er hatte Angst, dass etwas mit Silke nicht stimmte. Er hatte noch nie viel von Gisbert gehalten, aber Silke wollte ihn unbedingt heiraten, und schließlich war er noch ein Junge gewesen, was hätte er dagegen tun können? Er hätte Silke so sehr einen guten Mann gewünscht und er bezweifelte ernsthaft, dass Gisbert ebendies war.
Der Bus kam kurz nach halb acht in Biebigheim an. Sobald sich die Tür öffnete, sprang Ullrich heraus. Er war an der Bushaltestelle am Dorfplatz ausgestiegen und rannte los. Der Hof lag am anderen Ende, außerhalb Biebigheims. Er schaffte den Weg normalerweise in zwanzig Minuten. Heute gelangte er bereits nach zehn Minuten an der Hofeinfahrt von Silkes Hofladen an.
Er stürmte über den Hof und riss die Türe auf, suchend blickte er sich im Flur um. Er spähte in die Küche, Silke war nicht da. Nacheinander ging er alle Türen im Erdgeschoss durch und blickte in die Räume die dahinter lagen. Nirgendwo war sie zu finden. Er stürmte die knarrende Treppe hinauf ins Obergeschoss und betrat das Schlafzimmer von

Silke. Gisbert und Silke hatten schon seit einigen Jahren getrennte Schlafzimmer. Das Bett war zerwühlt. Die Laken waren an der unteren Ecke heruntergerissen. Ein Kissen lag auf dem Boden. Auf dem Bettzeug waren Blutstropfen zu sehen. Auf dem Boden vor dem Schrank lag Silkes Bluse mit Blut befleckt. Silke war nicht da.
Er ging in sein altes Schlafzimmer, das jetzt Gisbert bewohnte. Silke saß mit dem Rücken zur Tür auf dem Boden hinter dem Bett. Ullrich konnte ihre strähnigen, zerzausten Haare an ihrem Hinterkopf sehen. Sonst nichts. Das Bett versperrte ihm die Sicht. Er hörte sie leise schluchzen. Er wollte zu ihr gehen und sehen, wie es ihr ging, was los war. Doch er rührte sich nicht vom Fleck. Er stand bewegungslos im Türrahmen. Ihn überkam eine unfassbare Angst. Er fühlte sich um Jahre zurückversetzt, als er durch die Polizeibeamten hindurch seine tote Mutter auf dem Boden liegen sah. Unendlich langsam löste er sich aus seiner Starre und glitt in die Realität zurück. Was er als kleine Ewigkeit empfand, dauerte in Wirklichkeit nur wenige Sekunden.
Ullrich ging um das Bett herum. Silke drehte ihr Gesicht weg, als er zu ihr kam. Ihr ganzes Gesicht war blutüberströmt und es begannen sich erste Blutergüsse abzuzeichnen. Sie konnte durch ihr rechtes Auge, dessen Schwellung sich über das Jochbein Richtung Ohr zog, kaum noch etwas sehen. Ihre Lippe war aufgeplatzt und ihr fehlte ein Zahn, soweit das Ullrich auf den ersten Blick beurteilen konnte. Sie hatte an den Oberarmen Abdrücke von Händen, die die zierliche Frau viel zu fest gepackt hatten. Auf ihrem Rücken waren blutige Striemen zu sehen und ihr Oberkörper war mit Kratzern und Bisswunden übersät. Sie saß nur in Unterwäsche da, die blutverschmiert war. Ullrich wollte sie in den Arm nehmen, aber sie zuckte nur zusammen und rückte ein Stück zur Seite. Er fragte sie, wie das passiert sei und ob es Gisbert gewesen war, aber sie blieb stumm.
Ullrich wählte die Notrufnummer. Er schilderte kurz die Situation und der Arzt war innerhalb von zehn Minuten da. Ullrich hatte Silke in den Arm genommen und wartete mit ihr auf dem Boden sitzend. Nach einer kurzen Untersuchung der Verletzungen, die Silke stoisch über sich ergehen ließ, wies er sie ins Krankenhaus ein und bestellte den Krankenwagen. Ullrich zog ihr einen Bademantel über und fuhr im Krankenwagen mit. Er hatte versucht Dr. Weinrich zu erreichen, aber er war wohl noch nicht aus Aschaffenburg zurück.

Die Untersuchung ergab, dass Silke vergewaltigt und zusammengeschlagen worden war. Sie hatte drei gebrochene Rippen. Außerdem hatte sie einen Kieferbruch, zahlreiche Hämatome und Wunden, die durch Schläge verursacht worden waren. Silke sollte zur Beobachtung eine Nacht in der Klinik bleiben.
Ullrich Siebrecht saß während der Untersuchungen im Wartebereich der Station. Er hatte keine Ahnung, wie lange es schon dauerte, aber es kam ihm wie eine Ewigkeit vor. Plötzlich kam Dr. Weinrich, der anscheinend erfahren hatte, was passiert war, den Gang entlang. Die Tür des Untersuchungszimmers öffnete sich, und die Schwester bedeutete ihnen, mitzukommen. In ihrem Zimmer angekommen, fragte Silke ihren Bruder, ob er ihr nicht etwas zu trinken besorgen könnte, was er auch tat.
Sie hatte ein Beruhigungsmittel bekommen und lag matt im Bett. Sie war furchtbar müde und wollte nur noch schlafen. Fast hatte sie die Anwesenheit von Dr. Weinrich vergessen, doch plötzlich fragte er unumwunden in die Stille hinein.
»Wer war das? Hat dich dein Mann so zugerichtet? Das war bestimmt nicht das erste Mal, oder?«
Man hörte ihm unverhohlene Wut darüber an. Silke hatte ihm den Rücken zugekehrt und zuckte bei seiner Frage sichtlich zusammen. Sie dachte einen Moment nach. Nein, sie würde nicht länger lügen. Nicht für Gisbert, und für niemanden mehr. Jetzt war es Zeit, zu reden. Sie raffte sich auf. Ullrich kam ins Zimmer.
»Ja. Wir hatten Streit. Wieder einmal. Es ging um diese blöde Kirchner. Da ist er ausgerastet.«
Ullrich schaltete sich ein.
»Was hat denn Marie-Luise damit zu tun? Ich meine, sie ist schließlich tot. Und auch vorher konnte man nicht behaupten, dass ihr euch besonders gut kanntet.«
Silkes Stimme bekam einen harten, kalten Unterton.
»Das kann ich Dir sagen: Sie hat unsere Ehe kaputtgemacht. Dieses Miststück! Eines Tages, so ungefähr vor drei Wochen, denke ich, kam ein Brief von ihr an Sigbert. Ich habe ihn geöffnet. Es war ein Brief, der ursprünglich von ihm an die Mutter von Marie-Luise geschickt worden war. Vor neunundzwanzig Jahren. Darin hatte mein Mann ihr geschrieben, dass es ihm ziemlich egal wäre, wer für ihr Balg aufkäme,

und dass er unter allen Umständen die Affäre mit ihr leugnen würde. Niemand würde ihr glauben, dass er, ein zwanzigjähriger, junger Bursche mit einer dreiunddreißigjährigen alten Schachtel ins Bett steigen würde. Er schrieb noch einige Dinge, die wirklich niveaulos waren.
Ich war geschockt. Das hieß, dass er eine Tochter hatte: Marie-Luise Kirchner. Ich stellte ihn zur Rede. Er flippte völlig aus und schlug mich. Das erste Mal in unserer Ehe, die nie viele Lichtpunkte hatte, schlug er mich. Alle Dämme waren gebrochen. Von nun an schlug er mich fast täglich. Ich konnte ihm nichts mehr recht machen. Er rastete wegen jeder Kleinigkeit aus und schlug. Er machte mich dafür verantwortlich, dass wir keine Kinder bekommen hatten. Er sagte, dass ich deshalb als Frau nichts wert wäre, nicht mal den Dreck unter seinen Nägeln. Der einzige Grund, warum er mich geheiratet hätte, wäre gewesen, dass ich so jung war und einen Hof zu erben gehabt hatte. Als mir die Kartoffeln angebrannt waren, warf er den Topf mit dem heißen Wasser nach mir. Ich hatte mir fürchterlich den Arm verbrüht. Er hatte mich in der letzten Woche dreimal mit dem Ledergürtel verprügelt und damit ich nicht weglaufen konnte, band er mich am Bett fest. Danach vergewaltigte er mich jedes Mal.
Dieses Mal hat er mich getreten und an den Haaren aus meinen Zimmer geschleift. Er wollte mich übers Treppengeländer werfen aber ich habe mich gewehrt. Dann hat er immer weiter auf mich eingeprügelt. Ich habe mich nicht mehr gerührt. Irgendwann ist er abgezogen. Er ist bestimmt ins Wirtshaus gegangen und hat gesoffen. Dieses miese, stinkende Schwein.
Letzte Woche war es genauso, dann hat er gesagt, er würde sich die Kirchner vornehmen, wenn sie ein Wort erzählen würde, das war Samstagabend. Nach der Kirche bin ich zu ihr hingegangen und habe ihr gesagt, sie solle ihren Mund halten. Sie würde alles zerstören mit ihrem Wissen. Aber sie hat mir erzählt, dass Sigbert mir wohl zuvor gekommen war, sie auf offener Straße beleidigt hatte und ihr gedroht habe, sie umzubringen. Einen Tag danach fand man sie tot, deshalb habe ich geschwiegen.«
»Sie müssen ihren Mann verlassen. Ich werde Anzeige gegen ihn erstatten, Frau von Giebhardt. Er ist gefährlich und gehört hinter Gitter, nach dem, was er mit Ihnen gemacht hat.«
»Ich werde ihn verlassen. Jahrelang habe ich darunter gelitten, als

mein Vater meine Mutter schlug, und danach mich – und mir noch Schlimmeres antat... Niemals hat er dafür büßen müssen. Gisbert wird büßen, für alles, was er jemals einem Menschen angetan hat.«

»Du brauchst jetzt Ruhe. Wir werden jetzt gehen. Aber ich komme morgen wieder, und ich bitte die Schwester, dass sie sofort die Polizei ruft, sobald sie diesen Mistkerl hier sieht. Schlaf gut. Ich sage nochmal Bescheid, dass man Dir ein Schlafmittel bringt.«

Ullrich küsste sie auf die Stirn und verabschiedete sich. Draußen auf dem Flur unterhielt er sich noch kurz mit Dr. Weinrich. Er hatte bereits die Polizei gerufen und hoffte, dass sie Gisbert von Giebhardt vielleicht schon gefunden hatten.

Ullrich erkundigte sich nach Kerstins Befinden, und erklärte, dass er sie gefunden und den Notarzt gerufen habe.

»Ich danke Ihnen dafür, was Sie für Kerstin getan haben. Meine Frau rief mich völlig aufgelöst an, als ich unterwegs war, und erzählte mir, was passiert war. Jemand vom Krankenhaus hatte bei ihr angerufen und gesagt, dass sie bewusstlos aufgefunden worden und in die Notaufnahme eingeliefert worden sei. Ich bin sofort hierher gefahren. Sie liegt noch im Koma, aber die Ärzte hier denken, dass sie innerhalb von zwei Tagen aufwachen wird, es deutet Vieles darauf hin. Ich bin mir sicher, dass sie es schaffen wird.«

»Ich hoffe es sehr. Sie hat noch einige Dinge wieder gut zu machen für ihre Zukunft.«

»Ja, das denke ich auch. Als ich gerade auf dem Heimweg war, rief mich meine Frau erneut an, und berichtete mir von Ihrem Anruf. Da habe ich gleich kehrt gemacht, und bin wieder hierher gekommen. Natürlich ist Silke hier in besten Händen, aber ich kenne sie schon seit ihrer Geburt und die Ereignisse lassen einen nicht kalt. Ich wünsche ihr auf jeden Fall viel Glück. Sagen Sie ihr das bitte«, sagte Dr. Weinrich und ging, Tränen unterdrückend, den Gang hinunter.

Noch am gleichen Abend wurde Gisbert von Giebhardt auf dem Gestüt seiner Mutter verhaftet. Sein Wagen parkte im Hinterhof. Amalie von Giebhardt beharrte darauf, ihr Sohn sei nicht hier gewesen, und er hätte das Auto bereits am Mittag abgestellt. Sie fragte, was ihrem Sohn vorgeworfen würde und regte sich dann fürchterlich auf, als sie erfuhr, warum die Polizei ihn suchte. Sie war außer sich vor Wut. Schließlich wäre das eine Sache zwischen seiner Frau und ihrem Sohn und da könnte sich die Polizei die Steuergelder sparen, denn Silke sei selbst schuld. Außerdem meinte sie, dass Silke nie im Leben ihren Sohn anzeigen würde. Die Polizisten wiesen sie darauf hin, dass der Notarzt Anzeige erstattet habe, weil es seine Pflicht wäre und Silke bereits die Tatbestände zu Protokoll gegeben habe.

Die Beamten durchkämmten das Gut und widersetzten sich der halsstarrigen Besitzerin. Sie hätten Gisbert von Giebhardt jedoch nicht unbedingt gefunden, hätte er sich nicht selbst verraten. Die Polizeibeamten hatten gerade eine Scheune durchsucht und machten sich auf den Weg zu den Stallungen, als sie noch ein Geräusch in der Scheune hörten, das Gisbert von Giebhardt beim Herunterklettern von den Balken des Fachwerkdachstuhls verursacht hatte. Wie er so betrunken da hinauf gekommen war, wussten die Beamten nicht, aber immerhin war er dumm genug, nicht abzuwarten, bis sie gegangen waren.

Von Giebhardt widersetzte sich heftig der Verhaftung und griff einen Beamten tätlich an. Zwei Polizisten drückten ihn zu Boden und legten ihm Handschellen an. Danach bugsierten sie ihn in das Polizeiauto und fuhren ihn auf die Polizeiwache nach Aschaffenburg.

Amalie von Giebhardt hatte die Verhaftung Ihres Sohnes aus dem Fenster ihres Salons beobachtet. Sie würde sich noch einmal mit Silke unterhalten müssen.

- 11 -

Dienstag, 28. Juli, 22.30 Uhr

Amalie von Giebhardt saß in ihrem schweren Ledersessel in der Bibliothek. Sie hatte sich zum wiederholten Male einen Sherry eingegossen. Sie dachte daran, wie ihr einziger Sohn und überhaupt der einzige Verwandte, den sie hatte, vor ungefähr drei Stunden verhaftet worden war. Sie konnte kaum glauben, dass er Silke das angetan hatte. Sie hatte in ihrer Kindheit erlebt, dass es zu tätlichen Übergriffen zwischen ihren Eltern gekommen war. Sie hatte nur ein einziges Mal ihre Mutter gefragt, warum ihrem Vater die Hand ausgerutscht war und ihre Mutter hatte geantwortet: »Kindchen, die Frau muss sich dem Mann unterordnen und wenn er bei einem Streit einmal zuschlägt, so hat das die Frau hinzunehmen. Schließlich ist es seine Pflicht, die Familie zu versorgen. Es ist nicht gut, sich in die Belange von Männern einzumischen, bleib besser in der Küche und bei den Kindern, Mädchen, das ist deine natürliche Aufgabe, die Gott für dich bestimmt hat.«
Damit konnte sich Amalie damals nicht anfreunden. Sie dachte, dass Vater Mutter lieben würde, doch im Laufe der Jahre lernte sie immer mehr, dass die finanzielle Versorgung und der Stand eine wichtigere Rolle im Leben einzunehmen hatten als simple Gefühlsduseleien. Sie konnte sich noch genau an den Abend erinnern, an dem sie diese Wahrheit am eigenen Leibe zu spüren bekommen hatte.
Sie war damals zwölf Jahre alt. Sie wusste alles noch wie heute. Mutter hatte ihr ein seidenes Kleid herausgelegt, das sie tragen sollte, als die Gäste kamen. Es war ihr Geburtstag und Vater hatte alle Gäste zum Abendessen eingeladen. Mutter hatte zusammen mit der Haushälterin im Salon das gute Geschirr eingedeckt. Amalie freute sich sehr darauf. Sie ahnte nicht, dass sie am Ende dieses Tages soviel Hass empfinden würde, dass dieser sie für den Rest ihres Lebens völlig verändern sollte. Das Abendessen verlief normal und danach blieben die Gäste noch eine Weile, obwohl Amalie am frühen Abend zu Bett ging. Sie hörte die Stimmen von unten. Sie hatte eine Puppe geschenkt bekommen mit einem wunderschönen Porzellangesicht und großen blauen Augen,

die jetzt hier neben ihr im Bett lag, weil sie sich nicht von ihr trennen wollte. Bald war sie fest eingeschlafen.
Einige Stunden später wurde sie von einem Geräusch geweckt. Es war dunkel und sie wusste erst nicht so genau, wo sie überhaupt war. Sie spürte den warmen, feuchten Atem direkt neben ihrem Ohr und hörte die Stimme ihres Vaters, die flüsterte: »Mein kleiner Liebling. Heute war dein zwölfter Geburtstag und nun bekommst du ein ganz besonderes Geschenk von deinem Vater, meine Liebste.«
Ihr Vater sprach so merkwürdig. Sie verstand nicht, was er meinte und sie konnte den Geruch von Alkohol wahrnehmen.
Amalie von Giebhardt schloss die Augen. Sie stand auf und öffnete das Fenster so weit sie nur konnte und atmete die frische Luft ein. Eigentlich hatte sie diese Erinnerungen aus ihrem Gedächtnis gestrichen. Sie setzte sich wieder und nahm einen Schluck aus ihrem Glas. Ihr Herz klopfte genauso wie damals und ihr Magen krampfte sich unter so starken Hassgefühlen zusammen, dass sie glaubte sich selbst zu verlieren. Niemand durfte ihr das antun. Auch nicht ihr Vater. Sie hatte ihm gezeigt, was passierte, wenn man sich mit Amalie von Giebhardt anlegt. Und sie hatte später nie wieder hingenommen, ausgeliefert zu sein. Sie würde immer diejenige sein, die einen Angriff führt, weil sie sich dann nicht verteidigen musste. So war sie erzogen und es hatte auch sein Gutes, nicht der emotionale Sklave seiner selbst und seines Gegenübers zu sein. Und Amalie hatte sich schon sehr früh von emotionalen Bindungen freigemacht.
Vier Jahre später, auch an diesen Tag konnte sie sich gut erinnern, hatte sie erfahren, dass sie schwanger war. Ihr Vater hatte noch am selben Abend einen Arzt aus Frankfurt bestellt, der die Familie von diesem Problem entlastete. Amalie hatte schreckliche Schmerzen, aber sie wurde nur zu Bett geschickt und über die Angelegenheit wurde nicht mehr gesprochen. Es war ihr Kind gewesen. Sie wusste damals nicht, ob sie es hätte behalten wollen oder nicht. Aber eines wusste sie ganz bestimmt. So würde es nicht weitergehen.
Sie schlich sich mit hasserfülltem Herzen ins Badezimmer und öffnete den Medizinschrank ihrer Mutter. Sie wusste schon seit Jahren, dass ihre Mutter starke Schlafmittel nahm. Sie nahm das Röhrchen mit Tabletten und schlich sich hinüber in das Schlafzimmer der Eltern. Die Mutter schlief wie eine Tote. Sie hatte alle Tabletten in Wasser aufge-

löst. Ihr Vater war betrunken. Sie konnte seine Alkoholfahne schon an der Eingangstür riechen. Sie hielt seine Nase zu und kippte die aufgelösten Tabletten in seinen Mund. Sie hatte das Glas nicht mal bis zur Hälfte gefüllt, damit es schnell gehen würde, ihm das Zeug in den Mund zu bugsieren. Ihr Vater zuckte zusammen, aber sie hatte Glück und er schluckte, bevor er aufwachte. Er schaute sich um und erblickte Amalie. Wütend setzte er sich auf. Ihm war schwindelig. Amalie wusste nicht, ob vom Alkohol oder von den Tabletten. Er stellte sie zur Rede und sie versuchte sich herauszumanövrieren.
Nach einiger Zeit wurde es ihm zu dumm und er stand schwankend auf und kam auf sie zu. Sie ging instinktiv rückwärts. Er torkelte aus dem Zimmer und auf die Galerie, von der die Schlafzimmer abgingen. Alles schien unglaublich langsam zu passieren, fast wie in Zeitlupe. Auf Höhe der Treppe machte Amalie einen Schritt zur Seite und gab ihrem Vater einen kräftigen Stoß. Er stürzte die Treppe hinunter und blieb unten regungslos liegen. Sie stand oben am Treppenabsatz und starrte mit ausdrucklosem Gesicht nach unten. Dann drehte sie sich um und machte sich auf den Weg in ihr Zimmer. Sie nahm ihre Puppe vom Schrank und schlief mit ihr im Arm ruhig und tief ein.
Am anderen Morgen hatte die Haushälterin Herrn von Giebhardt gefunden und den Arzt gerufen. Leider hatten der Sturz und die Tabletten nicht gereicht, um ihren Vater umzubringen. Aber nun war sichergestellt, dass sie für den Rest ihres Lebens vor ihm Ruhe hatte. Der alte Herr von Giebhardt saß seitdem körperlich und geistig schwer behindert im Rollstuhl. Er lebte nur noch wenige Jahre. Für Amalie brach nun die Zeit an, in der sie die Führung des Hofes an sich riss, während ihre Mutter immer mehr in der Tablettensucht und die Unwichtigkeit des Dahindämmerns versank.
Sie hatte Männer und Sex gehabt so viel sie wollte, aber geliebt hatte sie keinen. Sie konnte nicht lieben. Sie empfand es als beengend und zwanghaft. Ihr Sohn war der einzige Mensch, zu dem sie eine Art lose Zuneigung hatte. Sie konnte kein Mitleid empfinden, wenn er als kleiner Junge böse hingefallen war, sie konnte ihn nicht trösten, wenn er schlecht geträumt hatte, und sie konnte nicht mit ihm kuscheln, wenn er morgens zu ihr ins Bett kam. Das überließ sie einer Kinderfrau, und sie ließ ihm die bestmögliche Erziehung angedeihen, die sie ihm ermöglichen konnte.

Sie war enttäuscht und wütend darüber, was passiert war. Sie wollte eine Nacht darüber schlafen, und vielleicht kam Gisbert ja doch noch mit einem blauen Auge aus der Sache heraus. Das würde sie eine schöne Stange Geld kosten. Sie trank ihr Glas mit Sherry aus und ging zu Bett.

Leonard saß in seiner leeren Wohnung auf seinem Sofa und dachte nach, während er darauf wartete, dass seine Tiefkühllasagne heiß wurde. Wieder einmal hatten ihn seine Gedanken überrannt. Schon seit längerer Zeit hatte er diese Angst- und Beklemmungszustände. Er war allein. Es gab niemanden in seinem Leben außer ihm selbst. Das machte ihm Angst.

Er stand auf, um in die Küche zu gehen und sich eine Zigarette zu holen. Das Telefon hatte geklingelt. Sein Kollege Dreitt hatte ihm mitgeteilt, was er über Sina Zeller und über die Premierenfeier im »Falstaff« herausgefunden hatte. Dreitt hatte ihn mit seinem Anruf aus seiner Lethargie gerissen. Er nahm auf dem alten Küchenhocker Platz und blickte wieder auf die trostlose Fassade des Innenhofs. Er ging in Gedanken noch einmal alle Fakten durch, die sie bis jetzt herausgefunden hatten.

Mit an Sicherheit grenzender Wahrscheinlichkeit war der Galgenmechanismus manipuliert worden, so dass Pratczek sterben würde, wenn er ihn benutzte. Das war das Ziel gewesen – Pratzcek zu ermorden. Wer hatte etwas gegen ihn? Oder besser: Konnte jemand einen Nutzen daraus ziehen, wenn es Pierre Pratczek nicht mehr gab?

Da war zum Beispiel Jaques Vivon, der Intendant des Theaters. Er war der Verflossene von Pratczek. Pratczek hatte ständig andere Liebschaften und Vivon hatte noch Gefühle für ihn. Eifersucht war ein starkes Motiv. Die Gelegenheit hätte er auch gehabt, denn er hatte jederzeit Zugang zu allen Räume und Requisiten des Theaters.

Dann war da noch Bardusch. Der hatte eindeutig einen Nutzen von Pratczeks Ableben, denn er wusste, er würde sich dadurch beruflich enorm verbessern können. Sie hatten sich menschlich nie gut verstanden und Bardusch litt an einem übersteigerten Geltungsdrang, der erfüllt werden wollte. Die Gelegenheit hätte auch er gehabt.

Bei Sina Zeller allerdings war sich Leonard nicht klar darüber, ob sie

überhaupt einen Grund gehabt hätte, Pratczek auszuschalten. Die Möglichkeit hätte sie natürlich gehabt. Vielleicht hatte sie sich wirklich in Pratczek verliebt und er hatte sie zurückgewiesen. Aber das war eher unwahrscheinlich. Allerdings war schon rätselhaft, warum eine junge, aufstrebende, aber völlig blanke Schauspielerin sich über Immobilien und Existenzgründerdarlehen informierte. Entweder sie hatte unverhofft Geld erhalten, das sie anlegen wollte, oder sie versprach sich, bald welches zu haben. Wie auch immer. Sina Zeller musste er im Auge behalten, genauso wie alle anderen aus dem Theater.
Dann gab es da auch noch die geheime Affäre. Hatte Pratczek ihn oder sie verlassen, oder umgekehrt? Schließlich wusste niemand, wer es war. Kastner würde morgen früh nach Biebigheim fahren und versuchen, dem Geheimnis auf die Spur zu kommen, denn bisher fehlten ihm noch eine erhebliche Anzahl Puzzleteilchen, um den Mord an Pratczek aufzuklären. Er versprach sich, in Biebigheim einen Hinweis auf den Mörder zu finden.
Er holte sein Essen aus dem Ofen und stocherte mit wenig Appetit darin herum. Sein Kater sprang auf den Tisch und bettelte um Zuneigung. Er kraulte ihn hinter dem Ohr, setzte ihn dann aber wieder auf den Boden zurück. Er hatte heute auf dem Nachhauseweg im Tierfachmarkt ein Schlafkissen, einen Napf samt Futter und Spielzeug besorgt. Er war unschlüssig, ob er einen Kratzbaum kaufen sollte, also entschied er sich vorerst für ein großes Kratzbrett, das er noch am Abend an die Wohnzimmerwand dübelte. Der Nachbar machte sich lautstark bemerkbar, aber Kastner kümmerte es nicht. Sein Nachbar konnte ja die Polizei rufen, wenn er wollte. Der Kater sollte sich so wohl wie möglich fühlen. Er hatte nicht an ein Katzenklo gedacht, deshalb legte er die halbe Wohnung mit Zeitung aus. Er würde morgen ein Klo für den Stubentiger besorgen. Eine Transportbox brauchte er auch noch, wie er auf der Heimfahrt festgestellt hatte, als sein neuer Mitbewohner gut gelaunt vom Rücksitz nach vorn gesprungen und ihm um die Beine gestrichen war, um dann mit den Anhängern und Schlüsseln an seinem Schlüsselbund, der im Zündschloss steckte, zu spielen. Mehr als einmal hatte er sich wegen des Katers in riskante Fahrmanöver verstrickt.
Eigentlich war es eine Frechheit, was ihm der Verkäufer in dem Tierfachmarkt alles hatte aufschwätzen wollen. Einen sprechenden Napf, Katzengras, eine Leine. So ein Blödsinn! Aber was er wirklich brauch-

te, hatte er nicht bekommen. Er würde morgen Abend dort vorbeifahren und den Verkäufer ein bisschen zurechtstutzen. Vielleicht konnte er ja einen Rabatt herausholen, sozusagen als Entschädigung für die schlechte Beratung.
Er fütterte seinen kleinen Kater. Er hatte sich eine Flasche Cola und einen Kasten Pils mitgebracht, mit denen er es sich auf der Couch im Wohnzimmer gemütlich machte. Danach gab es noch ein paar Streicheleinheiten für sein neues Haustier und dann ging er schlafen. Auch der Kater legte sich hin. Er rollte sich am Fußende von Leonards Bett zusammen und schlief tief und fest, nachdem er ein kleines Häufchen neben die Zeitung in der Küche gesetzt hatte.

Als Leonard das kleine Etwas am nächsten Morgen entdeckte, war er wenig begeistert. Er entfernte den Kot und überlegte, wie er das Problem in den Griff bekommen konnte. Schließlich war er nicht oft zu Hause, um den Kleinen zu beaufsichtigen. Er trank erst einmal einen Kaffee und bevor er das Haus verließ, stellte er Wasser und Futter ins Bad und sperrte die Katze dazu. Dort würde die Grundreinigung wohl nicht so aufwändig werden.
Kastner fuhr erst einmal zur Tankstelle und besorgte sich einen Kaffee, eine Zeitung und ein belegtes Brötchen mit Salami und Käse, was er, nach dem gestrigen Missgeschick mit dem Kaffee im Auto, direkt vor Ort zu sich nahm. Er kam am Tiergeschäft vorbei als er seinen Weg fortsetzte und entschied sich spontan dafür, die noch benötigten Sachen gleich jetzt zu besorgen, denn es war gut möglich, dass er sehr spät nach Hause kommen würde. Er kaufte ein Katzenklo und Katzenstreu sowie eine Transportbox, außerdem noch eine Fellbürste und ein Mittel gegen Flöhe und Milben. Er war einfach zu gutmütig, denn er hatte, wie immer, viel mehr gekauft, als er eigentlich wollte. Er verstaute alles auf dem Rücksitz. Bald darauf fuhr er auch schon auf die Großostheimer Straße Richtung Biebigheim.
Nach zwanzig Minuten gelangte er am Ortsschild an. Kastner wollte sich etwas zu Trinken besorgen, denn er würde einige Stunden hier verbringen müssen. Er bemerkte einen kleinen Gemischtwarenladen an der Hauptstraße und parkte ein paar Meter die Straße runter auf einem eingezeichneten Parkplatz. Er warf zwanzig Cent in die Parkuhr,

solche altmodischen Dinger hatten die hier tatsächlich noch, und lief die Straße hinunter zur Ladentür.

Er betrat das Geschäft von Frau Perner. An der Verkaufstheke standen drei Frauen. Sie waren in ein Gespräch vertieft und bemerkten kaum, dass Leonard Kastner den Laden betrat. Die Getränke standen neben der Eingangstür. Er suchte sich eine Cola und ein kleines Tütchen Bonbons aus. Danach wollte er sich noch eine Zeitschrift organisieren. Er hatte sich das Gespräch bis dahin nur oberflächlich angehört und konnte daraus entnehmen, dass die alte, schnoddrige Dame in der Bücherei arbeitete, die rundliche eine Bäckerin oder Verkäuferin in einer Bäckerei und die dritte, hagere die Ladenbesitzerin selbst war. Jetzt sprachen sie aber ein Thema an, dass Kastner interessierte und er beschloss noch eine Weile zu warten. Er ging ein paar Schritte weiter nach hinten in den Laden und schaute sich die recht ordentliche Auswahl an Zeitschriften an. Hier konnte er der Unterhaltung ganz ungeniert folgen.

»Habt ihr mitbekommen, dass der von Giebhardt gestern Abend auf dem Gestüt verhaftet worden ist? Ich habe die Polizeiautos dahin fahren sehen. Da habe ich mit der alten Winkler telefoniert. Sie kümmert sich dort um den Garten und wohnt im Gästehaus. Sie hat mir erzählt, dass der junge von Giebhardt stockbesoffen mit dem Auto angefahren kam und nach einer Auseinandersetzung mit seiner Mutter in der Scheune verschwunden ist. Leider konnte sie nicht verstehen, worum es in dem Streit ging, aber er hat sich dort wohl versteckt. Die Polizisten waren eigentlich schon mit der Scheune fertig, hat sie gesagt, aber irgendwie ging wohl nochmal einer rein, und dann haben sie ihn doch gefunden und verhaftet. Soll ganz schön getobt haben, als sie ihn geschnappt haben.«

Frau Perner berichtete aufgeregt über die Ereignisse.

»Weiß jemand, warum ihn die Polizei gesucht hat?« wollte Frau Burger wissen.

»Meine Schwägerin hat den Krankenwagen kommen sehen. Er ist zum Bauernhof der von Giebhardts gefahren«, meinte die Ladenbesitzerin.

Frau Burger schaltete sich erneut in das Gespräch ein: »Die Kirchner hat ihm das Messer auf die Brust gesetzt. Sie hat erst kürzlich nach dem Tod ihrer Mutter die Briefe gefunden. Ich weiß es, weil sie mehr von mir über die Zeit ihrer Mutter hier in Biebigheim wissen wollte.

Sie war damals noch ein kleines Kind und ihre Mutter arbeitete mit mir zusammen in der Bücherei. Sie quetschte mich regelrecht über jede Kleinigkeit aus.
Marie-Luises Mutter war eine sehr feine Person und sie verstand ihren Beruf, das muss der Neid anerkennen. Sie war nicht glücklich in der Ehe mit ihrem Mann und fühlte sich vernachlässigt. Sie hatten sich auseinandergelebt. Aber verlassen wollte sie ihn des Kindes wegen auf keinen Fall. Wir waren befreundet und haben uns auch private Dinge erzählt. Damals hatte sie ein kurzes Tetê a tetê mit Gisbert von Giebhardt. Sie war einige Jahre älter als er, und es schmeichelte ihr ungemein, dass sich ein junger, attraktiver Mann, was er – jedenfalls damals noch – war, für sie interessierte. Ich bin sicher, sie wurde von ihm schwanger, aber er wollte wohl nichts von dem Kind wissen. Sie kündigte ihre Arbeit hier und sie zogen weg.
Marie-Luise hatte wohl davon erfahren. An dem Tag, als sie sich umgebracht hat, hat der von Giebhardt sie jedenfalls auf offener Straße angepöbelt und ihr gedroht, wenn sie nicht ihren Mund halten würde, dann würde er ihn ihr schon stopfen und so weiter und so weiter. Es waren öffentliche Drohungen, und von Giebhardt ließ keinen Zweifel daran, dass er sie auch wahr machen würde. Alle auf der Straße standen stumm da und glotzten, nur ein robuster Mann ging dazwischen und schickte Gisbert nach Hause um sich ausnüchtern. Die arme Frau Kirchner. Es konnte ja niemand ahnen, dass Sie deshalb ihrem Leben ein Ende setzt.«
»Ich bin mir da nicht so sicher, ob es deswegen war. Immerhin war die Geschichte mit dem Pfarrer mehr als einseitig. Dabei wären sie ein hübsches Paar gewesen, wenn die Kirche nicht zwischen ihnen gestanden hätte«, meinte Frau Perner.
Eine vierte Frau war hereingekommen uns schaltete sich in das Gespräch ein: »Sprecht ihr von Pfarrer Siebrecht und Frau Kirchner?«
Die Pfarrersköchin war zwar im Allgemeinen nicht sehr an Tratsch interessiert, aber wenn es um den Pfarrer ging, dann wusste sie immer Bescheid.
»Wieso?«, fragte Frau Perner, »gibt es da etwas Neues?«
»Nichts Neues. Nur das Alte.«
»Und was ist das?«, wollte Frau Weitz wissen.
»Naja, er war öfter bei der Lehrerin und sie haben im Garten Kaffee

getrunken und geredet. Ich konnte sie durch die Hecke beobachten. Sie wirkten sehr vertraut. Sie sind hin und wieder auch mal nach Aschaffenburg ins Theater gefahren. Das mochten sie beide. Eigentlich gehört sich das für einen Geistlichen nicht. Ich meine, das darf er doch auch gar nicht, oder? Auf jeden Fall war er seit ihrem Tod nicht mehr im Theater. Es macht ihm wohl keinen sonderlichen Spaß mehr. Oder er ist endlich zur Vernunft gekommen und besinnt sich auf seine Aufgabe hier als Seelsorger der Gemeinde.«

»Ach übrigens, Mathilda«, schaltete sich Frau Perner wieder in das Gespräch ein, »die Lakritze, die du letzte Woche für den Pfarrer gekauft hast, hat ihm die geschmeckt? Ich weiß, er ist sehr eigen, aber die, die er sonst immer isst, bekommen wir eben erst nächste Woche wieder rein.«

»Ich weiß auch nicht, was er an diesen Süßigkeiten findet. Er hat sie, glaube ich, immer noch auf seinem Nachttisch liegen. Abends beim Lesen, oder wenn er unterwegs ist, nimmt er sich welche. Ich glaube, das beruhigt ihn irgendwie. Ob er davon schon was gegessen hat, das weiß ich allerdings nicht.«

»Ist ja auch nicht so wichtig, ich denke…«

Kommissar Kastner drängelte sich an den Frauen vorbei zur Kasse und fiel Frau Perner ins Wort.

»Zwei Donuts und ein Käsebrötchen bitte und das da auch noch.«

Er legte einen Schokoriegel und die restlichen Sachen auf die Theke. Frau Perner gab ihm wortlos was er wollte und rechnete ab. Er nahm alles auf den Arm, verabschiedete sich kurz und ließ die verärgerten Damen stehen.

Kastner setzte sich in sein geparktes Auto und begann mit dem zweiten Frühstück. Während er aß, gingen ihm verschiedene Gedanken im Kopf herum. Er hatte aufgeschnappt, dass es wohl ein Tête a tête zwischen dem Ortspfarrer und dieser Frau Kirchner gegeben haben musste. Außerdem waren sie wohl öfter zusammen im Stadttheater gewesen. War das die Verbindung, nach der er suchte? Wenn er das richtig verstanden hatte, war Frau Kirchner tot. Er würde in der Polizeiwache anrufen und nachfragen, ob etwas über diese Marie-Luise Kirchner bekannt war.

Er biss herzhaft in sein Brötchen. Er wollte in Erfahrung bringen, wo diese Kirchner gewohnt hatte und sich die Wohnung einmal genauer ansehen. Schließlich gab es bisher keinerlei Verbindung zu Pratczek, und er war sich nicht sicher, ob es am Ende dieses Tages eine geben würde. Außerdem wollte er später noch zum Pfarrhaus, um sich diesen Geistlichen einmal genauer anzusehen. Er schien ja nicht gerade ein Heiliger zu sein, wenn man dem Tratsch über ihn Glauben schenken durfte.

Leonard nahm sein Handy aus dem Handschuhfach und wählte die Nummer vom Revier. Nach einem kurzen Gespräch hatte er die Information, dass Marie-Luise Kirchner sich vor drei Tagen in der Badewanne die Pulsadern aufgeschnitten hatte und ihre Leiche jetzt bis zur Freigabe durch den Staatsanwalt im Aschaffenburger Waldfriedhof lag. Dorthin würde er nach seinen Ermittlungen in Biebigheim sowieso müssen, weil er noch mit Dr. Spielmann sprechen wollte. Er hoffte, dass Spielmann dann noch da war, denn er glaubte nicht, dass er vor dem späten Nachmittag hier fertig werden würde. Es war immerhin schon fast zwölf Uhr.

Er hatte sich die Adresse von Frau Kirchner notiert und kramte jetzt den Zettel unter der Papiertüte hervor, in der die Donuts lagen. Er schaltete sein Navigationssystem an und gab den Zielort ein. Nach wenigen Minuten war er an dem kleinen Häuschen, das am Dorfrand lag, angekommen. Es machte einen sehr gepflegten Eindruck und der Garten war mit zahlreichen duftenden Rosen angelegt. An der Hausfassade mit der kleinen überdachten Terrasse rankte sich Rittersporn hinauf, der in leuchtendem Blau blühte.

Kastner stieg aus und ging die wenigen Schritte bis zum Gartentor. Er drückte die Klinke herunter. Es war nicht abgeschlossen. Leonard betrat den Kiesweg und schritt durch die Allee von Rosenbüschen. Er stieg die drei Stufen zur Eingangstür hinauf und drehte an dem Türknauf. Alles war still. Das Geräusch, als die Tür beim Aufgehen in ihren Angeln quietschte, erschien ihm unnatürlich und unverhältnismäßig. Durften Türen in solchen Märchenhäusern überhaupt quietschen? Das alles hier war so unwirklich und makellos wie in einer phantastischen Geschichte. Er fühlte sich, als hätte er mit dem Öffnen der Gartentüre eine andere Welt betreten. Leonard Kastner schien alle Geräusche nur noch aus weiter Ferne wahrzunehmen.

Er betrat die Diele durch die Eingangstüre und schloss diese hinter sich. Jetzt umfing in diese Stille ganz und gar. Die Luft war dick, als könnte man sie mit Messern schneiden. Er hatte das Gefühl, keine Luft mehr zu bekommen, weil eine zentnerschwere Last auf seinen Brustkorb drückte. Auf seiner Stirn stand der Schweiß. Leonard schloss für einen Moment die Augen und sprach halblaut zu sich selbst: »Ich bin hier, um eine Verbindung zu Pierre Pratczek zu suchen!«

Er öffnete die Augen, und dieses Gefühl der Enge und Unwirklichkeit war verschwunden. Stattdessen machte sich Angst in Kastners Kopf breit. Schon wieder so eine Panikattacke, die ihm fast die Sinne nahm. Er wusste genau, warum es gerade hier passiert war. Hier waren die Einsamkeit und die Stille so gegenwärtig, dass es ihn fast erschlug. Er stand in der Wohnung einer einsamen Toten. Alles war für eine Person hergerichtet. Warum machte ihm der Gedanke daran, selbst einsam zu sein, so zu schaffen? Marie-Luise Kirchner ging ihn gar nichts an. Er hatte sie nicht gekannt. Vielleicht war es ihre eigene Wahl gewesen, alleine zu leben und sie hatte überhaupt kein Problem damit gehabt. Nicht so wie er.

Er ging geradeaus durch die Tür, die zur Küche führte. Alles war aufgeräumt und sauber. In der Diele standen ein paar Gartenschuhe, die mit Erde verkrustet waren, fein säuberlich auf einem alten Tuch. Er öffnete die andere Türe und kam in ein kleines Wohnzimmer, das sehr geschmackvoll eingerichtet war. Die Möbel waren antik, das dunkle Holz des Wohnzimmertisches und der Sitzgruppe poliert. Die mit geblümtem Stoff bezogenen Sitzmöbel wurden von einem antiken Sekretär und einem kleinen Schrank mit Einlegearbeiten in den Türen eingerahmt. Auf dem Sekretär lagen verschiedene Papiere und Briefumschläge. Scheinbar hatte sie hier ihre Post erledigt. Er ging hinüber und strich mit der Handfläche über die ausgeklappte Schreibfläche. Das alte Holz fühlte sich kühl an.

Sein Blick fiel auf einen vergilbten Briefumschlag. Der Name, der darauf stand, kam ihm bekannt vor. Er war in einer zierlichen Schrift an Gisbert von Giebhardt adressiert. Dieser Name war vorhin in dem Gespräch der drei Frauen in dem kleinen Laden gefallen. Er ergriff den Umschlag und nahm den Brief, der darin steckte heraus. Er las.

»Lieber Gisbert. Ich muss dir leider mitteilen, dass unser kleines Stelldichein nicht ohne Folgen geblieben ist. Ich erwarte ein Kind von dir. Es kann unmöglich das Kind meines Mannes sein, denn wir teilen seit einigen Jahren schon nicht mehr unser Bett miteinander. Ich weiß, dass das für dich plötzlich und ungeplant kommt, doch möchte ich dich darüber nicht im Unklaren lassen. Natürlich werde ich bei meinem Mann bleiben, aber ich weiß nicht, wie er darauf reagieren wird. Vielleicht sollte ich versuchen, ihn zu verführen, solange die Schwangerschaft noch nicht sehr weit fortgeschritten ist. Wir müssen darüber reden, wie es nun weitergehen soll. Bitte setz dich mit mir in Verbindung.«

Unterzeichnet war der Brief mit »Gretha Kirchner«. Das musste wohl die Mutter von Marie-Luise Kirchner gewesen sein. Was Frau Kirchner wohl gedacht haben musste, als sie nach so vielen Jahren erfahren hatte, wer ihr Vater war? Immerhin schien sie diesem Herrn von Giebhardt die Hölle ganz schön heiß gemacht zu haben.

Er steckte den Brief wieder in den Umschlag zurück und legte ihn an seinen Platz. Er hatte fast ein schlechtes Gewissen, in fremden Sachen zu schnüffeln, obwohl in diesem Fall die Besitzerin verstorben war. Er verließ das Wohnzimmer und stieg die schmale Treppe nach oben, in der Hoffnung, dort einen Hinweis zu finden.

Die Türen im oberen Stockwerk standen offen. Er warf einen Blick in Marie-Luise Kirchners Schlafzimmer und ging dann weiter zur nächsten Tür. Er blickte in ein kleines Büro. Auf dem Schreibtisch lag ein ungefähr zwanzig Zentimeter hoher Stapel mit Schulheften. Scheinbar ihre letzte Korrekturarbeit. Er setzte sich auf den bequemen Sessel in der Ecke und schaute sich um.

Der Raum war klein. An der einen Wand befanden sich überwiegend Bücherregale und einige Bilder. Ein großer Schreibtisch füllte die andere Wand aus. Von dort hatte man einen wunderschönen Blick in den Rosengarten. In der Ecke standen der alte Sessel, auf dem Kastner saß und ein kleines Tischchen, daneben ein Sideboard mit mehreren Schubladen. Sein Blick fiel auf ein Foto auf dem Sideboard. Er erhob sich, denn im Sitzen konnte er nicht viel erkennen. Es zeigte eine junge Frau Anfang dreißig mit rotbraunem, langem Haar und einem ebenmäßigen Gesicht und einen Mann, der ungefähr im gleichen Alter war. Er sah sehr attraktiv aus mit seinem dunklen, vollen Haar und seinen markanten Gesichtszügen. Ob das wohl Marie-Luise war? Und wer war der Mann?

Fragen über Fragen gingen durch Leonards Kopf. Es gab keine Verbindung zu Pratczek. Er war auf der falschen Fährte. Der Vollständigkeit halber öffnete er auch noch die letzte Tür zu dem Raum, der die

Verbindung zwischen Büro und Schlafzimmer zu sein schien. Er trat in ein liebevoll eingerichtetes Badezimmer mit hundert Kleinigkeiten. Sein Blick fiel auf den kleinen rosafarbenen Teppich am Boden. Blut war darauf getropft und hatte einen hässlichen, eingetrockneten Fleck in der Farbe von Rost gebildet. Hier musste es passiert sein. In der sonst makellos weißen Badewanne hatten sich rotbraune Ränder gebildet und am Boden war noch ein kleiner Rest rötlich-braunes, übel riechendes Wasser zu sehen.
Bevor Frau Kirchners Leiche geborgen worden war, musste die Wanne voll Wasser gewesen sein. An den Rändern in der Wanne konnte man erkennen, dass das Wasser nach und nach abgelaufen war. Am Kopfende der Wanne lagen Kleidungsstücke auf dem Boden. Kastner hob sie auf. Sie waren getragen. Leonard ließ sie wieder zu Boden sinken und drehte sich um zum Gehen. Er überlegte, ob er noch einmal in ihren Kleiderschrank schauen sollte, entschied sich dann aber dagegen, weil er nicht glaubte, dort etwas von Belang zu finden.
Er eilte die Treppe hinunter und verließ das Haus. Als er in seinem Auto saß, gab er Gas und nahm den kurzen Weg zurück zum Dorfplatz, wo es ein paar Parkplätze gab. Zum Glück erwischte er noch einen, denn um diese Zeit herrschte hier reges Treiben. Kinder kamen von der Schule und Mütter holten ihre Kleinen vom Kindergarten ab. Er beobachtete die Leute eine Weile. Der Besuch von Frau Kirchners Haus hatte ihn ein wenig aufgewühlt und hier fühlte er sich einigermaßen wohl. Er lenkte sich mit Radiohören und Zeitschriften lesen etwas ab. Er wollte nicht direkt zur Mittagszeit im Pfarrhaus ankommen, wenn womöglich gegessen wurde. Er würde sich noch etwas Zeit lassen. Schließlich war seine bisherige Suche nicht gerade von Erfolg gekrönt gewesen.
Gegen dreizehn Uhr hatte Leonard die Sportzeitschrift nach und nach durchgearbeitet und dabei Radio gehört. Nun trank er den letzten Schluck Cola. Nach der Warterei im Auto war es ihm ganz recht, sich die Beine zu vertreten. Er hatte also beschlossen, sich zu Fuß auf die Suche nach dem Pfarrer zu begeben. Nach einem kleinen Spaziergang von ungefähr einer Viertelstunde stand er vor der Haustür und klingelte. Es gab zwei Klingelknöpfe. Auf dem unteren stand »Pfarrbüro«, auf dem anderen »Ullrich Siebrecht«. Also Ullrich hieß er, dachte Leonard, als er oben klingelte. Seine Gedanken kreisten, wie auch schon

während der Wartezeit im Auto darum, ob sein Besuch hier ihn wirklich seinem Ziel näher brachte. Er war doch nach Biebigheim gekommen, um den Absender des Briefes ausfindig zu machen. Da er gehört hatte, dass der Pfarrer oft ins Theater ging, schien es ihm nun durchaus sinnvoll zu überprüfen, ob nicht vielleicht eine Verbindung zu Pierre Pratczek bestünde.

Die Tür öffnete sich. Die vierte Frau aus dem Laden ließ ihn herein. Sie war also tatsächlich die Pfarrersköchin. Sie erkundigte sich, was sie für Kastner tun könne und er fragte ganz direkt, ob Pfarrer Ullrich Siebrecht da sei. Er zeigte seine Dienstmarke und die Frau ließ ihn herein und bat ihn, im Gästezimmer zu warten. Sie gingen durch den Flur. Das Telefon klingelte und die Pfarrersköchin bedeutete ihm, kurz hier zu warten. Kastner schaute sich ein wenig um. Ein Pinnbrett hing im Flur. Er sah Visitenkärtchen und notierte Telefonnummern. Davor stand ein kleines Schränkchen mit einem Spiegel darauf. An dem Spiegel hing eine gelbe Haftnotiz, die seine Aufmerksamkeit auf sich zog. Darauf stand: »Ich komme heute später. Gruß, U.S.«

Leonard schoss es vor Überraschung plötzlich heiß in die Glieder! Die Initialen! Ullrich Siebrecht! U.S.! Die Unterschrift war die gleiche, wie die unter dem Brief aus Pratczeks Wohnung!

Die Köchin hatte sich mit dem Telefon in die Küche zurückgezogen. Schnell riss er das Zettelchen ab und steckte es in seine Tasche. Er wollte den Geistlichen mit dieser Tatsache konfrontieren und abwarten, ob sich seine Theorie als richtig erweisen würde, denn mehr war es ja bis jetzt noch nicht. Sein Gefühl sagte ihm, dass er Erfolg haben würde.

Das Telefongespräch war beendet und die Pfarrersköchin führte ihn in ein Gästezimmer im Erdgeschoss. Es war zwar sehr übersichtlich, aber dennoch stilvoll eingerichtet. Es gab einen dunklen Holztisch mit zwei passenden Holzstühlen. Einen alten, sehr schön gearbeiteten Schrank mit Einlegearbeiten an beiden Türen und ein schmales Bett mit Nachtschrank. Alles sehr alt und wahrscheinlich ziemlich viel wert, wenn man es an einen Antiquitätenhändler verkaufen würde. An der Wand über dem Bett hing ein Kreuz. Sonst war das Zimmer schmucklos.

Ein junger, sportlich gekleideter Mann trat ein. Er war ungefähr im gleichen Alter wie er. Der Kommissar war überrascht. Ullrich Siebrecht streckte ihm die Hand entgegen und begrüßte Kastner. Er erwiderte den Gruß, zeigte seinen Ausweis und stellte sich vor. Pfarrer

Siebrecht bot ihm Kaffee oder Tee an. Er entschied sich für einen Kaffee und ergriff das Wort.
»Herr Siebrecht, ich ermittle im Mordfall Pierre Pratczek. Wir haben Hinweise gefunden, dass Sie eine sexuelle Beziehung zu ihm hatten.«
»Das stimmt nicht! Wie kommen Sie dazu, so etwas zu behaupten?«
»Nun ja, es gibt einige Hinweise, die Sie als möglichen Beziehungspartner belasten. Sicher ist auf jeden Fall, dass Pierre Pratczek schwul war. Das hat sowohl der Intendant des Stadttheaters in Aschaffenburg ausgesagt, als auch die gerichtsmedizinische Untersuchung ergeben. Wir haben in Pierre Pratczeks Wohnung Liebesbriefe gefunden, die mit ›U.S.‹ unterschrieben waren. Darin ging es eindeutig um eine sexuelle Beziehung. Die Briefe wurden hier in Biebigheim abgeschickt, an ein Postfach in Aschaffenburg.«
»Was hat das mit mir zu tun? Hier in Biebigheim gibt es schließlich noch mehr Menschen, und die Initialen werden wohl auch noch anderen zugeordnet werden können!«
Pfarrer Ullrich Siebrecht hatte die Stimme etwas erhoben. Er begann, wütend zu werden. Das war der richtige Zeitpunkt für den Kommissar, den Druck ein bisschen zu erhöhen. Er wusste, dass der Pfarrer irgendwann zusammenbrechen würde, weil ihn die ganze Sache emotional mitnahm.
»Herr Siebrecht, ich bitte Sie. Ich meine es nur gut, und gebe Ihnen die Chance mir die Wahrheit zu sagen. Wenn wir Sie der Lüge überführen, würde das für uns bedeuten, dass Sie etwas zu verbergen haben, und das ist doch nicht Ihre Absicht, oder?«
Kastner legte das kleine Notizzettelchen flach auf den Tisch und schob es hinüber zu Siebrecht. Der war sichtlich überrascht, und auch etwas wütend, wie es den Anschein hatte.
»Sie würden uns doch eine Schriftprobe geben, Herr Siebrecht, oder?«
»Herr Kommissar…«
»Kastner.«
»Herr Kommissar Kastner, ich bin Geistlicher, ich habe einen Ruf zu verlieren! Mir wurde als Seelsorger die Verantwortung für diese Gemeinde übertragen.«
»Herr Siebrecht, wenn Sie nicht kooperieren, kann ich sofort in Aschaffenburg anrufen und eine Schriftprobe nehmen lassen, dann klärt sich diese Frage. Ich weiß natürlich, dass es nicht in Ihrem Interesse ist, dass

die Geschichte an die Öffentlichkeit kommt. Aber ich kann Ihnen versichern, dass ich die Informationen, die Sie mir jetzt geben, bis auf Weiteres vertraulich behandeln werde. Also, reden Sie!«

Ullrich schluckte und begann.

»Es ist wahr, dass ich zu Pierre Pratczek eine Liebesbeziehung hatte. Wir lernten uns nach einer Theatervorstellung kennen. Ich gehe zweimal jeden Monat ins Theater nach Aschaffenburg, das ist eines der wenigen Vergnügen, die ich mir gönne. Pierre und ich waren auf einer Wellenlänge und es war schnell klar, dass er mir mehr bedeutete. Er war sehr speziell in seiner Art und hatte eine Reihe von Macken. Wir fragten nicht nach. Wir genossen den Moment und nahmen die Persönlichkeit des Anderen, so wie sie war. In der Zeit, die wir gemeinsam verbrachten, waren wir praktisch aus unserem realen Leben herausgelöst, wie im Traum. Wir stahlen uns die glücklichen Stunden.«

»Sind Sie nach dem Tod von Pierre Pratczek in seine Wohnung eingebrochen?«

»Nein.«

»Ich habe die Spurensicherung hingeschickt. Wenn Sie kürzlich dort waren, finden wir das heraus.«

»Ok, ich war dort. Ich wollte die Briefe holen. Ich wollte nicht, dass es rauskommt, ist das denn so schlimm?«

»Es war immerhin Einbruch.«

»Ich wollte nicht, dass es rauskommt, weil ich sonst meinen Beruf an den Nagel hängen kann. Was meinen Sie, was das für einen Skandal hier in Biebigheim geben würde? Pierre wollte, dass ich mit ihm in eine andere Stadt gehe. Vielleicht sogar ins Ausland. Er wurde vom Intendant einfach ausgemustert, weil er angeblich zu alt für die Hauptrollen wäre. Er sollte durch so einen jungen Schnösel ersetzt werden. Das hat ihn sehr mitgenommen. Ich meine, er hatte nach außen hin sehr viel Selbstbewusstsein. Trotzdem hat ihn das sehr mitgenommen. Er war nicht so stark und unnahbar wie er sich gab. Das war eine Katastrophe für ihn. Deshalb wollte er einen Neuanfang machen. Er wollte offen schwul leben, und zwar mit mir. Das hat er mir vor ein paar Tagen geschrieben. An dem Tag, an dem er gestorben ist, war ich vor der Vorstellung bei ihm in der Garderobe. Ich habe ihm gesagt, dass ich meinen Beruf und die Kirche nicht aufgeben kann, und dass ich hierbleiben werde. Er war völlig niedergeschlagen. Ich bin gegangen, mit

dem Versprechen, dass ich mich am nächsten Tag melden würde. Dann war es schon zu spät.«
»Na schön, das war fürs Erste alles. Wie gesagt, Ihre Informationen werden vorerst vertraulich behandelt. Wenn ich noch Fragen habe, wende ich mich an Sie. Danke für Ihre Kooperation.«
»Herr Kastner, ich hätte da noch eine Bitte. Ich habe Ihnen weitergeholfen, vielleicht könnten Sie mir entgegenkommen?«
»Schießen Sie schon los!«
Der Kommissar mochte den Pfarrer, auch wenn er sich das eigentlich nicht leisten konnte.
»Pierre und auch Frau Kirchner wurden in die Gerichtsmedizin gebracht. Sie waren beide sehr gute Freunde von mir. Sie haben keine Familien mehr und ich hätte keine Chance, sie noch einmal zu sehen, wenn ich es versuchen würde. Könnte ich mit Ihnen dorthin und mich von den beiden verabschieden? Mir liegt sehr viel daran, und...«
»Schon gut. Ich komme so gegen 16.00 Uhr bei Ihnen vorbei. Das bleibt eine absolute Ausnahme. Und Sie sagen zu niemandem ein Wort darüber, ok?«
»Vielen Dank. Sie sind ein guter Mensch.«
»Ich muss los. Bis später.«
Kastner ging. Ihm war emotionales Getue unangenehm.
Als Kastner wieder in seinem alten Astra saß und das Radio vor sich hin dudelte, dachte er darüber nach, ob es gut war, Ullrich Siebrecht mit in den Waldfriedhof zu nehmen. Er hatte keine Ahnung, wie weit sie mit der Obduktion der Leichen waren. Es könnte außerdem Ärger mit seinen Vorgesetzten geben, wenn es herauskam. Schließlich konnte er nicht jeden Hinz und Kunz mitnehmen, nur weil er ihm ein wenig sympathisch war.
Sein Handy hatte er im Handschuhfach gelassen. Jetzt nahm er es heraus. Leonard wählte eine gespeicherte Nummer. Er rief in der Gerichtsmedizin an und fragte, ob Dr. Spielmann noch mit der Obduktion beschäftigt war. Kastner hatte Glück. Spielmann würde noch da sein. Er musste objektiv bleiben. Er würde die Anwesenheit von Siebrecht im Notfall damit begründen, dass er einen Verdächtigen mit der Leiche konfrontieren wollte, um zu sehen, wie seine Reaktion darauf aussah, um das in kriminalpsychologischem Sinne dann vielleicht verwerten zu können. Wenn er ehrlich zu sich war, tat er ihm den Ge-

fallen, weil sein Gefühl ihm sagte, dass er es nicht gewesen war. Aber das konnte er im Zweifelsfall nicht als Grund anbringen. Egal, versprochen war versprochen. Es würde sie hoffentlich keiner sehen und Dr. Spielmann war da nicht so kleinlich. Genau genommen interessierte er sich für fast nichts, was nicht schon tot war.
Leonard bedauerte sehr, keinen Kaffee zu haben, war aber auch zu faul, den Weg ins Geschäft oder ins Gasthaus zu machen. Er wollte, so kurz vor der Rückfahrt, noch ein bisschen abschalten. Es war halb vier. In der folgenden halben Stunde konnte er keine Ruhe finden. Ständig ging ihm durch den Kopf, wer ein Motiv für den Mord an Pierre Pratczek gehabt haben könnte. Er wollte sich auch vorsorglich noch einmal die Leiche von Marie-Luise Kirchner anschauen und den Bericht anfordern. Schließlich hatte auch sie eine Verbindung zu Siebrecht und war nur einen Tag vor Pratczek gestorben.
Er hielt es nicht mehr aus. Er startete den Wagen und fuhr zum Pfarrhaus. Es war zehn vor vier als er klingelte. Der Pfarrer war bereits fertig angezogen und kam direkt mit zum Wagen. Vielleicht war es ihm genauso gegangen wie Kastner. Nachdem dieser einige Essensverpackungen zu den anderen zwischen Vorder- und Rücksitz auf den Boden befördert hatte, ließ er Ullrich einsteigen.
Er fuhr wortlos den ganzen Weg nach Aschaffenburg zum Waldfriedhof. Sie bogen an der Ampel vor dem Schönbusch nach links ab ins Hafengebiet und parkten auf dem Parkplatz in der Stockstädter Straße. Sie gingen durch das hintere Tor direkt in den Innenhof des Gebäudes. Das dunkelbraune Rolltor hatte offengestanden und im Hof wartete das Taxi, mit dem Dr. Spielmann immer aus Würzburg herkam. Insgeheim war er froh, dass er schon etwas gegessen hatte, denn für gewöhnlich hatte er nach dem Besuch bei Dr. Spielmann meist keinen Hunger mehr. Kastner zog die schwere Eingangstür auf und ging den ebenerdigen Gang entlang. Der Geruch war stickig und fremd, obwohl es sehr kalt war. Die Wände waren aus braunem Backstein und der Boden mit grauem PVC belegt. Rechts und links zweigten zahlreiche Türen ab. Sie waren dunkelgrün gestrichen und auf der rechten Seite hingen an einigen Türen Namensschilder. Am Ende des Ganges hielten sie an. Die Tür zu ihrer Rechten stand offen. Man konnte nahezu ein Dutzend Särge darin erkennen. Kastner bemerkte, dass Siebrechts Blick darauf gefallen war.

Er sagte nur knapp: »Feuerbestattungen.«
Kastner klopfte an der Tür gegenüber.
Ein deutliches »Herein« war zu hören und Kastner trat ein und bedeutete dem Pfarrer, ihm zu folgen. Der Pfarrer war schon jetzt etwas blass um die Nase. Sie befanden sich in einem kleinen Raum, der weiß gekachelt war. Auf einem Beistelltisch stand ein Koffer mit Werkzeugen. Siebrecht hatte chirurgische Instrumente erwartet, doch was er sah, glich eher der Ausrüstung eines Handwerkers. Ihn schauderte. Auf einer Rollbahre aus Edelstahl lag ein Körper abgedeckt. An den Wänden waren große Halterungen angebracht. Auf zweien ruhten Zinkwannen, in denen die toten Körper der zu Obduzierenden aufbewahrt wurden.
»Guten Tag, Dr. Spielmann, ich wollte mich nach den Ergebnissen im Fall von Pierre Pratczek erkundigen. Sind die Untersuchungen abgeschlossen?«
Dr. Spielmann verstaute gerade einige Behältnisse in dem Koffer und begann seine Werkzeuge zu säubern und einzupacken.
»Ja. Sind gerade mit den letzten Untersuchungen fertig. Sie haben doch meinen Zwischenbericht erhalten?«
»Da waren aber die toxikologischen Befunde noch nicht dabei.«
»Bei den Tests, die ich hier durchführen kann, war nichts Auffälliges festzustellen. Die Werte waren weitgehend normal. Von der Schädigung der Leber hatte ich Ihnen erzählt. Den Rest muss ich in Würzburg untersuchen, weil ich hier nicht die geeigneten Mittel habe. Organisch gab es auch keine Besonderheiten. Er wurde eben stranguliert.«
»Dürften wir einen Moment alleine die Leiche betrachten?«
»Es ist zwar etwas außergewöhnlich, Herr Kastner, aber bitte die Herren, mich stört das nicht, solange sie nichts anfassen. Allerdings waren wir gerade dabei, die Leiche zu präparieren und zu nähen, ich hoffe, das stört sie nicht.«
Dr. Spielmann verließ den Raum.
»Wollen Sie sich diesen Anblick wirklich antun? Ich meine, es ist nicht besonders pietätvoll.«
Kastner wusste, was auf ihn zukommen würde.
»Ich will ihn sehen.«
Ullrich Siebrecht hatte schließlich schon mehr Leichen gesehen.
Er unterschätzte die Situation. Sie blieben vor dem Tisch stehen, auf dem

Pierre Pratczek lag. Kastner zog die Abdeckung zurück. Es war ein furchtbarer Anblick, wenn man bedachte, dass sich Siebrecht und Pratczek sehr nahe gestanden hatten. Sein Brustkorb war nur halb zugenäht. Auf der Ablage neben dem Seziertisch lagen noch verschiedene Nadeln und Fäden, manche davon waren blutig oder mit anderen Flüssigkeiten verschmiert. Der Schnitt war T-förmig über den ganzen Torax gezogen. Die untere Hälfte bis zum Brustbein war zugenäht. Die spitz zulaufenden Schnittwunden oberhalb standen noch offen. Im Inneren des Brustkorbes konnte man rotes Fleisch und bläuliche Blutgefäße erkennen.

Ullrich wurde leichenblass. Pierre lag nackt und schutzlos im Licht der Neonröhren da. Der Anblick raubte dem Geistlichen fast den Verstand. Er stürmte aus dem Zimmer. Kastner ging hinter ihm her. Ullrich Siebrecht stand mit dem Gesicht zur Wand und stützte sich mit den Fäusten ab. Der Kommissar legte ihm die Hand auf die Schulter. Der Pfarrer zuckte zusammen und drehte sich um. Ihm standen die Tränen in den Augen. Kastner wurde klar, dass er vielleicht einen Fehler gemacht hatte. Er hätte ihn nicht mitnehmen sollen. Plötzlich brachen sich Siebrechts Gefühle Bahn. Er schluchzte lauthals.

»Haben Sie ihn gesehen? Die Striemen um seinen Hals! Sie haben ihn ausgeweidet wie ein abgestochenes Schwein! Dürfen Sie das überhaupt? Das ist unwürdig, mit menschlichem Leben so umzugehen! Ich hätte dem nie zugestimmt, wenn ich mit ihm verwandt wäre!«

»Es bedarf keiner Zustimmung der Familie, wenn es sich um eine unnatürliche Todesursache handelt und das wissen Sie. Ich versichere Ihnen, es wurde nichts gegen die geltenden Richtlinien vorgenommen, aber schließlich müssen wir Spuren sichern, um herauszufinden, wer ihn getötet hat. Das ist doch auch in Ihrem Interesse.«

»Ich rate Ihnen, finden Sie diesen Irren, sonst kann ich für nichts garantieren!«

Kastner ließ eine kleine Weile Stille verstreichen bevor er anmerkte: »Es ist wohl besser, wenn wir uns Frau Kirchners Leiche nicht mehr ansehen.«

»Doch, ich will sie sehen. Unbedingt.«

»Na gut, wie Sie wollen.«

Kastner klopfte an der Bürotür, hinter der Dr. Spielmann verschwunden war. Der Gerichtsmediziner kam heraus.

»Herr Dr. Spielmann, wäre es möglich, einen Blick auf Frau Kirchner zu werfen?«
»Ja, natürlich. Sie ist im Obduktionsraum. Die unterste Zinkwanne an der Wand. Sie können den Deckel ruhig abnehmen. Wollen Sie das selbst tun, oder brauchen Sie Hilfe?« Der Doktor blickte zweifelnd.
»Nein, wir kommen alleine zurecht. Danke.«
Kastner war froh, dass Dr. Spielmann darauf verzichtete mit in den Raum zu gehen, falls Siebrecht wieder so emotional reagierte. Das würde dann mit Sicherheit das Misstrauen des Gerichtsmediziners heraufbeschwören, wenn es nicht sowieso schon entfacht war.
Sie gingen in den Raum, in dem die Leichen aufbewahrt wurden und suchten nach dem entsprechenden Namensschild. Kastner hob den Deckel an und bugsierte ihn zu Boden. Der Zinksarg gab den Blick auf die Leiche frei. Das weiße Tuch, das Frau Kirchners Körper bedeckt hatte, war heruntergerutscht. Der Körper lag nackt und schutzlos da. Man konnte die Schnittwunden an beiden Handgelenken sehen, aber ansonsten lag die zierliche Person friedlich da. Sie musste einmal sehr schön gewesen sein. Sie hatte rotbraunes, langes Haar und ein ebenmäßiges, sommersprossiges Gesicht. Ullrich Siebrecht zeichnete ein Kreuz mit dem Daumen auf ihre Stirn und strich ihr liebevoll über die Wange. Da war mehr als nur Freundschaft, das wusste Kastner jetzt. Er würde noch einmal bei Dr. Spielmann nach den Untersuchungsergebnissen von Frau Kirchner nachfragen.
Nach einigen Minuten verließen Ullrich Siebrecht und Leonard Kastner den Obduktionsraum. Siebrecht verabschiedete sich von Kastner. Er wollte noch seine Schwester im Krankenhaus besuchen. Vielleicht würde er auch noch einmal bei Kerstin Weinrich vorbeischauen, wenn es ihr besser ging. Aber vorher musste er noch einen Schnaps trinken. Sein Magen rebellierte. Die Eindrücke mussten sich erst setzen und er wollte diesen Anblick erst einmal verarbeiten, um ihn aus seinem Gedächtnis verbannen zu können.
Trotzdem war es gut, dass er hergekommen war. Er hatte zwar etwas Anderes erwartet, aber dennoch war es seine letzte Möglichkeit, von seinem Freund Abschied zu nehmen. Er würde nicht einmal die Chance bekommen, ein Grab, einen Ort zu haben, an dem er für ihn beten konnte. Pierre Pratczek hatte dafür gesorgt, dass er verbrannt und anonym beerdigt werden würde. Es war sein Wille und er hatte

alle Arrangements und Zahlungen in dieser Angelegenheit schon vor einigen Jahren getätigt. Er würde sich zu Hause ein Foto von ihm aufstellen, um ihn bei sich zu haben. Marie-Luise würde das würdevollste Begräbnis bekommen, das er ihr bereiten konnte. Sie würde auf dem Friedhof von Biebigheim beigesetzt werden.

Leonard Kastner ging zurück zu Dr. Spielmann.

»Was machen Sie denn schon wieder hier. Sie können wohl nicht genug Leichen kriegen, oder gefällt Ihnen die heimelige Atmosphäre hier so gut?«

Kastner blieb ruhig und sachlich. Er kannte die provokante Art, die Dr. Spielmann manchmal an den Tag legte.

»Ich wollte mich noch nach den Untersuchungsergebnissen von Marie-Luise Kirchner erkundigen. Gab es irgendetwas Außergewöhnliches an dem Selbstmord?«

»Und ob. Ich denke, dass es kein Selbstmord gewesen sein kann. Das beweisen die Schnittwunden an beiden Armen.«

Er ging voraus in den Obduktionsraum. An der Leiche zeigte er die Stellen an der Unterseite der Handgelenke.

»Sehen Sie, die Schnitte sind in der Mitte des Unterarmes am tiefsten und werden zur Handwurzel hin immer flacher. Das würde bedeuten, dass der Schnitt vom Unterarm zur Hand geführt wurde. Wenn Sie es einmal bei sich selbst nachvollziehen, werden Sie schnell merken, dass es sehr mühevoll wäre einen geraden Schnitt hinzubekommen. Der Schnitt ist so geführt, als hätte ihn jemand anderes gemacht. Außerdem habe ich dunkelgrüne Fasern im rechten Nasengang gefunden. Sie hatte Sedativa und Barbiturate im Magen und im Blut. Aber Sie muss gestorben sein, bevor diese gewirkt haben. Alles deutet auf ein Verbrechen hin.«

»Wurde der Tatort eigentlich von der Spurensicherung überprüft?«, fragte Kastner, mehr zu sich selbst als zu Spielmann.

Spielmann schaute verdutzt.

»Das müssten Sie…«

Kastner spurtete den Gang hinunter Richtung Ausgang.

»…doch wissen!«

Dr. Spielmann schüttelte den Kopf.

»Komischer Kerl.«

- 12 -

Mittwoch, 29. Juli, 16.48 Uhr

Ullrich Siebrecht verließ das Gebäude. Er atmete die klare Luft. Er hatte sich gefühlt, als ob ihm der Atem aus den Lungen gepresst würde. Er hatte die Ereignisse im Inneren des Gebäudes und auch in seinem Inneren wahrgenommen, als würde er unter Wasser gedrückt. Sein Sehen und Hören, sein Atmen und seine Bewegungen waren gedämpft worden. Er war wie gelähmt gewesen. Und jetzt, hier draußen, weg aus dieser beklemmenden Situation, fühlte er sich wie befreit, an die Wasseroberfläche gespült. Er brauchte erst einmal Ablenkung, um die Eindrücke dieses fürchterlichen Anblicks von Pierres Leiche zu verkraften. Genau genommen würde der Verarbeitungsprozess erst sehr viel später einsetzten, aber er musste sich fangen.
Die Situation des Abschiednehmens von den beiden Menschen, die ihm, außer seiner Mutter, alles bedeutet hatten, hatte er sich anders vorgestellt. Irgendwie stiller und besinnlicher. Er wollte in Gedanken das letzte Mal bei ihnen sein, ihre Gegenwart bei ihren sterblichen Hüllen das letzte Mal spüren. Dann hatten ihn der Schrecken und die Wut übermannt. Menschliche Gefühle, aber auch eine vertane Chance, die nie mehr wieder kommen würde. Sollte das Letzte, was er in ihrer Nähe gefühlt hatte, Schrecken und Wut gewesen sein? Er konnte sich diese Frage nicht beantworten. Er wollte es auch gar nicht.
»Es ist, wie es ist. Es ist, was es ist.«
Ullrich bekreuzigte sich und sprach im Geiste ein kleines Gebet für die beiden. Dann begab er sich in das kleine, schäbige Café gegenüber dem Haupteingang des Friedhofes und trank einen Schnaps. Er ging weiter zur Bushaltestelle am Schönbusch und wartet auf den Bus der Linie 3, der ihn um 17.14 Uhr hier mitnehmen würde. Er hatte vor, seine Schwester zu besuchen und sie noch einmal nachdrücklich zu bestärken, sich von ihrem Mann zu trennen. Er hatte damals für seine Mutter nichts tun können. Er hatte weggeschaut und geschwiegen, als Silke von ihrem Vater misshandelt und missbraucht worden war, nun hatte er die verdammte Pflicht, dass er ihr ein Leben in Freiheit ermög-

lichte, in dem niemand das Recht hatte, ihr etwas anzutun. Er schämte sich sehr dafür, dass er nicht früher gehandelt und ihr gesagt hatte, was er über Gisbert dachte.
Als der Bus kam, stieg er ein. In Gedanken versunken bekam er die Fahrt, die ihn durch Leider, am Schulzentrum vorbei und dann über den Löhergraben direkt durch die Innenstadt zum Hauptbahnhof führte, gar nicht mit. Am Bahnhof stieg er aus. Es war jetzt kurz nach halb sechs. Er kaufte sich ein Brötchen am Stand vor dem Bahnhofsgebäude, das er noch essen konnte, bevor er weiterfahren würde.
Um kurz vor sechs stieg er an der Haltestelle vor dem Klinikparkplatz aus. Er ging die paar Schritte bis zum Hauptgebäude. Die Abendluft und die Weite am Hasenkopf, von dem aus man die Lichter Aschaffenburgs, Goldbachs und Johannesbergs sehen konnte, und die Bewegung taten ihm gut und lenkten ihn ab. Sein Weg führte ihn durch die automatische Glastür am Eingang. Er fasste in seine Tasche, zog eine Stange Lakritze heraus und genoss den Geschmack. Seit seiner Kindheit hatten ihn der Geruch und das süß-herbe Aroma beruhigt und es verfehlte auch diesmal seine Wirkung nicht.
Er stieg in den Fahrstuhl und fuhr in das zweite Untergeschoß. Er trat vor die Tür von Silkes Zimmer und nahm gedämpfte Stimmen wahr. Die eine gehörte Silke, die andere konnte er im ersten Moment nicht einordnen. Sie gehörte ebenfalls einer Frau und sie kam ihm bekannt vor. Er öffnete die Tür ohne zu klopfen. Neben Silkes Bett saß Amalie von Giebhardt und redete auf sie ein. Silke sah sehr müde und erschöpft aus. Sie war keineswegs in einem Zustand, in dem sie Frau von Giebhardt etwas entgegensetzen konnte. Sie hatten ihn nicht kommen hören, denn der Eingang des Zimmers lag in einer kleinen Nische direkt neben der Tür zum Badezimmer. Er blieb an der Tür stehen und lauschte.
»Silke, ich wiederhole mich ungern. Du hast dich damals dafür entschieden, mit meinem Sohn in guten wie in schlechten Zeiten zusammen zu sein. Das ist eine Sache zwischen Mann und Frau. Das war ein einmaliger Ausrutscher! Ich werde mit meinem Sohn sprechen. Es kommt nicht wieder vor. Also bitte nimm das Geld und unterschreib diese Erklärung, dass du den Antrag auf Ehescheidung zurückziehst. Die Papiere sind von meinem Rechtsanwalt geprüft worden. Sie sind einwandfrei. Und dann widerrufst du die Aussage bei der Polizei. Es

schädigt meinen Ruf, dass mein Sohn einsitzt. Das kannst du doch nicht wollen? Nein, ganz sicher nicht!«
»Ich sage es dir jetzt zum letzten Mal«, Silke klang kraftlos und würde ihre Gegenwehr wohl nicht mehr lange aufrecht erhalten können, »pack deine Erklärungen weg. Mir ist es lange genug dreckig gegangen, mit deinem wohlerzogenen Sohn. Ich werde nicht unterschreiben und ich ziehe auch meine Aussage nicht zurück. In all den Jahren hast du dich nicht einmal dafür interessiert wie es mir ging und jetzt, wo du etwas von mir willst, soll ich dir den Gefallen tun? Vergiss es. Gisbert bekommt genau das, was er verdient – und du auch. Und jetzt verschwinde hier.«
»Ich werde nicht gehen, bevor ich eine Unterschrift und die Zusicherung habe, dass du die Aussage widerrufst!«
Ullrich schaltete sich in das Gespräch ein.
»Frau von Giebhardt, es ist wohl besser, wenn Sie sofort gehen. Oder soll ich erst den Sicherheitsdienst rufen lassen, um Sie zu entfernen?«
Amalie von Giebhardt war empört. Sie wollte gerade zum Reden ansetzen, da fiel ihr Siebrecht erneut ins Wort.
»Bemühen Sie sich nicht. Sie haben Silke gehört. Es bleibt dabei, auf Wiedersehen!«
Amalie von Giebhardt zog forschen Schrittes beleidigt ab.
»Hallo Silke. Wie geht es dir?« Ullrichs Stimme nahm einen sanften Klang an.
»Ganz gut. Ein bisschen Schmerzen hab ich aber noch.«
»Denkst du drüber nach, wieder mit Gisbert zusammenzuleben?«
Silke ließ einen kurzen Augenblick verstreichen, bevor sie antwortete.
»Nein. Ich habe diese Demütigungen und die Gewalt lange genug ertragen. Jetzt ist Schluss damit. Ich will leben, ich will atmen. Ich habe mir eine kleine Existenz aufgebaut und ich werde alleine sehr gut zurechtkommen.«
»Das denke ich auch. Es freut mich, dass du dich so entschieden hast. Wenn du Hilfe brauchst, ich bin für dich da.«
»Danke.«
»Du bist ziemlich erschöpft, Silke. Ich komme morgen wieder – früher, da bist du noch frischer. Dann bringe ich dir auch was Süßes mit. Ich hab dich lieb!«
Silke lächelte. »Ich hab dich auch lieb. Bis morgen.«

Ullrich Siebrecht ging. Er erkundigte sich bei der Schwester am Empfang nach der Zimmernummer von Kerstin Weinrich. Sie war noch ziemlich schwach und er blieb nur fünf Minuten. Es hatte keinen Sinn, denn Kerstin war ruhig gestellt mit Medikamenten und nahm ihn kaum wahr. Er verabschiedete sich und versprach, zu einem anderen Zeitpunkt wiederzukommen. Er nahm den letzten Bus um 18.25 Uhr zum Bahnhof und fuhr von da aus nach Biebigheim.
Die Linie 54 kam mit einigen Minuten Verspätung um fünf nach halb acht dort an. Er brauchte Ruhe. Als er zu Hause ankam, ging er gleich zu Bett und schlief traumlos bis in den nächsten Morgen.

Kastner war aus dem Gebäude gerannt, schnurstracks zu seinem Wagen. Er war mit überhöhter Geschwindigkeit die wenigen Kilometer durch Nilkheim gerauscht und hatte dabei gehofft, dass ihm kein anderer Fahrer in die Quere kommen würde. Er kam nach zehn Minuten am Polizeirevier an und stürzte die Treppen hinauf bis in sein Büro. Michael saß noch am Schreibtisch.
»Wir müssen unbedingt veranlassen, dass sich die Spurensicherung die Wohnung von Marie-Luise Kirchner in Biebigheim anschaut. Sie sollen nach Spuren suchen, die auf ein Verbrechen hinweisen. Rufst du den Chef an oder ich?«
Sein Kollege schaute etwas verdutzt.
»Also gut, ich ruf ihn an.«
Michael wusste überhaupt nicht, was los war. Während Leonard Kastner mit ihrem Vorgesetzten telefonierte, machte er einfach mit seiner Arbeit weiter.
Als Leonard aufgelegt hatte, fragte er: »Du kommst wie von der Tarantel gestochen hier herein und führst dich auf... Was ist denn eigentlich los?«
Leonard war immer noch völlig außer Atem und versuchte ruhig zu bleiben.
»Ich war gerade mit Pfarrer Ullrich Siebrecht aus Biebigheim im Waldfriedhof. Er ist das Verhältnis von Pratczek. Die beiden waren zusammen. Er hat mich darum gebeten, dass er sich von Pratczek verabschieden dürfe. Normalerweise kann er dort ja nicht einfach so rein marschieren. Eine gute Freundin von ihm, die angeblich Selbstmord

begangen hat, liegt ebenfalls dort. Wir haben beide Leichen angesehen. Dr. Spielmann hat mir gesagt, dass sich die gute Bekannte keineswegs selbst umgebracht hat, sondern ermordet wurde. Ich finde es ein bisschen auffällig, dass die beiden engsten Vertrauten von Pfarrer Siebrecht innerhalb von zwei Tagen ermordet werden. Da die Kollegen von einem Selbstmord ausgingen, haben sie natürlich den Tatort nicht gesichert. Die Kollegen fahren gleich los. Wir können nur hoffen, dass seitdem nichts beseitigt wurde.«

»Wie hast du das mit dem Siebrecht rausgefunden?« Dreitt wirkte nach der Schilderung aufmerksam und gespannt.

»Das war mehr Zufall. Ich habe eigentlich nur dem Tratsch der Leute dort zugehört und dann erfuhr ich, dass Pfarrer Siebrecht regelmäßig nach Aschaffenburg ins Theater ging. Daraufhin fuhr ich zum Pfarrhaus, es war immerhin ein Ausgangspunkt. Ich las auf der Türklingel den Namen Ullrich Siebrecht, also die Initialen U.S. – ein Zufall? Die Pfarrersköchin hatte mich hereingelassen und weil das Telefon geklingelt hatte, sollte ich im Flur warten, bis sie das Gespräch beendet hatte. Dabei ist mir dieses Zettelchen aufgefallen.«

Er schob den Zettel zu Michael über den Tisch.

»Ich hab mich mit dem Pfarrer unterhalten und einfach auf gut Glück gepokert. Ich hab ihn direkt auf Pierre Pratczek angesprochen. Erst hat er nicht mit der Sprache rausgerückt, aber dann ist er umgekippt und hat das Verhältnis zugegeben, allerdings habe ich ihm zugesichert, dass wenn sich herausstellen sollte, dass er nichts damit zu tun hat, seine Homosexualität geheim bleibt. Den Rest weißt du ja schon.«

»Das hätte aber auch böse ins Auge gehen können. Du warst ziemlich unvorsichtig.«

»Ich weiß, aber ich hatte eben das Gefühl, dass es klappt.« Kastner hatte sich nun einigermaßen beruhigt.

»Was hältst du davon, wenn wir uns nochmal alle gesicherten Spuren vom Tatort Pratczek kommen lassen, und von den Kollegen auch gleich die aus Biebigheim anfordern? Wenn wir 'ne Nachtschicht einlegen, dann kommen wir heute vielleicht ein gutes Stück weiter.«

Leonard Kastner überlegte.

»Gut, bis die Sachen da sind, fahr ich nochmal schnell heim und sehe nach meiner Katze. Ich bring uns auf dem Rückweg was zu Essen mit. Burger oder Chinesisch?«

»Burger und Pizza, wenn's geht.«
»Kein Problem!«
Leonard machte sich auf den Weg. Nach ungefähr einer Stunde kam er mit drei Papiertüten zurück.
Michael ergriff als Erster das Wort.
»Gut, dass du jetzt da bist. Die Sachen aus der Asservatenkammer sind da. Die Kollegen von der Spurensicherung werden auch bald da sein. Beim Essen erzähle ich dir die Neuigkeiten, ich habe nämlich in der Zwischenzeit etwas Interessantes herausgefunden.«
»So, was denn?« Kastner stellte die Tüten auf den Tisch und begann, eine Reihe von Burgern auszupacken. »Die Pizza wird geliefert. Ich hatte keine Lust so lange zu warten. Sie müsste in ungefähr zehn Minuten kommen. Bis dahin werden die Burger wohl reichen.«
Michael Dreitt biss schon herzhaft in einen davon. Als er den Bissen hinuntergeschluckt hatte, begann er zu erzählen.
»Ich habe mal die Papiere und die Konten, und so weiter, von Pratczek gecheckt. Es gab zwei interessante Begebenheiten. Zum einen hat Pratczek vor zwei Monaten einen Betrag von fünfzehntausend Euro an Vivon überwiesen. Der steht finanziell nicht gut da. Zum anderen besaß er zwei Lebensversicherungen, jeweils mit einer beträchtlichen Todesfallsumme. Die eine begünstigt deinen Freund Siebrecht, aber die andere – und jetzt pass auf – wurde zugunsten von Sina Zeller abgeschlossen.«
»Das ist ein Hammer! Vielleicht ist sie doch nicht das Unschuldslamm, das sie uns – zugegeben professionell – vorgespielt hat.«
Man konnte Leonard Kastner seine Überraschung am Gesicht ablesen.
»Also hatten Sina Zeller, der Bardusch und der Pfarrer ein Interesse daran, dass Pratczek weg kommt", stellte Michael fest. »Außerdem war ich gestern nochmal im ›Falstaff‹, wegen der Premierenfeier. Vivon und Pratczek hatten eine tätliche Auseinandersetzung. Der Pratczek hat ein volles Rotweinglas nach Vivon geworfen und ist dann, völlig von der Rolle, abgehauen. Als ich mich wieder auf den Weg hierher machen wollte, sah ich die Zeller aus der Bank gegenüber spazieren. Weiß nicht wo sie hinwollte, aber ich bin in ihre Garderobe und habe dort Prospekte und Angebote über Existenzgründung und Anlagemöglichkeiten gefunden. Und noch eine Reihe von Angeboten über Geschäftsräume, die zum Verkauf stehen.«

»Das nenn' ich eindeutige Motive. Aber wieso sollte Ullrich Siebrecht ein Interesse an Pratczeks Tod haben? Er hat ihm doch sehr viel bedeutet.«
»Ja, aber er wollte unter keinen Umständen, dass bekannt wird, dass er schwul ist. Er hatte ihm ja auch gesagt, dass er keinesfalls ein Outing wollte, oder ein gemeinsames Leben. Für mich ist das ein ganz klares Motiv. Er hatte Angst, dass Pratczek die Bombe platzen lässt.«
»So ganz überzeugt mich das nicht.« Leonard Kastner blieb weiterhin skeptisch. »Aber Vivon könnte ihn auch erpresst haben. Die fünfzehntausend haben bei Weitem nicht ausgereicht, um Vivon aus der Patsche zu helfen. Vielleicht hat Vivon mehr Geld gewollt und Pratczek wollte ihm keines mehr geben?«
»Ich werde morgen ins Theater fahren und die Zeller nochmal unter die Lupe nehmen", sagte Michael Dreitt.
Ein Beamter betrat missmutig das Büro und brachte einen Pappkarton mit. Er sah übernächtigt aus. Immerhin war es jetzt auch schon fast 1.00 Uhr morgens.
»Das sind die sichergestellten Spuren aus der Wohnung von Marie-Luise Kirchner.« Der Beamte tippte sich an seine Dienstmütze und drehte sich zum Gehen um.
»Schönen Feierabend. Und danke!«, rief Leonard Kastner ihm noch nach, als er schon durch die Tür zum Treppenhaus ging.
»Wollen wir mal sehen«, Michael öffnete den Deckel, »was sie so gefunden haben.«
Es waren mehrere kleine Tütchen und Röhrchen in dem Karton. Man hatte Stofffasern aus einem weißen, faserigen Material gefunden, ein dunkles, langes Haar, verschiedene Folien mit Fingerabdrücken, das Messer, mit dem die Schnitte durchgeführt worden waren, eine Probe von dem Rest Wasser aus der Badewanne, in dem die Leiche gefunden wurde und ein akribisch zusammengefaltetes, lilafarbenes Papierchen, vielleicht von Bonbons. Außerdem wurde ein Testament gefunden, das die Kirche als Erben von Grundstück und Haus sowie einer kleinen Summe aus einem Bausparvertrag auswies.
»Wir geben das jetzt ins Labor. Mit etwas Glück haben wir morgen Abend die Auswertung.«
Michael nahm die Kiste und übergab sie einem Kollegen, damit er sie ins Labor brachte. Als er wiederkam saß Leonard in Gedanken an sei-

nem Schreibtisch. Er hielt etwas in der Hand, das er sich ganz genau betrachtete.

»Was hast du da?«

»Ein gesichertes Papierchen aus der Kiste, in der die Spuren von Pierre Pratczek aufbewahrt werden. Ich habe es selbst oben auf der Beleuchtungsbrücke gefunden und aufgehoben. Mir kam das Papierchen von vorhin so bekannt vor. Ich habe sie genau verglichen, sie sind identisch.«

Michael Dreitt war überrascht: »Du meinst also, die Fälle hängen irgendwie zusammen?«

»Könnte schon sein, ich weiß nur nicht, wie.« Kastner grübelte immer noch. »Was ich über die Lehrerin herausfinden konnte, ist, dass sie mit der Schwester von Pfarrer Siebrecht und vor allem deren Mann ziemlichen Streit hatte. Der Schwager von Siebrecht war ihr Vater. Sie hat es vor einigen Tagen herausgefunden, und ihn und seine Frau damit konfrontiert. Sie hätten beide ein Motiv. Und sie war die Einzige, mit der der Geistliche im Dorf privaten Umgang hatte. Die einzige Verbindung ist Siebrecht. Ich werde morgen nochmal zu ihm fahren.«

Michael war gerade dabei, den letzten Burger und den Rest kalte Pizza zu verputzen.

Leonard war unglaublich müde.

»Wir sollten nach Hause fahren und noch ein paar Stunden schlafen. Das wird morgen ein anstrengender Tag", meinte er.

Sie machten Schluss und gingen. Kastner fiel zu Hause in einen festen, traumlosen Schlaf.

- 13 -

Donnerstag, 30. Juli, 10.43 Uhr

Ullrich erwachte und seine Arme und Beine waren bleischwer. Er fühlte sich, als hätte er keine Sekunde geschlafen. Der athletische Geistliche schleppte sich ins Bad und duschte kalt. Danach fühlte er sich besser. Die gestrigen Ereignisse waren auch nicht leicht zu verkraften. Trotzdem war Ullrich froh, dass er dort gewesen war. Er zog eine Jogginghose und ein T-Shirt über. Er wollte schnell einen Kaffee trinken und die Post durchsehen und danach Laufen gehen, um seinen Kopf frei zu bekommen. Am Nachmittag musste er noch einige Dinge erledigen. Dann würde er ein bisschen Zeit für sich haben. Es war ein Glück, dass heute nicht allzu viel zu tun war.
Er ging barfuß zum Briefkasten. Die Rechnungen legte er zur Seite, darum würde er sich später kümmern. Die Werbung warf er in den Müll. Blieben noch die Zeitung und ein brauner Umschlag. Er trug keine Aufschrift, aber das war nichts Außergewöhnliches. Sicherlich handelte es sich nur um Kopien von Geburtsurkunden für eine Taufe oder Hochzeit.
Er öffnete den Umschlag und alles verschwamm vor seinen Augen. Er wurde weiß wie die Wand. Das konnte nicht möglich sein. Der Umschlag enthielt ein beschriebenes Blatt Papier und ein Foto. Das Blatt war die Kopie eines Briefes, den Ullrich an Pierre Pratczek geschrieben hatte. Das konnte nicht sein. Die Polizei hatte die Briefe. Das Foto war eine Autogrammkarte von Pierre, auf der mit roter Schrift stand: »Ich weiß…«
Ullrich konnte es nicht fassen. Wer wusste von ihm und Pierre? Wer könnte ein Interesse daran haben, dass die Geschichte rauskam?
Der junge Geistliche hatte Angst. Ihn überfiel eine Panik, die ihn unüberlegt handeln ließ. Er nahm den Brief und das Foto, steckte beides zurück in den Umschlag und warf es in den Kachelofen, der im Wohnzimmer stand. Dann legte er zwei Scheite Holz hinein und machte Feuer. Mitten im Sommer. Er wollte Pfarrer bleiben. Auf keinen Fall durfte die Beziehung zu Pierre herauskommen. Ullrich musste heraus-

finden, wer davon wusste. Er würde seinen Beruf nicht aufgeben. Siebrecht war zutiefst gläubig und es war seine Berufung, Gott zu dienen. Alles andere würde er opfern, aber nicht seinen Glaubensdienst.
Der Pfarrer stocherte in der heißen Asche herum, bis das Papier zur Unkenntlichkeit verbrannt war. Dann ging er in die Kirche, um zu meditieren. Er schloss das Hauptportal und den Nebeneingang ab. Er wollte allein mit Gott sein. Er wollte bereuen und um Vergebung bitten. Er kam erst zum Mittagessen wieder aus der Kirche heraus. Zwischendurch hatte jemand versucht in die Kirche zu kommen, aber Ullrich hatte sich davon nicht stören lassen. Sonst ließ der christliche Eifer der Gemeinde auch zu wünschen übrig. Sollte derjenige eben später wiederkommen.
Er kam in die Küche des Pfarrhauses und erwartete, Mathilda zu sehen. Er sah einen benutzten Teller auf der Anrichte stehen. Ein zweiter Teller mit Rindfleischsuppe stand dampfend auf dem Tisch. Sonst aß Mathilda nie vor ihm. Vielleicht hatte sie heute Nachmittag vor, in die Stadt zu fahren, das tat sie öfter. Er schlang die Suppe hinunter und legte sich auf das Sofa im Wohnzimmer. Er wollte ein Nickerchen machen, nachdem die vergangene Nacht nicht die Erholung gebracht hatte, die er so dringend benötigte.
Er schlief tief und fest. Als er nach zwei Stunden aufwachte, räkelte er sich genüsslich auf dem Sofa und blieb noch ein paar Minuten mit geschlossenen Augen liegen. Dann gähnte er herzhaft und setzte sich auf. Er blickte auf die Uhr. Er hatte fast zwei Stunden geschlafen. Es war jetzt zehn vor zwei. Er blickte auf den kleinen Holztisch und ihm fiel ein brauner, unbeschrifteter Umschlag auf, der dort vor seinem Schläfchen noch nicht gelegen hatte. Das konnte eigentlich nicht sein. Er hatte die Tür zum Wohnzimmer verschlossen, als er sich hingelegt hatte.
Mit zittrigen Fingern nahm er den Umschlag und öffnete ihn. Darin lag ein Polaroidfoto. Es zeigte Pfarrer Siebrecht, wie er auf dem Sofa sein Nickerchen machte. Es bestand kein Zweifel, jemand musste hier gewesen sein, während er geschlafen hatte. Er war beunruhigt. Er hatte nichts bemerkt. Was, wenn die Person hier ein und aus spazierte, wann und wie es ihr gefiel?
Die Sache wurde ihm langsam zu heiß. Er glaubte nicht daran, dass es irgendein Spaßvogel war, der einen dummen Scherz mit ihm trieb. Das hier war wirklich gefährlich. Auf dem Foto stand mit der gleichen roten Farbe »Ich sehe…« geschrieben.

Ullrich Siebrecht hatte Angst, dass ihm jemand nach dem Leben trachtete. Jemand, der vollkommen verrückt geworden sein musste. Aber wer? Wer könnte etwas gegen ihn haben? Hatte dieser Jemand etwa auch den Mord an Pierre verübt? Zu viele Fragen, auf die Ullrich die Antworten nicht kannte.
Er dachte daran, die Polizei zu rufen. Solange allerdings durfte er sich nichts anmerken lassen. Er würde sich heute Abend darum kümmern. Er war bis dahin ohnehin aus dem Haus und hoffte, dass ihm der Wahnsinnige nicht irgendwo auflauern würde.
Er ging in die Küche um noch schnell etwas zu trinken. Alles stand noch unberührt da. Also war Mathilda wohl doch in die Stadt gefahren und noch nicht wieder zurück. Er verließ das Haus und fuhr zur Schule. Beim Einsteigen behielt Ullrich seine Umgebung genau im Auge. Er konnte nichts Ungewöhnliches entdecken. Sein Herz schlug ihm bis zum Hals und er war froh, als er endlich in der Schule ankam und unter Menschen war.

Kommissar Kastner war am Morgen gleich wieder ins Büro gefahren. Er wollte unbedingt noch einmal die Spuren durchsehen, die sie am Tatort von Pierre Pratczeks Ermordung gefunden hatten. In der Wohnung und in der Garderobe von Pratczek wurden die Fingerabdrücke von Ullrich Siebrecht gefunden. An dem Strick, auf dem Galgen und auf den Stühlen im Theater, die so außergewöhnlich dagestanden hatten, war ein regelrechtes Sammelsurium von Fingerabdrücken aufgetaucht. Das war zu erwarten gewesen. Dass er in Pratczeks Wohnung und in seiner Garderobe gewesen war, hatte Siebrecht nicht geleugnet. Sonst wies nichts, aber auch gar nichts auf ihn hin. Es gab jeweils genügend andere Verdächtige.
Die Gemeinsamkeit bestand in einem Stück Folienpapier, das zum Einpacken von Süßigkeiten benutzt wurde. Der Einzige, der beide Personen gekannt hatte, war Ullrich Siebrecht. Leonard reichte das nicht. Er konnte nicht glauben, dass er es gewesen war. Der Grund leuchtete ihm nicht ein. Es musste noch eine Verbindung geben, und die wollte er in Biebigheim ausfindig machen.

Ullrich konnte sich den ganzen Nachmittag nicht konzentrieren. Seine Gedanken schweiften immer wieder zu den Ereignissen ab, die ihn zu Hause erwarteten. Er hatte Angst davor, dass ihm, wenn er zum Pfarrhaus fuhr, ein neuerlicher Schock bevorstand. Er atmete tief durch und schob den Gedanken beiseite. Schließlich hatte er hier einen Auftrag zu erfüllen.

Nach Unterrichtsschluss stieg er in den Wagen und fuhr los. Er musste nicht weit fahren, bis er zu Hause angelangt war. Dort stand immer noch alles unberührt. Seine Pfarrersköchin war wohl noch nicht da gewesen. Er nahm sich eine Scheibe Brot aus dem Brotkasten und bestrich es mit Butter. Dann nahm er sich einen Abendbrotteller, schnitt sich ein Stück Fleischwurst ab und legte es darauf, daneben das Butterbrot. Er goss sich ein Glas Milch ein. Er trank gerne kalte Milch. Er füllte den Wasserkocher und schaltete ihn ein. Später wollte er noch einen Tee trinken. Er räumte das benutzte Geschirr vom Mittag in die Spülmaschine. Dann nahm er sich ein Platzset aus Bast und legte ein Messer darauf. Den Teller platzierte er auch dort. Dann füllte er die Kräuterteemischung in einen Teefilter, goss das Wasser, das inzwischen gekocht hatte, in eine Tasse, und stellte sie zu dem Rest. Er würde jetzt essen, denn er hatte Hunger.

Einerseits war er beruhigt, dass alles so war, wie er es verlassen hatte, aber andererseits wusste er nicht, ob der Verrückte wieder kommen würde, um ihm erneut eine Nachricht oder ein Foto zuzuspielen. Er würde nach dem Abendbrot nach oben in sein Büro gehen und Kommissar Kastner anrufen. Aber zuerst kam die Entspannung, schließlich hatte er heute schon genug Stress gehabt. Wahrscheinlich hatte die Person es bei diesem Schrecken belassen. Trotzdem musste er herausfinden, wer es war, um mit ihm oder ihr zu sprechen. Ullrich würde – ja, er musste – alles leugnen. Die Biebigheimer würden ihm glauben, davon war er fest überzeugt. Kastner würde ihm bestimmt weiterhelfen.

Das Essen wollte ihm nicht schmecken. Ganz zum Schluss trank er das Glas Milch. Das Geschirr stellte er in die Spüle. Er ging noch einmal kurz ins Bad, um sich die Zähne zu putzen. Das machte er schon seit seiner Kindheit so. Er stieg gerade die Treppen hinauf, als er unten die Haustür hörte. Mathilda kam heim. Er war erleichtert, nicht mehr alleine im Haus zu sein. Sie schnaufte ziemlich. Außerdem fluchte sie leise, weil ihr der Schlüssel heruntergefallen war, als sie ihn abziehen

wollte. Er hatte vergeblich versucht, ihr das Fluchen abzugewöhnen. Immerhin tat sie es nur noch wenn sie dachte, er höre es nicht.
Er ging weiter. Die Türen zu seinem Büro und zu seinem Schlafzimmer standen einen Spalt breit offen. Er war sicher, dass er die Schlafzimmertür zugemacht hatte. Von dort kam außerdem ein gelblicher Schein, der in den dunklen Flur fiel. Er ging auf die Tür zu und spähte durch den Spalt ins Innere. Er sah Kerzen auf der Kommode und auf dem Boden vor dem Bett. Er öffnete langsam die Tür.
Sein Blick fiel auf das Bett. Es war mit einem roten Tuch bedeckt. Darauf lagen drei Fotos. Eines von Pierre Pratczek, eines von Marie-Luise Kirchner und eines von Pfarrer Siebrecht. Vor jedem Bild lag eine langstielige, blutrote Rose und darunter ein schwarzes Seidenband, wie man es an Kränzen und Schalen auf Beerdigungen sieht. Darauf stand: »Ruhe in Frieden«. Auch auf der Fensterbank standen brennende Kerzen und ebenso auf dem Nachtschrank.
Das Bett wirkte wie ein Schrein. Hinter ihm war Mathilda in der Tür aufgetaucht. Sie schrie auf, als sie den Blick auf das Zimmer frei hatte. Ullrich zuckte zusammen. Er drehte sich um.
»Was machst du denn hier?«
»Ich war in der Stadt. Unten war niemand und da habe ich hier oben die Tür knarren hören. Ich wollte nur mal nachsehen, ob du etwas brauchst. Was soll das alles hier?«
Pfarrer Siebrecht zuckte mit den Schultern.
»Ich habe keine Ahnung. Heute Morgen habe ich schon ähnliche Nachrichten erhalten.«
»Wir müssen unverzüglich die Polizei rufen. Das ist doch nicht normal!« Mathildas Stimme hatte einen leicht hysterischen Unterton bekommen.
»Das ist nicht mehr nötig«, hörte man von der Treppe eine männliche Stimme, »ich bin schon da.«
Kommissar Kastner stapfte die Stufen herauf. Er schob die beiden sanft von der Türöffnung weg, um ins Innere des Raumes zu sehen. Er ging ein paar Schritte hinein und sah sich genauer um. Er drückte die Köchin und den Pfarrer mit sanfter Gewalt Richtung Ausgang. Dann pustete er die Kerzen aus und verschloss die Tür von außen.
»Ich werde die Spurensicherung rufen. Vielleicht gibt es Hinweise, wer das getan hat. Lassen Sie uns hinunter gehen und darüber reden.«

Sie begaben sich in die Küche. Kastner rief mit seinem Handy auf der Wache an. Mathilda kochte erst einmal einen starken Kaffee, während die beiden anderen die Unterhaltung begannen.
»Ist Ihnen in letzter Zeit schon mal so etwas wie dort oben passiert?«
Der Geistliche antwortete nicht gleich auf die Frage, die der Kommissar gestellt hatte.
»So etwas noch nicht. Aber heute morgen, als ich aufgestanden bin, war im Briefkasten ein Umschlag. Er war unbeschriftet, aber das ist eigentlich nichts Außergewöhnliches, es kommt häufig vor, dass die Leute irgendwelche Papiere für Taufen oder Trauungen einwerfen. Ich habe ihn geöffnet. Darin war eine Autogrammkarte von Pierre Pratczek. Darauf war mit roten Buchstaben geschrieben ›Ich weiß...‹«
»Haben Sie die Karte noch?«
Ullrich Siebrecht schaute beschämt zu Boden.
»Nein, ich habe sie im Kachelofen verbrannt. Ich habe plötzlich Panik bekommen und wollte nicht, dass jemand etwas mitbekommt.«
»Ihre Haushaltshilfe hat es nicht gesehen?«
»Nein, ich bin relativ spät aufgestanden. Um diese Zeit ist sie oft nicht da. Sie war bestimmt...«
»Ich kann Ihnen weiterhelfen, Herr Kastner«, schaltete sich Mathilda in das Gespräch ein. »Am Vormittag war ich beim Arzt, Sie können gerne bei Dr. Weinrich nachfragen. Er hat mich zum Hautarzt nach Aschaffenburg überwiesen. Ich habe gleich einen Termin bekommen, weil er die Vermutung hatte, es könnte etwas Ansteckendes sein. Ich habe schnell das Mittagessen gerichtet, gegessen und bin mit dem Bus um 12.29 Uhr nach Aschaffenburg gefahren. Auch in der Praxis können Sie gerne nachfragen, und das Busticket habe ich hier.«
»Und? Was war es denn?«
Mathilda war überrascht und zornig zugleich über diese Anmaßung.
»Ich glaube nicht, dass Sie das etwas angeht!«
»Ich glaube Ihnen ja, aber ich muss doch sicherstellen, dass sonst niemand hier war außer Herrn Siebrecht.«
Der Kommissar wandte sich wieder an Ullrich.
»Gab es heute noch irgendwelche Vorfälle?«
»Ich habe mich ungefähr um halb eins hingelegt, um ein Mittagsschläfchen zu machen, nachdem ich in der Küche gegessen hatte. Als ich aufwachte, lag auf dem Tisch dieses Foto.«

Er ging ins Nebenzimmer und brachte einen Umschlag mit. Er zeigte Kastner das Foto.
»Jemand muss während ich schlief hier drinnen gewesen sein und mich fotografiert haben.«
»Darf ich das Foto als Beweisstück haben?«
»Ja, selbstverständlich.«
Ullrich Siebrecht überließ es ihm.
»Ich werde einen Beamten abstellen, der sie hier schützt, wenn ich nicht da bin. Ich muss leider wieder nach Aschaffenburg zurück. Eine letzte Frage noch: Gibt es jemanden, der über die Geschichte mit Pratczek Bescheid wusste, außer Ihnen?«
»Nein, nicht dass ich wüsste. Aber da habe ich mich wohl getäuscht.«
Kastner verabschiedete sich und versprach, dass die Kollegen in ungefähr zwanzig Minuten hier sein würden. Er musste unbedingt noch einmal alle Fakten durchgehen, es gab etwas, das er übersehen haben musste.

- 14 -

Donnerstag, 30. Juli, 23.57 Uhr

Der Geistliche konnte am Abend kaum einschlafen. Er wälzte sich von einer Seite zur anderen. Er war um 22.00 Uhr zu Bett gegangen und erst vor wenigen Minuten eingeschlafen. Zu viele Gedanken wirbelten in seinem Kopf umher. Er wusste überhaupt nicht mehr was los war. Seine beste Freundin war zu Tode gekommen, sein Geliebter während der Vorstellung ermordet, seine Schwester von ihrem Mann krankenhausreif geprügelt worden und nun hatte er einen verrückten Stalker, der ihm das Leben zur Hölle machte. Die letzten drei Tage waren mehr als unglückselig. Seine ganze gewohnte Welt schien von Tag zu Tag mehr auseinanderzubröckeln, bis sie schließlich in tausend Scherben zerschmettert vor seinen Füßen liegen würde. Er verstand nicht, warum sein Leben eine derart ungünstige Wendung zu nehmen schien und fragte sich, was der Allmächtige wohl noch mit ihm vorhatte.

Plötzlich klingelte das Telefon in seinem Zimmer. Er war endlich ein wenig eingenickt gewesen und schreckte aus dem Schlaf hoch. Er ließ sich zurück ins Bett fallen und überlegte, wer so unverschämt war, um eine solch unchristliche Zeit bei ihm anzurufen. Dann fiel ihm ein, dass es Kommissar Kastner sein könnte. Vielleicht war etwas Unerwartetes passiert, oder sie hatten etwas herausgefunden, das nicht warten konnte. Er nahm den Hörer ab und meldete sich mit seinem Namen. Nichts. Er hörte ein schwaches Atemgeräusch.

»Hallo, wer ist denn dran?«

Pfarrer Siebrecht wollte fast schon auflegen, da hörte er eine verzerrte, heisere Stimme sagen: »Haben dir meine Geschenke heute Morgen gefallen, du dreckige Schwuchtel?«

Ullrich durchfuhr es heiß und kalt auf einmal. Wer zum Teufel war das?

»Wer bist du? Was willst du von mir?« Sein Brustkorb schnürte sich zusammen, so dass er kaum noch atmen konnte. Eine heiße Welle der Wut stieg in ihm auf.

»Ich habe es mir vorhin in deinem Bett gemütlich gemacht. Ich komme wieder.«

Ullrich konnte sich nicht zurückhalten: »Du kleines Arschloch kannst mir keine Angst einjagen. Komm doch her. Wenn du ein Mann bist, dann klären wir das Auge in Auge. Du bist ein kleiner, mieser Wurm, sonst nichts! Und jetzt lass mich in Ruhe!«
Einige Sekunden war nichts zu hören. Dann, unvermittelt in die Stille erklang: »Ich komme bald. Auf Wiedersehen. Schwuchtel!« Der Anrufer hatte eingehängt.
Pfarrer Siebrecht hoffte, dass er den Stalker etwas hatte einschüchtern können, aber so ganz glaubte er das selbst nicht. Er spürte neben der Wut auch eine unglaubliche Angst in sich aufsteigen. Er wusste nicht, mit wem er es zu tun hatte. Derjenige, der ihn tyrannisierte, wollte ihn unter allen Umständen fertig machen und niemand konnte einschätzen, wie weit er dabei gehen würde.
Er löschte das Licht und versuchte krampfhaft wieder einzuschlafen, aber nach diesem Anruf war das so gut wie unmöglich. Er schaltete die Lampe auf seinem Nachttisch wieder ein und nahm ein Buch über die Modernisierung des Konzepts der Katholischen Kirche zur Hand. Er hatte es sich extra bestellt, weil es revolutionäre Ideen und Visionen enthielt, die auch er befürwortete. Ullrich wollte noch ein bisschen lesen und sich ablenken. Dabei wurde er oft müde und er hoffte darauf, dass er vielleicht doch noch ein paar Stunden Schlaf finden würde.
Ziemlich genau um 1.00 Uhr klingelte erneut das Telefon. Ullrich schreckte hoch. Er legte das Buch weg und fühlte, wie der Zorn erneut in ihm aufflammte, aber auch die Angst tief in seinem Inneren war wieder aufgeglommen.
Er hob den Hörer und legte ihn an sein Ohr.
Atmen.
Der Pfarrer sagte nichts.
Die Person am anderen Ende ergriff nach einiger Zeit das Wort.
»Ich bin da, auch wenn du denkst, du bist allein. Du wirst mich nicht los.«
Pfarrer Siebrecht knallte den Hörer aufs Telefon. Jetzt konnte er mit Sicherheit nicht mehr schlafen. Er war innerlich völlig aufgewühlt. Er überlegte, ob er einfach den Hörer von der Gabel legen und den Anschluss blockieren sollte. Nein, so leicht würde er es sich nicht machen. Er würde beim nächsten Mal nicht wieder auflegen, vielmehr wollte er versuchen, etwas über die Person herauszufinden. Ja, das

musste er tun. Er durfte sich nicht einschüchtern lassen.
Es gelang ihm, sich mit diesen Überlegungen, die er laut vor sich hin sagte, ein wenig zu beruhigen. Er zog seinen braunen, seidenen Hausmantel über und spritzte sich im Bad eine Ladung eiskalten Wassers ins Gesicht. Dann ging er ans Medikamentenschränkchen und nahm ein leichtes Beruhigungsmittel ein. Eigentlich hatte er es noch nie gebraucht. Mathilda war der Meinung gewesen, man sollte doch etwas mehr als Kopfschmerztabletten und ein Mittel gegen Durchfall im Haus haben. Also war Ullrich in die Apotheke gegangen und hatte die beiden Arzneischränkchen für alle Eventualitäten, die wahrscheinlich nie eintreffen würden, ausrüsten lassen und ein nettes Sümmchen bezahlt. Jetzt war er froh, dass er etwas zur Beruhigung da hatte. Es waren Tropfen auf Johanniskrautölbasis. Keine Ahnung ob das helfen würde, aber es war pflanzlich und hatte den Vorteil, dass es mit dem Cognac, den er aus der kleinen Kommode nahm, keinerlei Wechselwirkungen haben würde.
Er goss sich einen doppelten ein und setzte sich mit dem Glas in der Hand in seinen Sessel. Dort trank er alles auf einmal und las dann weiter. Wenn dieser Idiot noch einmal anrufen würde, und davon ging er aus, dann würde er es ihm zeigen. Um halb zwei klingelte wieder das Telefon. Der Anrufer hatte also bewusst einen Abstand von einer halben Stunde gewählt. Siebrechts Entschlossenheit geriet ins Wanken. Alle seine so brillanten Versuche, sich Mut zuzusprechen, waren gescheitert. Er wurde schier verrückt über dem Geräusch des Telefons. Trotz seiner Angst verspürte er einen Drang, an den Apparat zu gehen. Er widerstand und ließ es klingeln.
Nach dem sechsten Mal klingeln hörte es auf. Das war einfach gewesen. Er atmete tief durch. Sein Herz raste und sein Puls beschleunigte sich, alles schwamm vor seinen Augen. Er lehnte sich zurück und atmete tief ein. Jede Faser seines Körpers schrie nach mehr Alkohol. Er sprang auf und goss noch einen Cognac in sein Glas. Er spülte ihn im Stehen hinunter. Er setzte sich. Der Alkohol rann in einem heißen Strom seine Kehle hinab und wärmte seine Eingeweide. Seine Muskeln entspannten sich langsam.
Gerade als die Panikwelle, die ihn überkommen hatte, abebbte, klingelte es wieder. Zornig fuhr er hoch und riss den Hörer an sein Ohr. Er schrie alle Flüche, die ihm spontan einfielen, ins Telefon.

Nichts. Er hörte nur das langsame Atmen. Nach einigen Sekunden der Stille kam eine Antwort.
»Warum legst du dich nicht hin?«
Er war wie vom Blitz getroffen. Ullrichs Haut elektrisierte und brannte wie nach einem Stromschlag.
»Was?« Das war das Einzige, das er in diesem Moment herausbrachte.
»Warum legst du dich nicht hin, sondern sitzt im Sessel? Solltest du nicht schlafen?«
Die heisere Stimme hallte in seinem Kopf wider und die Worte brannten sich in sein Gehirn. Dieser Mistkerl musste ihn sehen! Irgendwo da draußen konnte ihn dieser Psychopath beobachten.
Schon wieder die Stimme aus dem Hörer: »Ach übrigens, schöner Morgenrock.« Dann ein leises Klicken. Der Anrufer hatte aufgelegt.
Ullrich hatte sich in seinen Sessel fallen lassen. Alles drehte sich um ihn herum. Er wurde beobachtet und er wusste nicht, wie lange schon. Er stürzte zum Fenster und riss an den Vorhängen bis sie die Scheibe verdeckten. Er geriet in Panik. Draußen vor dem Fenster war kein Baum und auch die Mauer, die sich um den Garten zog, war nicht hoch genug, um darauf stehend in sein Fenster schauen zu können. Oder hatte er etwa… Nein, das konnte nicht wahr sein… Dieser Verrückte musste irgendwo eine Kamera installiert haben.
Ullrich öffnete wie im Wahn alle Schranktüren und riss alles heraus, was darin war. Er fühlte alle Schrankwände ab. Er rückte Möbel von der Wand ab und tastete alle Nischen und Böden ab, untersuchte die Schlösser in den Türen, die Vorhänge, die Bilder, sogar das Kruzifix an der Wand. Nichts. Alle als Versteck in Frage kommenden Stellen erwiesen sich als völlig unberührt. Ullrich verstand die Welt nicht mehr. Er stand in einem Chaos aus verschiedenen Gegenständen, Kleidern, Flaschen, Büchern, die alle wild verstreut auf dem Boden lagen. Alle Schränke und Möbel waren verrückt. Er resignierte. Langsam glaubte er, er selbst sei derjenige, der allmählich verrückt wurde. Er begann aufzuräumen. Es war kurz vor zwei. Ihm brach der Schweiß aus, als er auf die Uhr blickte. Stille. Er wartete bis fünf nach zwei und es passierte nichts. Er war schon fast erleichtert darüber, als mit unbarmherziger Regelmäßigkeit das Telefon läutete. Er konnte sich nicht entziehen, abzuheben. Wenn der irre Anrufer irgendwo am Telefon war, dann konnte er nicht hier sein. Hoffentlich hatte er kein Handy. Er hob ab.

»Hallo?«
Wieder eine Pause von ein paar Sekunden.
»Ich kenne dein kleines, schmutziges Geheimnis. Ich werde dafür sorgen, dass es alle wissen.«
Ullrich legte auf. Er konnte es nicht ertragen. Die Tränen schossen ihm in die Augen. Zuletzt hatte er sich so machtlos gefühlt, als er mit ansehen musste, wie sein Vater seine Schwester misshandelte. Er hatte viel zu oft die Augen verschlossen. Es tat ihm unglaublich leid und die Schuldgefühle kamen wie eine Eisenfaust auf sein Herz zugerast und drohten, es in Stücke zu schlagen. Das Telefon klingelte, oder bildete er es sich nur ein? Bildete er sich die ganze Sache hier nur ein? Träumte er das alles nur? Das Telefon klingelte immer noch. Er hob den Hörer hoch. Wenn er tatsächlich nur träumte, dann konnte ihm auch nichts passieren. Er würde einfach aufwachen und die Erinnerung wegwischen.
Die heisere Stimme meldete sich und hatte einen wütenden, drohenden Unterton angenommen.
»Du legst nicht einfach auf! Du verdammtes schwules Schwein! Das ist gegen die Natur, dass du mit einem Mann rumfickst. Dich in seinen Laken wälzt wie ein dreckiges Schwein. Ich mache dich fertig. Ich bringe dich um. Bald, ja bald, werden wir uns sehen.« Klick. Der Anrufer hatte aufgelegt.
Ullrich saß kreidebleich und erstarrt auf seinem Bett. Das konnte nicht wahr sein. Er rannte ins Bad und riss seine Jeans von heute Mittag aus dem Wäschekorb. Er hatte von Kastner eine Visitenkarte bekommen. Er kramte in der Gesäßtasche. Er fand das Stück Papier und mit kalten Fingern wählte er die Mobilfunknummer, die darauf angegeben war.
Kastner meldete sich nach dem zweiten Läuten. Ullrich erklärte ihm so gut er konnte was passiert war. Er stotterte oft und konnte die Ereignisse nicht in der korrekten Reihenfolge wiedergeben. Ständig musste er neu ansetzen.
Kastner versprach, ihm schnellstens einen Kollegen vorbeizuschicken, der eine Fangschaltung installieren sollte. Nach einer dreiviertel Stunde traf der Beamte auf den Geistlichen, der mit den Nerven völlig am Ende war. Er erklärte kurz, dass er das Equipment installieren würde und begann auch gleich, technische Apparate aus einem Alukoffer aufzubauen, den er mitgebracht hatte. Er wirkte sehr beschäftigt und Ullrich fühlte sich fehl am Platz.

Nach zwanzig Minuten waren die Geräte aufgebaut und mit einer Reihe von Kabeln mit seinem Telefon verbunden. Das Gerätechaos hatte sich aufgelöst und war zwei übersichtlichen kleinen Kästchen neben seinem Telefon gewichen. Der Beamte verabschiedete sich und meinte, dass sie jetzt jeden Anrufer, der länger als dreißig Sekunden am Apparat sei, vom Revier aus ausfindig machen könnten. Ullrich war erleichtert. Er hatte sich etwas beruhigt. Er legte sich, nachdem der Beamte gegangen war, noch einmal ins Bett und versuchte sich auszuruhen. Keine fünf Minuten später klingelte das Telefon. Siebrecht ging an den Hörer.

Diesmal meldete sich die heisere Stimme sofort: »Ihr denkt wohl, ihr könnt mich mit so primitiven Mitteln schnappen. Aber da müsst ihr früher aufstehen. Wir werden uns bald persönlich kennen lernen. Auf Wiedersehen. Angenehme Ruhe.« Der Irre hatte kurz gelacht und dann aufgelegt.

Er wusste also Bescheid. Ullrich betete, dass der Anruf lang genug gewesen wäre, aber realistisch betrachtet war die Chance, dass sie ihn kriegen würden, gering. Er war total erschöpft. Er sank ins Bett zurück. Er gab sein Leben in Gottes Hände, und wenn ihm tatsächlich etwas passieren würde, dann sollte es eben so sein. Er war an einem Punkt angekommen, an dem er wohl nicht mehr selbst an die Schicksalsfäden zog.

Er schloss die Augen und fiel in einen kurzen Dämmerschlaf, der durch unruhiges Hin- und Herwälzen und schreckliche Visionen, die sich vor seinem inneren Auge abspielten, unterbrochen wurde. Gegen 4.00 Uhr morgens hielt er es nicht mehr in seinem Bett aus. Irgendwann war ihm das ständige Einnicken und Wiederhochschrecken, nur um dann erneut wachzuliegen, zu dumm.

Er hatte sowieso noch die kurze Ansprache zu verfassen, die er heute am späten Nachmittag zur Eröffnung des Sommerfestes halten sollte. Es wurde immer freitags eröffnet und dauerte dann bis Montagnachmittag. Er formulierte eine halbe Seite Phrasen aus. Es war sowieso immer der gleiche Inhalt, nur versuchte er jedes Jahr, die Wortwahl etwas zu verändern, so dass es nicht exakt das gleiche Geschwätz war. Eigentlich hätte man auch darauf verzichten können, aber die Biebigheimer klebten an Traditionen wie Ameisen am Honig. Also tat er ihnen den Gefallen, wie jedes Jahr.

Um 5.30 Uhr war er fertig und begab sich ins Bad. Er duschte und zog sich eine Jeans und ein T-Shirt über. Dann ging er hinüber in die Kirche und hielt Zwiesprache mit dem Herrn. Nach einer Stunde beendete er sein Frühgebet und schloss die Kirche für die Gemeindemitglieder auf. Er ging über den Kirchhof ins Pfarrhaus. In der Küche sah er Licht und er war heilfroh, dass Mathilda schon wach war. Er betrat den Flur und es duftete bereits nach Kaffee. Dabei war er fast eine ganze Stunde zu früh dran.
Er klopfte an den Türrahmen um Mathilda nicht zu erschrecken. Er hatte fast zwei Minuten in der Tür gestanden und Mathilda beobachtet, bevor er das tat. Ihm war heute das erste Mal aufgefallen, dass sich Mathilda hübsch kleidete. Sie war schon fast attraktiv, wenn man von ihren grob wirkenden Wangenknochen absah. Sie war schlank und jung. Jetzt verstand er zumindest, wie die Tratschmäuler von Biebigheim anfangs darauf kamen, ihm eine Affäre mit ihr anzudichten. Es war ihm eigentlich völlig egal gewesen, was sie anzog, oder wie sie aussah. Er hatte sie sich nie genau angesehen, und wenn man ihn gefragt hätte, was sie trug, hätte er es, obwohl er sie jeden Tag als Erster sah, nicht sagen können. Sie war ihm im Grunde egal. Sie war da und tat ihre Arbeit, und er war da und tat seine.
Insgeheim schämte er sich seiner Gedanken. Er fühlte sich ziemlich undankbar ihr gegenüber. Schließlich tat sie alles, um es ihm angenehm und schön zu machen. Er beschloss, von nun an freundlicher zu ihr zu sein und sich auch dankbarer zu zeigen. Ihm tat sein Ausbruch, als Mathilda die Briefe gefunden hatte, leid.
»Guten Morgen, darf ich schon reinkommen?«
Mathilda drehte sich überrascht um.
»Sie sind schon aufgestanden? Ich habe Sie gar nicht gehört.«
»Ich konnte letzte Nacht nicht gut schlafen, da bin ich früh aufgestanden, habe die Ansprache für heute Nachmittag abgefasst und war schon drüben in der Kirche zum Frühgebet.«
»Da waren Sie ja schon sehr fleißig heute.«
»Finden Sie nicht, dass es an der Zeit ist, dass wir uns duzen?«
»Die Leute werden sich das Maul darüber zerreißen.«
»Das ist mir egal, schließlich wissen wir ja, dass an den Gerüchten nichts dran ist. Es ist also völlig gleichgültig, ob wir uns siezen oder duzen.«

»Wenn du meinst«, sagte Mathilda und wandte sich wieder dem Kaffee zu, der durch den Filter tropfte.
»Ähm, wo wir schon bei Nettigkeiten untereinander sind, könnte ich jetzt schon frühstücken?«
»Ich habe mir gerade selbst was gemacht, wenn du ein paar Minuten wartest, dann kann ich alles vorbereiten.«
Ullrichs Gesichtsausdruck erhellte sich sichtlich aufgrund der Tatsache, dass er nicht noch länger darben musste.
»Gut, dann frühstücken wir heute zusammen.«
»Ich bin das eigentlich nicht gewohnt, dass jemand mit mir frühstückt, aber wenn es dir so gefällt, dann mach ich das.«
Sie stellte Brot, Butter, Marmelade und Käse auf den Tisch. Dazu den frisch gekochten Kaffee und eine Tasse Milch für den Pfarrer. Sie trank ebenfalls Kaffee und aß ein Butterbrot und einen Apfel. Sie saßen eine ganze Weile schweigend da.
Dann fragte Mathilda in die Stille hinein: »Ich will ja nicht indiskret sein und ich weiß auch, dass es mich nichts angeht, aber ich habe gestern im Gespräch mit Herrn Kastner immer wieder den Namen Pratczek gehört. Zuerst konnte ich gar nichts damit anfangen, aber dann ist mir eingefallen, dass ich ihn einmal in der Zeitung gesehen habe. Er ist Schauspieler, nicht? Kennst du ihn?«
Ullrich schaute von seiner Tasse Kaffee auf. Er wirkte abwesend.
»Ja, ich kannte ihn. Er war ein begnadeter Künstler und ich hatte das Glück, ihn persönlich kennen lernen zu dürfen. Er wurde ermordet, hast du das in der Zeitung nicht gelesen? Darüber wurde erst gestern wieder berichtet. Heute Vormittag findet die Trauerfeier statt.«
»Oh, entschuldige, ich wusste es nicht, ich lese selten Zeitung.«
Danach trat wieder betretenes Schweigen ein. Ullrich stand auf und holte die Zeitung vom Schränkchen im Flur, auf das Mathilda sie immer morgens legte. Er war froh, dass Mathilda da war. Das holte ihn von den Schreckensstunden der Nacht wieder zurück in die Realität. Er blätterte die Tageszeitung durch und las den Politik- und den Sportteil. Er schlug die Anzeigenseite auf und – über eine halbe Seite prangte eine Anzeige, die ihm den Atem stocken lies.
Da stand in fetten Buchstaben: »In stiller Trauer nehmen wir Abschied von unserem lieben Gemeindepfarrer Ullrich Siebrecht.« Dabei standen Geburtsdatum und Sterbedatum. Der Todestag war auf morgen

datiert. Unterschrieben war die Anzeige mit: »Die Gemeinde Biebigheim«.
Ullrich Siebrecht beendete sein Frühstück und nachdem er sich kurz in sein Zimmer zurückgezogen hatte, ging er eine Stunde laufen. Er hatte Angst. Aber er wollte nicht, dass sich Mathilda beunruhigte. Sein Nervenkostüm war zum Zerreißen angespannt. Er musste raus. Raus aus dem Haus, raus aus dem Dorf. Die Stunden bis nach dem Fest musste er unbedingt noch durchhalten. Es nützte ihm schließlich nichts, wenn das ganze Dorf sich das Maul über ihn zerriss. Andererseits hatten sich die Angst, die Wut und die Hilflosigkeit in seinem Kopf zu einer Zeitbombe angestaut, die jederzeit explodieren konnte. Er wurde fast wahnsinnig aufgrund der Tatsache, dass er nichts tun konnte. Als er nach Hause zurückkam, duschte er noch einmal und machte sich fertig. Er wollte Pierre Pratzcek die letzte Ehre erweisen und machte sich auf den Weg in die Stadt. Am Abend würde er Inspektor Kastner anrufen.
Ullrich kam von der Trauerfeier nach Hause und war völlig fertig. Er schloss sich in seinem Zimmer ein und legte sich auf sein Bett. Er starrte an die Decke. Nach über einer halben Stunde klopfte Mathilda und rief ihn zum Essen. Er öffnete die Tür und bot einen desolaten Anblick. Mathilda meinte: »Ich dachte gar nicht, dass dir die Trauerfeier so zu schaffen macht. Kanntest du diesen Pratczek näher?«
»Es tut mir leid Mathilda, aber das geht dich nichts an. Und außerdem möchte ich jetzt nicht darüber reden.«
Das Mittagessen nahmen Mathilda und Ullrich gemeinsam zu sich und die Tischgespräche drehten sich um Belanglosigkeiten. Mathilda hatte erkannt, dass sie mit ihren Fragen in ein Wespennest gestochen hatte und Ullrich Siebrecht gab nach der Trauerfeier keinen guten Gesellschafter ab. Er war am Boden zerstört und versuchte krampfhaft, die heile Fassade aufrecht zu erhalten, die eigentlich nur noch in seiner Phantasie existierte. Der Pfarrer legte sich zum Mittagsschlaf hin um etwas Ruhe zu finden, während Mathilda den Abwasch machte. Um 3.00 Uhr musste er am Festplatz in Biebigheim sein. Als er das Haus verließ, sah er den Polizeibeamten in seinem Auto vor dem Haus stehen.
Es war beruhigend zu wissen, dass er da war. Ullrich Siebrecht war pünktlich um 3.00 Uhr da und wurde von Frau Burger und Frau Weitz,

die im Pfarrgemeinderat waren, in Empfang genommen. Sie geleiteten ihn zum kleinen Podium, auf dem die Dorfkapelle in voller Tracht saß. Dort stand auch ein kleines Rednerpult. Der Pfarrer erkundigte sich nach dem Verbleib von Amalie von Giebhardt, worauf Frau Weitz ihm mitteilte, sie hätte angerufen, dass sie sich verspäte. Immerhin war sie die Vorsitzende und eigentlich wäre es ihre Aufgabe gewesen, das Rahmenprogramm und den Festakt zu gestalten. Allerdings hatte er den Eindruck, dass Frau Burger diese Aufgabe nur zu gern und mit gekünstelter Leichtigkeit ausführte.

Er begann mit einem kurzen Grußwort an die Festgäste und mit Danksagungen an verdiente Mitglieder der Gemeinde, das Übliche eben. An den Gesichtern der Biebigheimer, die das Festzelt nur zu einem Drittel füllten, konnte man ablesen, dass sie nichts sehnlicher erwarteten als den Bieranstich. Am Ende seiner Ansprache begannen Frau Burger und Frau Weitz, sich angeregt zu unterhalten. Er sah durch den hinteren Eingang des Zeltes Frau von Giebhardt kommen. Nach dem Gesichtsausdruck von Amalie von Giebhardt zu urteilen, würde es Ärger geben.

Er hatte seine Rede gerade beendet, als unvermittelt ein Streit zwischen Frau Burger und Frau von Giebhardt loszubrechen schien. Er ging vom Podium ab und kam auf die Frauen zu. Bereits in einigen Metern Entfernung konnte er die Gesprächsfetzen hören, die zu einer handfesten Auseinandersetzung anschwollen.

»Was erlauben Sie sich überhaupt? Ich hatte ausdrücklich darum gebeten, zu warten bis ich eintreffe. Es ist meine, und nur meine, Aufgabe, durch das Festprogramm zu führen. Was maßen Sie sich eigentlich an?«

Von Giebhardt fauchte Frau Burger in herrischem Tonfall an. Frau Burger hatte eine dunkelrote Gesichtsfarbe angenommen und konnte nicht mehr an sich halten.

»Dann hätten Sie eben pünktlich sein sollen. Sie nehmen sich wohl sehr wichtig, wie? Ich habe zur rechten Zeit mit der Eröffnung begonnen, damit die Leute nicht warten mussten. Außerdem steht Ihnen der Rang, den Sie in dieser Gemeinde einnehmen wollen, nicht mehr zu! Meiner Meinung nach sollten Sie ein wenig leiser treten, nachdem Ihre Familienverhältnisse alles andere als solide und unbescholten zu sein scheinen. Wir konnten uns alle in den letzten Tagen ein Bild davon machen.«

Amalie von Giebhardt stand unter solch enormem Druck, dass sie gleich platzen würde: »Das nehmen Sie sofort zurück. Sie werden sich jetzt bei mir entschuldigen. Auf der Stelle!«
Frau Burger lachte zynisch. »Ich werde gar nichts tun! Entspricht es nicht der Wahrheit, dass ihr ehrenwerter Sohn wegen Vergewaltigung und schwerer Körperverletzung einsitzt und auf eine Verhandlung wartet? In einschlägigen Kreisen ist er ja auch des Öfteren gesehen worden. Er hat auch keinen Hehl daraus gemacht, dass er dem Bier nicht abgeneigt ist, ganz zu schweigen von den Schnäpsen. Meine Liebe, da können Sie guter Herkunft sein so viel Sie wollen, die Geschichte mit dem armen verstorbenen Soldaten, der angeblich der Vater ihres Früchtchens sein soll, die nimmt Ihnen doch schon längst keiner mehr ab. Ihnen stünde Bescheidenheit besser, als sich hier als herrschaftliche Dame aufzuführen. Ihrer Erziehung ist das Benehmen Ihres Sohns ja wohl nicht zu Gute zu halten, denn…«
Weiter kam Frau Burger mit ihrer Schimpfkanonade nicht mehr, denn Amalie von Giebhardt unterbrach sie mit einer schallenden Ohrfeige. Dann stürmte sie wutschnaubend aus dem Zelt zu ihrem Wagen.
Frau Burger hielt für einen Moment inne, dann schrie sie ihr nach: »Das gibt eine saftige Anzeige. Da braucht man sich ja nicht zu wundern, wie die Mutter, so der Sohn!«
Danach stellten sich ein Raunen und ein Zischeln in dem vorher mucksmäuschenstillen Zelt ein. Die Luft war so dick, man konnte sie mit Messern schneiden.
Pfarrer Siebrecht blieb noch zu einem Anstandstrunk und verabschiedete sich dann. Die Gespräche an den Festzelttischen drehten sich ausnahmslos um den Streit zwischen Frau von Giebhardt und Frau Burger und um Gisbert und Silke. Ullrich hielt es nicht sehr lange aus. Er konnte die spießbürgerliche, scheinheilige Welt von Biebigheim nicht mehr ertragen. Er fragte sich, wie er so lange blind und stumm unter diesen Menschen hatte leben können, in einer Atmosphäre, die einem die Luft nahm und jedes kreative, künstlerische, erbauliche Fühlen und Denken unterdrückte. Ullrich spürte in diesem Moment ganz deutlich, dass er nach seiner Rückkehr aus Würzburg nicht mehr dazugehören konnte, oder besser: nicht dazugehören wollte. Er fühlte sich wie ein Falke, der nach seinem ersten großen Rundflug die Flügel gestutzt bekommen hatte. Der Pfarrer verabschiedete sich schnell von

den Biebigheimern. Er wollte noch nach Aschaffenburg, um seine Schwester zu besuchen.

Als er ankam, war Silke bester Laune. Sie sah frisch und erholt aus, alles in allem wirklich blendend in Anbetracht der Umstände. Er hatte ihr eine Schachtel mit Nougatpralinen mitgebracht, dafür hätte sie töten können. Silke meinte, dass sie froh wäre, wenn sie wieder zu Hause sei, weil ihr das Kantinenessen nicht gut bekäme. Sie ernährte sich zum Großteil von ihren selbst hergestellten und geernteten Lebensmitteln und leider hatte sich herausgestellt, dass sie statt nur einer Nacht gleich ein paar Tage bleiben musste. Dankbar griff sie bei den Pralinen zu.
»Und? Wie fühlst du dich heute?« Ullrich versuchte Zuversicht und Sicherheit auszustrahlen, was ihm angesichts der vergangenen Nacht nicht so einfach gelingen wollte.
»Es geht mir gut. Ich hoffe, ich werde bald entlassen. Der Arzt sagt übermorgen. Eigentlich ist mir das noch viel zu lang, ich könnte heute schon gehen, weißt du. Ich freue mich, heimzukommen, weil ich weiß, dass Gisbert im Gefängnis sitzt und ich meine Ruhe haben werde.«
»Ja, das glaube ich. Ich hätte schon eher merken müssen, dass es dir nicht gut geht. Ich als dein Bruder hätte auf dich achten müssen. Das tut mir leid.«
»Ach, das muss es nicht. Es war auch nicht alles schlecht. Es ist jetzt auf jeden Fall vorbei und wir beide müssen uns darum keine Gedanken mehr machen. Nachher habe ich einen Termin. Ich war bei Kerstin Weinrich zu Besuch und habe sie gefragt, ob sie einen guten Anwalt kennt. Ich will die Scheidung unter keinen Umständen länger als nötig aufschieben, also habe ich ihn umgehend um ein Treffen gebeten. Er erwartet mich um 17.00 Uhr in der Caféteria, deshalb muss ich auch gleich los. Ich hoffe, du bist mir nicht böse, dass ich dich so hinaus komplimentiere, aber ich will mich auch noch kurz frisch machen.«
Ullrich war verwirrt und amüsiert zu gleich.
»Du hast ja ein ganz schönes Tempo. Mir scheint, es geht dir wirklich wieder gut. Also, wenn du einen so wichtigen Termin hast, dann will ich dich nicht länger stören.«
Nach einer kurzen Pause fasste er Silke sanft am Arm und drückte sie an sich.

»Ich bin froh, dass du das alles hinter dir lässt. Ich wünsche dir, dass ab jetzt dein Leben in den Bahnen verläuft, die dich zu deinen Zielen führen. Du bist stark und du kannst alles schaffen, was du willst, wenn du hart dafür arbeitest.«

Er ließ sie los und machte sich auf den Weg nach draußen.

»Ich bin morgen wieder da und dann gibt es keine Ausrede dafür, mit mir keinen Kaffee zu trinken. Du kannst mir dann erzählen, wie dein Gespräch war. Bis dann.«

»Bis dann.«

Silke blieb überrascht zurück. Sonst hatte sich Ullrich nie dafür interessiert, was sie sich als Ziel gesetzt hatte. Vielleicht hatte sie das Verhältnis zu ihm doch falsch eingeschätzt und nicht sie war die Beschützerin ihres kleinen Bruders, sondern auch er hätte sie schützen können. All die Jahre hatte sie nie darüber nachgedacht. Sie war so oberflächlich gewesen, so naiv. Sie wollte stets nur das Richtige tun. Und was war das Richtige? Sie wusste es heute immer noch nicht. Aber sie hatte sich für einen neuen Weg entschieden und war sich zum ersten Mal in ihrem Leben wirklich sicher, dass sie eine wichtige, eine gut durchdachte und notwendige Entscheidung getroffen hatte, nämlich, sich ein für alle mal von Gisbert zu trennen und auf sich selbst gestellt die Verantwortung für ihr Leben zu übernehmen.

Sie ging ins Bad und duschte. Sie zog sich einen dunkelblauen Morgenmantel über und kämmte sich die nassen Haare, die sie dann zu einem strengen Zopf flocht. Sie schlüpfte in ihre Pantoffeln und machte sich auf den Weg nach unten. In der Caféteria wartete der Anwalt schon.

Das Gespräch verlief völlig unkompliziert. Silke wurde darüber aufgeklärt, dass die Scheidung angesichts der Misshandlungen und tätlichen Übergriffe, sowie der eindeutig nachgewiesenen Vergewaltigung kein Problem darstellen würde. Es würde eine Härtefallscheidung geben, und wenn sie Glück hatte, würde alles in drei bis sechs Monaten durch sein. Da Gisbert auf Gütertrennung bestanden hatte, musste Silke nicht befürchten, dass sie den Hof und ihr kleines Geschäft würde aufgeben müssen. Sie verabschiedete sich und ging mit dem guten Gefühl zurück in ihr Zimmer, den ersten Schritt in ihr neues Leben getan zu haben.

– 15 –

Freitag, 31. Juli, 17.24 Uhr

Als sie ihr Zimmer betrat, erwartete sie eine unangenehme Überraschung. Amalie von Giebhardt saß in einem Besuchersessel und starrte aus dem Fenster.
»Gut, dass du kommst. Ich warte schon eine halbe Ewigkeit auf dich.«
Silkes Herz krampfte sich zusammen.
»Was willst du hier?«
»Ich wollte noch einmal betonen, wie viel mir daran liegt, dass du Abstand von deiner Anzeige nimmst. Vielleicht warst du bei meinem letzten Besuch aufgrund deines schlechten gesundheitlichen Zustandes noch nicht in der Lage, mein Angebot abzuwägen. Wie ich sehe, geht es dir nun besser, deshalb möchte ich dir den Vorschlag über eine kleine...«, sie zögerte, »...nennen wir es Entschädigung für deine Unannehmlichkeiten machen.«
Silke schluckte den heißen Feuerball aus Wut und Zorn, der ihr im Halse brannte, hinunter. Sie würde sich nicht die Blöße geben, die Nerven zu verlieren und etwas Unbedachtes zu tun oder zu sagen.
»Wenn das dein einziges Anliegen ist, dann bitte ich dich, zu gehen. Es hat keinen Sinn, mein Entschluss steht fest.«
»Überleg' doch mal, Mädchen. Das Geld könntest du gut gebrauchen und wegen dieser einen Sache muss man doch nicht gleich alles hinwerfen. Das renkt sich bestimmt wieder ein.«
Silke verlor langsam die Beherrschung.
»Hast du meine Antwort nicht verstanden? Nein! Nein, zum hundertsten Mal. Ich werde nichts dergleichen tun und jetzt raus hier.«
»Du schlägst den falschen Ton an, mein Mädchen. Ich bin es nicht gewohnt, dass man mir widerspricht.«
Silke verlor die Fassung.
»Dann wirst du dich eben daran gewöhnen müssen. Eben habe ich mich mit einem Rechtsanwalt getroffen und die Einzelheiten für die Scheidung vorbereitet. Die Sache ist erledigt. Da wir in Zukunft auch nicht mehr länger miteinander verwandt sind, brauchst du mich nicht

mehr besuchen. Ich will dich nicht mehr sehen!«
Silke hielt ihr die Türe auf.
Amalie von Giebhardt nahm ihre Tasche und ging halb durch die Tür, bevor sie sich noch einmal an Silke wandte: »Das wirst du noch bereuen!« Wütend ging sie.
Silke rief ihr nach: »Die Einzige, die etwas bereuen wird, bist du!«

Ullrich war den Gang hinuntergegangen, der zur Station gehörte, auf der Silke lag. Er informierte sich, in welchem Zimmer Kerstin Weinrich lag. Er hatte schon vermutet, dass sie verlegt werden würde, wenn es ihr besser ginge, und er behielt recht. Er fuhr mit dem Fahrstuhl ins dritte Untergeschoss. Als er an der Zimmertür ankam, klopfte er zaghaft. Er hörte ein »Herein«, also öffnete er die Tür. Kerstin Weinrich lag in ihrem Bett und blätterte eine Illustrierte durch.
»Hallo«, sagte Pfarrer Siebrecht, »ich wollte mich erkundigen, wie es Ihnen geht.«
Kerstin sah von ihrer Lektüre auf.
»Gut. Es geht mir wieder gut. Schön, dass Sie mich besuchen kommen, ich wollte Ihnen ohnehin dafür danken, dass Sie veranlasst haben, dass ich hierher komme.«
»Nicht der Rede wert. Es war doch meine Pflicht, Ihnen in dem Moment zu helfen.«
Kerstin lächelte ihn an. »Trotzdem, danke. Ich weiß nicht, ob ich den Weg zu einem Arzt selbst geschafft hätte. Sie haben den Anstoß gegeben, damit ich meinen Weg nicht aus den Augen verliere. Sie haben sozusagen als Hirte ein verlorenes Schäfchen gerettet.«
Kerstin nahm das Ganze nicht so ernst. Sie bemerkte den dummen Gesichtsausdruck, den ihre Bemerkung bei Ullrich Siebrecht ausgelöst hatte. Sie wandte sich erneut an ihn.
»Also jetzt mal Spaß beiseite. Ich muss Ihnen einfach dafür danken, weil Sie sehr viel mit dieser Aktion bewegt haben. Als meine Eltern vorgestern da waren, haben wir uns ausgesprochen und über die Möglichkeiten, die ich jetzt habe, diskutiert. Mein Vater hat einen Kollegen angerufen, der Psychotherapeut in einer Klinik für Drogenkranke ist. Er würde mit mir dort stationär einen Entzug machen und danach kann ich wieder bei meinen Eltern einziehen, damit sie mich unter-

stützen können.«

Pfarrer Siebrechts Gesichtsausdruck entspannte sich allmählich.

»Und wo ist diese Klinik?«

»In der Nähe von Lohr am Main, also gar nicht weit weg. Ich wäre dann drei Monate lang dort. Im besten Fall ist danach alles überstanden.«

Pfarrer Siebrecht freute sich aufrichtig für Kerstin.

»Das hört sich gut an. Aber was ich gerne wissen möchte, ich meine, ich weiß, dass es mich nichts angeht, und Sie müssen mir auch nicht antworten, aber wie ist es eigentlich überhaupt erst soweit gekommen?«

Kerstin blickte betrübt.

»Das ist eine ziemlich lange und komplizierte Geschichte, ich weiß nicht, ob Sie die nötige Muse dafür haben.«

»Ich habe so lange Zeit für Sie, wie es dauert. Also, fangen Sie einfach an.«

Pfarrer Siebrecht trank von seinem Kaffee, den er sich aus dem Automaten im Flur genommen hatte, und sank auf einen Stuhl neben Kerstins Bett.

»Na gut. Am besten, ich fange in der Pubertät an. Meine Eltern hatten die Apotheke gerade gekauft, und in der Praxis war die Hölle los. Beide arbeiteten Tag und Nacht, damit die Apotheke gut anlief. Da blieb natürlich nicht mehr viel Zeit für mich. Wenn ich in die Schule ging, bekam ich Geld in die Hand gedrückt, damit ich beim Bäcker etwas für die Pause kaufen konnte. Nach der Schule empfingen mich ein leeres Haus und ein Zettel auf dem Tisch, auf dem stand, dass mein Essen im Mikrowellenherd aufgewärmt werden müsste. Ich erledigte meine Hausaufgaben und war bis zum Abendessen allein. Dann kam mein Vater genervt aus der Praxis und meine Mutter todmüde aus der Apotheke. Sobald sie das Abendbrot zubereitet hatte, war sie schon wieder in der Küche und kochte für den nächsten Tag vor.

Kurzum, für Teenagerprobleme war keine Zeit. Ich trieb mich eine Zeit lang am Bahnhof herum und lernte dort meine damalige Clique kennen. Die Kids dort waren ein oder zwei Jahre älter als ich und haben alle gekifft. Irgendwann hab ich auch damit angefangen, weil ich dazugehören wollte. Einer von den Jungs meinte, weil meine Eltern doch eine Apotheke hätten, würde ich an Halluzinogene oder Tranquilizer

rankommen. Sie wollten, dass ich – sozusagen als Mutprobe – das Zeug bei meinen Eltern klaue.
Natürlich habe ich es gemacht, und nicht nur einmal. Fast jede Woche ließ ich am Bahnhof eine Party steigen. Irgendwann merkten meine Eltern, dass etwas fehlte. Ich habe natürlich alles abgestritten und somit konnte nicht geklärt werden, wer das Zeug genommen hatte. Meine Eltern vertrauten mir blind, und wenn ich sagte, dass ich es nicht war, dann haben sie mir geglaubt.
Das Kiffen und die Tabletten reichten mir irgendwann nicht mehr. Der Kick war nicht mehr da. Zu diesem Zeitpunkt war ich schon süchtig, denke ich, ich wusste damals nur nichts davon. Der Anführer und ich, wir waren bald ein Paar. Schließlich machte er den Vorschlag, dass ich nur einmal mit einem Freier mitgehen sollte, damit wir uns guten Stoff holen könnten. Ich wollte nicht, aber er war damals in der Lage mich so lange zu bearbeiten, bis ich tat was er wollte. Das war der größte Fehler, den ich jemals gemacht habe.
Der Rest ist schnell erzählt. Ich war im Handumdrehen im Milieu und schaffte an, damit ich mir den Stoff leisten konnte. Ein paar Monate war ich noch mit diesem Typen zusammen, dann hat er sich den goldenen Schuss gesetzt. Er ist nur vierundzwanzig geworden. Danach habe ich bei meinen Eltern noch oft etwas mitgehen lassen. Irgendwann wurde es dann zuviel und mein Vater wurde misstrauisch. Von da an nahm ich mir Geld aus der Haushaltskasse oder hob eine kleinere Summe von Papas Konto ab. Ich kannte seine Geheimzahl. Es war kein Problem an die Karte zu kommen, weil er seinen Geldbeutel mehr als einmal auf dem Küchenschrank liegen ließ.
Als auch das aufzufallen begann, war ich schon in Heidelberg. Von da an ging es immer mehr bergab. Ich brauchte die Drogen. Je mehr ich an Lernstoff zu bewältigen hatte, umso höher war die Dosis, die ich haben musste, um einigermaßen zurecht zu kommen. Ich brauchte ziemlich schnell viel Geld. Eines Tages fiel mir eine Zeitungsannonce eines Saunaclubs auf. Natürlich wusste ich, um was es sich handelte. In der Anzeige wurde ein Verdienst von tausendzweihundert Euro in der Woche zugesagt. Ich nahm den Hörer in die Hand, wählte ganz mechanisch die Nummer und rief an. Danach ging alles sehr schnell. Ich fing dort an und merkte rasch, dass die Dinge nicht so liefen, wie ich sie mir vorgestellt hatte. Ich will nicht zu weit ausholen. Schließ-

lich können Sie sich auch selbst denken, wie das abgelaufen ist.«
Kerstin wurde rot im Gesicht. Sie schämte sich sehr, das konnte Siebrecht spüren.
»Auf jeden Fall war ich froh, in den Semesterferien hier zu sein. Ich bin einfach abgehauen. Ich habe sogar mit dem Gedanken gespielt, ein Jahr ins Ausland zu gehen um zu studieren. Immer wenn ich morgens mein Gesicht im Spiegel anschaute, ekelte es mich. Ich weiß nicht, ob Sie sich das vorstellen können, aber ich hasste mich dafür, was ich Abend für Abend tat. Und vor allem wofür ich es tat.«
Kerstin brach weinend zusammen.
Pfarrer Siebrecht saß schweigend da und trank einen Schluck von seinem Kaffee.
»Ich bin froh«, sagte er schließlich »dass Sie sich mittlerweile für einen anderen Weg entschieden haben. Ich wünsche Ihnen viel Glück, dass alles nach Ihren Vorstellungen läuft. Wie sehen Ihre Pläne für die Zukunft nach dem Entzug aus?«
»Wenn alles gut geht, dann möchte ich mich in einem halben Jahr wieder bei der Uni einschreiben und mit meinem Pharmaziestudium fortfahren. Sonst ist erst mal nichts weiter geplant.«
Pfarrer Siebrecht lächelte, er drückte die Hand von Kerstin Weinrich und meinte: »Ich glaube ganz fest daran, dass Sie es schaffen werden, auch wenn es nicht leicht wird. Denken Sie daran: Sie sind nicht allein! Ich werde jetzt mal gehen, die Schwestern kommen gleich mit Ihrem Abendessen und Mathilda erwartet mich auch bald mit ihren Leckereien. Ich habe schon ganz schön Hunger. Dann alles Gute also und Gottes Segen.«
Kerstin lächelte ebenfalls und setzte sich im Bett auf.
»Es hat gut getan mit Ihnen zu reden. Wir sehen uns bestimmt bald wieder, in Biebigheim. Vielleicht komme ich mal in Ihrem Gottesdienst vorbei.«
Pfarrer Siebrecht lachte und verabschiedete sich von ihr. Als er die Tür zugezogen hatte, lief er zum Parkplatz. Ullrich war mit dem Wagen nach Aschaffenburg gefahren, also würde er früh wieder zu Hause sein. Er hatte Angst davor, was ihn dort erwarten würde. Tatsächlich kam er um 18.30 Uhr zu Hause an. Er hatte Hunger und freute sich auf das Abendessen. Es würde gebratenen Fisch mit Reis und grünem Salat geben, hatte Mathilda am Mittag gesagt.

Als er den Wagen geparkt hatte und Richtung Gartentor lief, fiel ihm auf, dass der Wagen des Polizisten nicht da war. Er öffnete das Tor und ging an den dichtbewachsenen Rosenspalieren vorbei. Einige Schritte von der kleinen Treppe entfernt konnte er schon erkennen, dass der Anruf bei Kastner unumgänglich sein würde.

An seiner Haustür lehnte ein Holzkreuz, wie es auf frischen Gräbern steht. Darauf prangten sein Name und Geburtsdatum, dann das Sterbedatum, auf morgen datiert. Darunter ein Strauß rote Rosen mit einem schwarzen Band, auf dem »In stiller Trauer« stand. Um den Strauß herum standen im Kreis fünf rote Grablichter. Alles verschwamm vor seinen Augen und er konnte sich kaum auf den Beinen halten.

Ullrich Siebrecht atmete tief durch und er schloss für einen Moment die Augen. Dann nahm er sein Handy aus der Tasche und rief Kommissar Kastner an.

- 16 -

Freitag, 30. Juli,19.45 Uhr

Noch am gleichen Abend war Kommissar Kastner zu Pfarrer Siebrecht nach Biebigheim gefahren. Als er eintraf, öffnete er das Gartentor und schwenkte nach rechts, wo der Geistliche auf einem Stuhl in der Sitzecke des Gartens saß. Als er den Kommissar kommen sah, stand Siebrecht auf und kam ihm entgegen. Sie begrüßten sich. Ullrich Siebrecht hatte ihm am Telefon kurz geschildert, was passiert war. Jetzt, fast eine Stunde später, war Kastner hier eingetroffen und Pfarrer Siebrecht bat ihn, sich das Kreuz vor der Eingangstür anzusehen. Die beiden unterhielten sich auf dem kurzen Weg zur Tür. Leonard Kastner blickte auf die Stück für Stück aufgebaute Szenerie. Hier meinte es jemand wirklich ernst.

»Wo war der Beamte, den ich Ihnen abgestellt hatte?«

»Als ich nach Hause kam und alles so vorfand, da war der Wagen nicht da. Er ist vor ungefähr einer halben Stunde eingetroffen.«

»Den werd' ich mir mal zur Brust nehmen.«

Kommissar Kastner ging den gekiesten Weg entlang durch das Gartentor hinaus auf die Straße. Der Beamte, der auf der anderen Straßenseite geparkt hatte, war aus dem Wagen gestiegen. Noch ein paar Schritte entfernt begann Kastner das Gespräch.

»Wo zum Teufel waren Sie, als dieser Verrückte das hier angerichtet hat?« Er zeigte mit dem Finger zum Haus.

»Es tut mir leid, aber es ist nicht meine Schuld! So um sechs kam ein Funkspruch rein, dass alle verfügbaren Leute in der Nähe zum Sommerfest ausrücken sollten, dort gäbe es eine Messerstecherei. Also bin ich los. Als ich dort ankam, waren die Kollegen auch schon da. Dort gab es aber nichts. Jemand hatte sich einen blöden Scherz erlaubt. Dann bin ich wieder zurück gefahren, da war es aber schon zu spät.«

»Ich würde hundert Euro wetten, dass ich weiß, wer den Anruf bei denen in der Zentrale gemacht hat.«

Kastner kratzte sich an der Stirn. Er dachte nach.

»Also, wir werden Folgendes tun: Sie sichern das Kreuz, die Kerzen und den ganzen Krempel und fahren nach Aschaffenburg ins Revier. Sie bringen das zu Kommissar Michael Dreitt, ich rufe ihn an, der weiß dann schon Bescheid. Es ist ohnehin bald Schichtwechsel. Ich bleibe heute Nacht hier. Die von der Zentrale brauchen niemanden mehr zu schicken. Schönen Abend noch.«

»In Ordnung. Äh, Kommissar Kastner, Sie wissen doch, dass ich meine Aufgaben normalerweise korrekt und zuverlässig erledige?«

»Keine Angst, das wird keine Nachteile für Sie haben. Und jetzt beeilen Sie sich, der gute Mann möchte schließlich auch irgendwann mal wieder in seine Wohnung.«

Kastner ließ einen ziemlich zerknirschten Beamten zurück, der sich so klein mit Hut fühlte, dass er sich von einer Teppichkante hätte stürzen können. Kastner holte sein Handy aus der Tasche und wählte die Nummer von Dreitt.

»Hallo, ich bin's. Ich bin hier in Biebigheim, der verrückte Stalker hat wieder zugeschlagen. Ein Kollege bringt das ganze Zeug mit. Kannst du überprüfen, woher es stammt und wer es gekauft hat? Vielleicht bringt uns das ja weiter. Du könntest auch mal die Zeller checken, schließlich steht sie auch auf unserer Liste. Ich bleibe über Nacht hier. Sag denen von der Zentrale, sie brauchen keine Ablösung schicken. Ach, und noch was: Es wäre nett, wenn du auf dem Heimweg noch mal in meiner Wohnung vorbei schauen und den Kater füttern könntest. Das Futter steht in der Küche auf dem Fensterbrett. Ich weiß, dass ich ein Idiot bin. Danke.«

Der Beamte holte seine Gummihandschuhe aus dem Auto und noch einige Tüten und Krimskrams. Der Pfarrer war bis zum Gartenzaun vorgekommen und hatte alles mit angehört.

»Wir können auch hinten durch die Tür gehen. Ich habe im Garten gewartet, weil es warm ist. Und wenn ich ganz ehrlich bin, weiß ich auch nicht, was mich drinnen erwartet.«

»Wenn Sie erlauben komme ich mit rein, und wir sehen gemeinsam nach.«

»Natürlich.«

Die beiden gingen durch den Garten von hinten in das Haus. Sie kamen in der Küche an, wo Mathilda am Herd stand und das Abendessen vorbereitete. Sie hatte von all dem nichts mitbekommen.

»Mathilda, was machst du denn hier?« Der Pfarrer konnte gar nicht

fassen, dass sie hier ganz selbstverständlich ihrer Arbeit nachging.
»Das siehst du doch! Ich mach' Abendbrot, was soll ich denn sonst um diese Zeit tun? Guten Abend erst mal, die Herren. Wird Herr Kastner mit uns essen? Dann lege ich schnell noch ein Gedeck auf.«
»Eigentlich wollte ich...« Kastner war die ganze Situation peinlich.
»Keine Widerrede. Herr Kastner isst mit uns. Das ist übrigens nicht ganz uneigennützig. Ich fühle mich einfach sicher, wenn Sie da sind.«
Ullrich Siebrecht setzte sich an den Tisch und bedeutete Leonard Kastner, sich ebenfalls hinzusetzen. Kastner gab auf und nahm am Tisch Platz. Mathilda tischte Bratfisch, dazu in Butter geschwenkten Reis und Salat auf. Kastner langte kräftig zu, denn es schmeckte vorzüglich. Er hatte seit dem Frühstück nichts Richtiges mehr gegessen.
Sie hatten Mathilda kurz davon berichtet, was vor der Haustür passiert war. Sie war geschockt gewesen, weil sie seelenruhig im Haus gearbeitet hatte, während draußen irgendein »gefährliches Subjekt«, wie sie es ausdrückte, sein Unwesen getrieben hatte.
Mathilda richtete für Kommissar Kastner ein Bett im Gästezimmer, in dem er schon einmal mit dem Pfarrer gesprochen hatte. Es war eine unruhige Nacht, in der keiner der drei schlafen konnte.
Ullrich erwachte um 7.30 Uhr. Das war für seine Verhältnisse spät, normalerweise stand er eine Stunde früher auf. Er sah aus dem Fenster in einen grauen Himmel voller tief hängender Regenwolken. Er schlüpfte langsam unter der Decke hervor und blieb dann noch eine Minute liegen. Ihm wurde kalt und er stand auf und schlurfte ins Bad. Er wusch sich nur und putzte sich die Zähne. Auch auf eine Rasur verzichtete er heute. Er kämmte sich die Haare und zog sich an. Dann ging er nach unten.
Das Frühstück war fertig und stand bereits auf dem Tisch. Ullrich Siebrecht würde heute einen anstrengenden Tag haben. Kommissar Kastner war gleich nach dem Aufstehen gegangen. Der Geistliche würde die Trauerfeier und die Beerdigungszeremonie für Marie-Luise durchstehen müssen. Die Beweisfindung war abgeschlossen und er wollte den Termin möglichst schnell hinter sich bringen. Am Nachmittag hatte er noch die Beichte der Kinder abzunehmen. Das empfand er als fürchterlich langweilig: Sich zwanzig Mal anzuhören, wie oft die Kinder gelogen hatten und unartig gewesen waren. Alles in allem würde er froh sein, wenn dieser Tag vorbei war.

Er setzte sich an den Tisch und griff nach der Zeitung, die ihm Mathilda bereits zurechtgelegt hatte. Er öffnete sie und erwartete eine unangenehme Überraschung, aber alles war völlig normal. Keine Anzeige, nichts Außergewöhnliches. Er trank seinen Kaffee und aß ein Schinkenbrötchen. Mathilda fragte, was die Herren denn zum Mittagessen haben wollten.

Pfarrer Siebrecht hatte keine Ahnung, wovon sie sprach. »Was meinst du? Welche Herren? Kommt denn Besuch?«

Mathilda tat übertrieben vorwurfsvoll.

»Da lädtst du jedes Jahr, wenn Sommerfest ist, deinen Studienkollegen ein, und freust dich schon Wochen vorher, und dann vergisst du es einfach? Das meinst du jetzt doch nicht ernst!«

Jetzt fiel es ihm siedendheiß ein. Manuel kam immer am Sommerfest-Samstag und blieb bis Montag. Sie hatten zusammen in Würzburg studiert und er arbeitete als Pfarrer in einer kleinen Gemeinde bei Augsburg. Aufgrund der Entfernung trafen sie sich nur einmal jährlich. Manuel würde gegen Mittag da sein.

Er antwortete Mathilda: »Koch' irgendwas mit Fleisch.«

Er beeilte sich, fertig zu werden und schob sich das letzte Stück seines Brötchens ganz in den Mund. Er trank den Rest Kaffee auf einmal aus und stand auf. Sogleich ging er nach oben und setzte sich an den Schreibtisch. Mit der Hand auf dem Griff der Bürotür hatte er tief durchgeatmet und gehofft, dass alles unberührt wäre. Er hatte Glück.

Er ging noch einmal die Texte durch, die er für die Beerdigung vorbereitet hatte. Er wollte ein paar persönliche Worte über ihre Freundschaft und Marie-Luises offene, lebensfrohe Persönlichkeit sprechen. Die Biebigheimer sollten ruhig merken, dass es da nichts gab, über das sie hinter vorgehaltener Hand tuscheln konnten.

Es war bald halb zehn, die Beerdigung war um zehn angesetzt. Er musste in die Kirche und die Ministranten einweisen. Die Trauergemeinde in der Aussegnungshalle war eher spärlich. Frau Weitz war gekommen, weil sie sich mit Marie-Luise wirklich gut verstanden hatte. Frau Mergel, ein paar Eltern und Kinder aus ihrer Schulklasse waren gekommen, und auch der Rektor der Grundschule. Der Rektor war auch derjenige, der eine kurze Ansprache über Marie-Luise hielt, die natürlich eher neutral ausfiel, aber gut gemeint war. Die kleine Gemeinde war überrascht, dass der Pfarrer so viel Persönliches mit in

die Predigt einbrachte. Darunter auch Zitate von Dichtern und Schriftstellern, die beide gerne gemocht hatten.
Nach der Aussegnung wurde der zierliche Sarg aus Nussbaumholz, der mit Sonnenblumen und Rittersporn geschmückt war, hinaus zum geöffneten Grab transportiert. Die Blumen für den Trauerschmuck hatte Ullrich ausgesucht und bestellt, es waren ihre Lieblingsblumen in ihrem Garten gewesen.
Draußen schüttete es in Strömen. Sie waren nach ein paar Momenten am Grab angekommen, aber trotzdem schon bis auf die Haut nass geworden. Sie suchten eilig unter diversen Schirmen Unterschlupf. Die Beerdigung lief mechanisch ab. Ullrich ließ auf dem Weg zur Grabstätte ein Musikstück von Bach einspielen. Marie-Luise hatte Bach sehr geschätzt. Die Beerdigung war trostlos. Niemand weinte um sie, niemand spendete Trost, niemand bekundete sein Beileid. Ullrich konnte seine Gefühle nicht zeigen. Er hätte gerne geweint, aber seine Tränen waren versiegt. In seinem Herzen hatte sich eine tiefe Traurigkeit eingefressen, die den Weg nach außen nie mehr finden würde.
Er war froh, als er den Friedhof verlassen konnte. Danach eilte er in die Sakristei. Die Messdiener schickte er fort, sobald sie sich umgezogen hatten. In der Sakristei stand ein kleiner Altar mit einem zierlichen Kruzifix aus Holz und einer kleinen Kniebank davor. Dort ließ sich Siebrecht nieder und betete.
Hundertmal hatte er Gott gefragt, warum. Warum mussten die Menschen, die die Welt ein Stückchen besser machten, sterben? Wie konnte Gott das zulassen? Er hatte begonnen, an seinem Glauben zu zweifeln. War seine Liebe zu Gott wirklich so bedingungslos, wie er immer geglaubt hatte, oder war die Liebe zu Menschen in ihrem Sein, in ihrem Denken und Fühlen größer? Vielleicht war er dafür geboren, Menschen zu dienen und zu helfen, aber nicht Gott. Vielleicht hatte er sich falsch entschieden und erkannte erst jetzt seinen Irrtum? Er wusste nicht mehr weiter. Am liebsten wäre er statt der beiden gestorben, solch einen Schmerz empfand er in sich, solch eine Zerrissenheit, die man nicht mit Worten ausdrücken konnte.
Er brach sein Gebet ab. Er konnte nicht mehr. Er fragte sich immer wieder, was er noch hier wollte. Was hatte er noch, was ihn auf dieser Welt hielt? Er ging hinüber ins Pfarrhaus. Er legte sich ins Bett und schloss die Tür ab. Eine Weile lag er so da. Er hörte Schritte auf der

Treppe. Mathilda klopfte und bat ihn, hinunter zu kommen zum Mittagessen, außerdem sei sein Besuch eingetroffen. Ullrich quälte sich aus dem Bett und ging zur Tür. Er öffnete sie nur einen Spalt und sagte Mathilda, dass sie bitte noch eine halbe Stunde mit dem Essen warten sollte, er würde sich nur kurz frisch machen und dann hinunter kommen. Er würde Manuel irgendeine Ausrede auftischen müssen, um nicht unhöflich zu erscheinen.

Er stieg die Treppe hinunter. In der Küche saßen Mathilda und Manuel bereits am gedeckten Tisch. Mathilda hatte besonders festlich gedeckt. Und wenn ihm seine Nase nicht völlig den Dienst versagte, dann roch es nach Lammbraten mit Bohnen im Speckmantel und Kartoffeln. Ein Gericht, das Mathilda vorzüglich kochen konnte. Das Wasser lief ihm im Mund zusammen und er wertete seinen aufkommenden Hunger als positives Zeichen.

Als er Manuel begrüßte, umarmten sie sich herzlich.

»Schön, dass du da bist«, meinte Ullrich, »ich möchte mich erst einmal für meinen unhöflichen Empfang entschuldigen. Ich musste heute Morgen eine sehr liebe Bekannte von mir zu Grabe tragen, deshalb bin ich ein wenig düster gelaunt. Natürlich konntest du das nicht wissen, aber dieses Begräbnis durchzuführen war für mich keine leichte Aufgabe. Ich hoffe, du hast dafür Verständnis.«

»Das wusste ich nicht. Natürlich kann ich dich verstehen, unter diesen Umständen wäre es mir genauso gegangen.«

Ullrich war erleichtert, obwohl er damit gerechnet hatte, dass Manuel ihn verstehen würde. Sie verstanden sich schon immer sehr gut und es war wunderbar, dass er gerade jetzt da war.

»Jetzt wollen wir aber erst einmal richtig gut essen. Danach haben wir Zeit, über alles zu sprechen, was im letzten Jahr so an interessanten Begebenheiten passiert ist. Bevor alles kalt wird, würdest du bitte das Tischgebet sprechen?«

»Gerne.«

Manuel sprach den Segen und sie aßen alle mit großem Appetit.

»Da ist ein komisches Päckchen für Sie gekommen. Ich habe es auf den Wohnzimmertisch gelegt«, erwähnte Mathilda nebenbei.

»Ja gut, ich werde es mir nachher ansehen.« Pfarrer Siebrecht beschlich ein ungutes Gefühl. Sie unterhielten sich beim Essen ungezwungen. Zum Verdauen tranken sie noch einen Cognac, dann begaben sich Ullrich und Manuel ins Wohnzimmer und nahmen auf dem Sofa Platz. Auf dem Tisch lag ein kleines, quaderförmiges Pappkästchen. Darauf war ein postkartengroßes Stück Papier mit einem Aufdruck in schwarz und weiß aufgeklebt. Es zeigte symbolisch dargestellt zwei Personen, die miteinander kopulierten. Es handelte sich um einen homosexuellen Geschlechtsakt, soviel ging aus der Darstellung hervor.

Manuel sah das Päckchen, bevor Ullrich es unbemerkt an sich nehmen konnte.

»Was ist denn das für ein merkwürdiges Paket. Bekommst du öfter solche anzüglichen Sendungen?«

»Ach, ich wünschte, du hättest das nicht gesehen.«

Manuel hörte den verzweifelten Unterton in Ullrichs Stimme.

»Moment mal, was ist denn eigentlich los? Du machst einen total niedergeschlagenen Eindruck.«

»Es ist nichts. Ich habe einfach in der letzten Zeit ziemlich viel durchgemacht.« Es entstand eine kleine Pause. »Ich will ehrlich mit dir sein. Seit einiger Zeit werde ich von einem Verrückten terrorisiert. Er weiß etwas über mich, mit dem er mich erpresst.«

Manuel sah betroffen aus.

»Erzähl mal. Das hört sich an, als ob du Hilfe brauchen könntest.«

»Ich möchte dich um etwas bitten, bevor ich dir die ganze Geschichte erzähle. Alles, was ich dir anvertraue, bleibt in diesen vier Wänden. Einverstanden?«

Manuel nickte. »Einverstanden.«

Ullrich atmete tief durch.

»Also. Ich weiß eigentlich nicht genau, wie ich beginnen soll. Es gibt etwas in meinem Leben, von dem ich bis heute dachte, dass es niemand wüsste. Ich habe dieses Geheimnis immer bewahrt, aus Angst davor, dass es mich meinen Beruf, mein ganzes gewohntes Leben kosten könnte.«

»Jetzt mach es nicht so spannend. Rück schon raus mit der Sprache, das kann doch nicht so schlimm sein.«

Ullrichs Gesichtsausdruck veränderte sich. Er sah sehr bedrückt aus. In seinen Augen sah Manuel Angst.

»Bis vor einer Woche hatte ich eine homosexuelle Beziehung zu einem Mann. Er war Schauspieler am Theater in Aschaffenburg, wo wir uns auch kennengelernt haben. Hier in Biebigheim hatte ich eine gute Freundin, eigentlich war sie der einzige Mensch, mit dem man sich über Literatur, Kunst, Musik und Theater unterhalten konnte. Vor einigen Jahren, also genau genommen bevor ich nach Würzburg ins Priesterseminar gekommen bin, habe ich sie kennen gelernt. Ich war in dem kleinen Wäldchen hinter meinem Elternhaus und habe gelesen. Auf einmal war sie da und ich war in sie verliebt. Sie auch in mich. Wir hatten eine kleine Liaison, aber nichts Ernstes von meiner Seite. Ich schrieb ihr, dass ich Priester werden würde, und dann sahen wir uns einige Jahre nicht mehr. Sie studierte Lehramt und ich studierte in Würzburg Theologie.

Nach dem Studium bekam ich die Stelle hier angeboten und traf sie wieder. Sie war Lehrerin hier und hatte das Haus ihrer Oma geerbt. Sie wurde so etwas wie meine Seelenverwandte. Ich glaube, sie hat mich geliebt. Ich hatte sie sehr gern, aber lieben konnte ich sie nicht.

Bei dem Schauspieler war es anders. Den habe ich wirklich geliebt. Dennoch war unsere Beziehung sehr oberflächlich. Ich konnte sein Leben, das zu neunundneunzig Prozent aus Theater und Selbstdarstellung bestand, nicht mit ihm leben, und er konnte nicht akzeptieren, dass ich nicht auf mein Priesteramt verzichten würde. Wir verlebten schöne Stunden miteinander, aber alles was tiefer ging, eigentlich das, was das wirkliche Leben ausmacht, den Alltag, den teilten wir nie miteinander.«

Ullrich kam ins Stocken, doch sein Freund nickte ihm aufmunternd zu, so dass er weitererzählte.

»Dann ist etwas Schreckliches passiert. Beide wurden innerhalb von zwei Tagen ermordet. Bei meiner Freundin sagte man, dass es Selbstmord gewesen sei, doch die Gerichtsmedizin fand heraus, dass es Mord war. Ihr wurden die Pulsadern aufgeschnitten. Sie war es, die heute beerdigt wurde. Mein Geliebter wurde in der Vorstellung vor dem Publikum an einem Strick erhängt. Ihn konnte ich das letzte Mal in der Gerichtsmedizin sehen. Die einzigen Menschen, die mir einen Halt in meinem Leben geben konnten, sind jetzt tot. Und seit zwei Tagen werde ich außerdem mit Briefen, Anrufen, Fotos und Einbrüchen tyrannisiert. Dieses Päckchen trägt die Handschrift des Irren. Er weiß von meiner schwulen Beziehung und will mich fertig machen. Ich weiß nicht mehr, was ich machen soll. Ich kann einfach nicht mehr.«

Manuel hatte schweigend zugehört. Jetzt meldete er sich zu Wort: »Warst du schon bei der Polizei?«
»Ja, natürlich. Ich habe die Polizei nach mehreren Zwischenfällen umgehend angerufen und sie haben auch Beweise mitgenommen. Sie ermitteln noch.«
»Ich bin auf jeden Fall für dich da. Was hältst du davon, wenn wir das Päckchen öffnen, und du dir mit mir das Band anschaust? Du hast jetzt Unterstützung, ich werde das mit dir durchstehen. Ok?«
»Ich weiß nicht, ob ich es überhaupt sehen will. Verstehst du? Ich weiß nicht, was für eine verrückte Perversion er sich jetzt schon wieder zurecht gelegt hat, um mir das Leben zur Hölle zu machen.«
»Wir kennen uns jetzt schon so viele Jahre. Du kannst mir wirklich vertrauen. Egal, was wir darauf sehen werden, es bleibt in diesen vier Wänden. Du hast nur einen entscheidenden Vorteil im Gegensatz zu sonst: du kannst mit mir darüber reden.«
Manuel schob das Band in den Rekorder und schaltete den Fernseher ein. Man sah zwei Männer, in einer dunklen Straße. Die Kamera zoomte näher heran. Manuel erkannte Ullrich, der die Hand eines etwas in die Jahre gekommenen, dunkelhaarigen, seiner Beurteilung nach attraktiven Mannes berührte. Die beiden waren einander zugewandt und redeten miteinander. Sie umarmten sich und dann küssten sie sich kurz auf den Mund. Man konnte im Hintergrund das Aschaffenburger Bahnhofsgebäude erkennen, aber nicht von der Vorderseite. Sie waren scheinbar in einer Seitenstraße oder einer Hofeinfahrt. Es musste sich wohl um die Liebschaft von Ullrich handeln. Ullrich lief Richtung Bahnhof und winkte. Die andere Person ging in die entgegengesetzte Richtung davon. Dann war ein Schnitt. Eine neue Szene begann. Man fand sich in einer Aussegnungshalle. Ein Sarg stand vorne. Daneben stand eine Schale mit Weihwasser und in Übergröße ein Bild des Verstorbenen mit einer schwarzen Schleife über der unteren rechten Ecke. Hunderte von Kränzen und Blumenschalen, Gestecken und Sträußen bedeckten den Boden um den Sarg herum. Dieser war aus sehr dunklem Holz gearbeitet, mit helleren Schnitzereien in Form von Ranken und Blättern. Darauf befand sich ein Gebinde aus Efeu und weißen Lilien – die Blumen der Unschuld und Reinheit, alles sehr edel. Die Aussegnungshalle bestand, wie das Gebäude des Waldfriedhofs, zu dem sie gehörte, aus rotbraunen Backsteinmauern. An der Decke befand sich eine Holzkons-

truktion, die auf den Köpfen der Trauernden lastete wie ein Sargdeckel. An den Rändern um die Holzkonstruktion waren Fenster in die Decke eingelassen, die spärliches Licht verströmten. Die Bänke waren voll mit Menschen in edlen Roben und feinen Anzügen. Die Kamera filmte von weit hinten, teilweise durch die Leute hindurch, so dass man oft nur schlecht etwas außer Hinterköpfen erkennen konnte. Plötzlich änderte sich die Einstellung und man sah seitlich auf die Trauergemeinde. In einer der hinteren Bänke erkannte man Ullrich mit Tränen in den Augen. Das Bild zoomte heran, bis sein Gesicht mit den roten, geschwollenen Augen die ganze Bildfläche ausfüllte. Dann blendete sich ein Schriftzug quer und in fetten Lettern über sein Gesicht ein: »Ist Gott schwul?«
Das Band endete.
Manuel war geschockt. So etwas hatte er noch nie gesehen.
»Hast du die Person mit der Kamera gesehen?«
Ullrich starrte immer noch völlig regungslos auf den mittlerweile schwarzen Bildschirm. Nach einer Weile antwortete er: »Dort waren ungefähr ein halbes Dutzend Leute mit Kameras. Er war eine lokale Berühmtheit und mehrere regionale Medien haben über seinen Tod berichtet.«
Es klingelte an der Tür und beide schreckten hoch. Ullrich ging hin. Draußen standen Kommissar Kastner und ein großer, bulliger Kollege.
»Kommen Sie rein. Ich wollte Sie sowieso anrufen. Es gibt Neues von dem Stalker, ich habe ein Videoband erhalten und...«
Kastner unterbrach Ullrich: »Wir kommen diesmal nicht wegen des Stalkers. Wir möchten Sie bitten, mit uns aufs Revier zu kommen. Nach Auswertung aller Beweise gibt es genug belastendes Material gegen Sie. Wir haben dazu noch Fragen, die Sie uns beantworten sollen. Ich hoffe, Sie haben etwas Zeit.«
Siebrecht war ehrlich überrascht. Damit hatte er nicht gerechnet.
»Eigentlich ist es gerade nicht so gut. Ich meine, ich habe Besuch, und nachher muss ich noch in die Kirche, ich meine...«
Diesmal unterbrach ihn Manuel.
»Geh schon. Ich komme hier auch alleine zurecht. Und wenn du wirklich später als um vier kommen solltest, dann fang ich schon mal an, die Beichte abzunehmen, wenn du nichts dagegen hast.«
»Also gut, ich komme sowieso nicht drum herum. Aber bitte, könnten wir uns ein bisschen beeilen?«

Dreitt setzte zu einer Antwort an, aber Kastner fiel ihm ins Wort: »Wir werden sehen. Wir halten Sie nur so lange wie unbedingt nötig auf, wenn Sie nichts zu verbergen haben.«
Ullrich Siebrecht folgte den Beamten und stieg in den Wagen. Es war zum Glück keine Streife, das wäre sonst ein gefundenes Fressen für die Biebigheimer gewesen.
Sie kamen nach ungefähr einer halben Stunde in Aschaffenburg am Polizeirevier an. Sie nahmen den kurzen Weg über die Treppe. Kastner kam die Minute, die es dauerte, unendlich lang vor. Sie gingen ins Büro. Er bot Ullrich Siebrecht einen Kaffee an und stellte kurz darauf drei dampfende Tassen auf dem Tisch ab. Sie nahmen Platz.
Dreitt ergriff das Wort.
»Wie Sie bereits wissen, sind alle Spuren, die die Morde an Frau Kirchner und Herrn Pratczek betreffen, ausgewertet worden. Kommen wir zuerst zu Frau Kirchner. Wir haben in ihrer Wohnung Ihre Fingerabdrücke gefunden. Außerdem fanden wir ein Haar und Hautfasern an Frau Kirchners Kleid, die eindeutig von Ihnen stammen. Darüber hinaus haben Sie ein Motiv für den Mord.«
»Welches Motiv sollte ich haben, die Frau, mit der ich mich am besten verstanden habe, zu ermorden?«
Dreitt fuhr unbeirrt fort.
»Immerhin wissen wir, dass Frau Kirchner in sie verliebt war. Vielleicht gestand sie Ihnen ihre Liebe und Sie haben sie zurückgewiesen. Daraufhin gerieten sie in Streit und Sie fassten den perfiden Mordplan.«
Ullrich regte sich wegen der Abgebrühtheit des Kommissars auf. Er redete über seine Zukunft, als wäre es völlig belanglos, wie es für ihn weiterging.
»Wo waren Sie am Abend, als der Mord passiert ist, Herr Siebrecht?«
»Wie bitte? Marie-Luise war am Nachmittag noch bei mir zum Tee. Sie ging gegen fünf Uhr und danach ging ich auf mein Zimmer. Ich hatte noch etwas für die Gottesdienste zu arbeiten und danach bin ich in die Küche gegangen und habe mit Mathilda zu Abend gegessen.«
»Um welche Uhrzeit war das ungefähr?«
»Wir essen immer um 18.00 Uhr zu Abend. Sie können gerne nachfragen.«
»Und wo waren Sie am Abend, während der Vorstellung, in der Pierre Pratczek ermordet wurde?«

»Ich war Laufen, im Wald. Ich laufe immer abends zwischen halb acht und halb neun. Ich war nicht in Aschaffenburg, dass hätte ich überhaupt nicht mehr geschafft.« Ullrich wurde langsam ungehalten. Es war eine Unverschämtheit, ihn so zu beschuldigen, anstatt ihn vor einem Verrückten zu schützen, der ihm nach dem Leben trachtete.
»Was ist eigentlich mit dem Stalker? Er bedroht mich auf massivste Weise und Sie bleiben untätig. Ich werde hier verhört, während diese gefährliche Person frei herumläuft. Ich bin es nicht gewesen. Ich habe niemanden umgebracht und es gibt genügend andere Personen, die mit Sicherheit mehr Grund dazu gehabt hätten als ich, also was soll das Ganze?«
Kastner spürte, dass die Situation gleich kippen würde, wenn er jetzt nicht sehr vorsichtig war und das Verhör bald beendete. Die Nerven von Ullrich Siebrecht lagen blank.
»Wissen Sie, Sie haben für beide Morde ein Motiv, wenn auch ein weniger starkes. Dann haben wir sowohl in Pratczeks Wohnung, sowie auch in Marie-Luise Kirchners Wohnung eindeutig Spuren mit Ihrer DNA gefunden. Wir müssen die Befragung rein routinemäßig führen.«
Ullrich beruhigte sich ein wenig.
»Ich habe Ihnen doch schon mehrfach erklärt, dass es logisch ist, dass Sie diese Spuren gefunden haben, weil ich dort zu Besuch war. Ich habe niemanden ermordet und die Gründe, die Sie als Motiv anführen, sind bei Weitem nicht so gravierend, dass ich deshalb jemandem das Leben nehmen würde. Ich bitte Sie!«
»Für heute wäre es auch erst einmal genug«, meldete sich Kommissar Dreitt zu Wort. »Sie können gehen. Aber bitte die Gegend nicht verlassen, es könnte sein, dass wir noch weitere Fragen an Sie haben. Auf Wiedersehen.
Ach so, ich schicke Ihnen morgen einen Kollegen vorbei, der das Band abholt. Wären Sie so gut und fassen es nicht mehr an. Am besten Sie stecken es in eine Tüte. Trotz der Unannehmlichkeiten, einen schönen Abend noch.«
Pfarrer Siebrecht ging ohne Verabschiedung.
Kastner wandte sich an Dreitt.
»Musstest du den jetzt so abfertigen?«
»Wieso?«
Kastner beschlich ein ungutes Gefühl.

»Du kannst doch nicht sagen, er soll die Kassette in eine Tüte packen und morgen kommt jemand vorbei, um sie abzuholen! Ich weiß, dass er für dich der Hauptverdächtige ist und dass du dir sicher bist, dass er es gewesen ist. Aber so lange du ihm nichts beweisen kannst, müssen wir ihn behandeln wie jeden anderen. Wir müssen der Sache mit dem Stalker nachgehen, das kann echt gefährlich werden.«
Dreitt war beleidigt. Kastner hatte ihm nicht zu sagen, wie er seinen Job machen sollte.
»Ich kümmere mich darum. Aber für heute habe ich Feierabend.«
Dreitt packte seine Sachen und verschwand eilig. Kastner blieb noch. Er wollte noch einmal mit dieser Sina Zeller und Gisbert von Giebhardt sprechen.

Ullrich kam um halb vier nach Hause. Die Beichte war für 16.00 Uhr angesetzt. Als er das Pfarrhaus betrat, war niemand da. Auf dem Tisch lag ein kleines Päckchen. Es war bestimmt nicht größer als zehn mal zehn Zentimeter. Es sah fast aus, als wäre es ein Geschenk, aber es war in Packpapier und nicht in Geschenkpapier eingepackt. Er würde es sich gleich noch einmal ansehen.
Er hatte Durst und ging zur Anrichte, auf der eine Flasche Wasser stand. Er trank zügig und schaute auf die Uhr. Es war inzwischen zehn vor vier. Er wollte sich noch fertig machen und musste langsam los. Er stellte die Wasserflasche im Vorbeigehen auf den Tisch. Er hatte nicht darauf geachtet, dass er sie auf den Rand einer Zeitung gestellt hatte, die auf dem Tisch lag. Die Flasche stand schief und kippte langsam. Sie fiel auf das Päckchen.
Ullrich sah sie gerade noch aus dem Augenwinkel heraus umkippen, denn er war schon fast aus der Tür. Danach erstrahlte der Raum in einem unerträglich hellen Licht und ihm kam eine Druckwelle aus umher fliegenden Scherben und Stichflammen entgegen. Eine Explosion entlud sich mit einem ohrenbetäubenden Knall.
Ullrich riss die Arme vor das Gesicht und warf sich in den Flur. Einige Sekunden blieb er liegen. Dann hob er den Kopf, nahm Brandgeruch und das Knistern von Feuer in der Küche wahr. Der Esstisch stand in Flammen.
Er rannte los und holte den Feuerlöscher aus der Garage. Er konnte das

Feuer löschen. Er stand vor einem Tisch mit verkohlter, dampfender Tischplatte in einem Teppich aus Scherben und herumliegenden Gegenständen.
In ihm kam eine unglaubliche Wut hoch. Er würde sich von diesem Scheusal nicht terrorisieren lassen. Er stürzte in das kleine Bad im Flur und wusch sich das Gesicht. Seine Lungen schmerzten vom Rauch, den er eingeatmet hatte. Langsam nahm er die nassen Hände vom Gesicht. Sein Blick war leer. Er dachte daran, was gerade in der Küche passiert war. Wie ein verschwommener Film begann sich die Szene noch einmal vor seinen Augen abzuspielen. Dieser ohrenbetäubende Knall und die Druckwelle die ihn zu Boden drückte. Er war nur knapp mit dem Leben davongekommen.
Ullrich standen die Tränen in den Augen. Warum um alles in der Welt hasste ihn jemand so sehr, dass er ihn umbringen wollte? Und weswegen? Der junge Geistliche lehnte sich mit dem Rücken an die Wand und sank kraftlos zu Boden. Er weinte. Völlig ungeniert saß er auf dem Boden des Gästebades und schluchzte laut. In seinem Kopf begannen sich immer die selben Fragen zu drehen. »Wer steckt dahinter? Warum ich? Wie kann Gott das zulassen?« Das war ein gutes Stichwort. Wie konnte Gott es zulassen, dass sein Leben so zerstört wurde? Hatte er nicht immer zu seinem Herrn gestanden? Nicht ein einziges Mal hatte er gewankt. Nein. Er war fest im Glauben. Selbst jetzt noch. Oder hatte ihm Gott selbst diese Prüfung auferlegt, um ihn in seiner Aufrichtigkeit zu stärken? Sollte er dafür bestraft werden, weil er ein Doppelleben geführt hatte? Er hatte sich für sein Kirchenamt und gegen ein offenes, freies Leben mit Pierre entschieden! Was wollte er noch? Kann man von einem Menschen mehr verlangen, als dass er auf seine große Liebe verzichtet? Nein, selbst Gott konnte nicht so grausam und unerbittlich sein. Sein Gott war ein barmherziger und gerechter. Oder hatte er sich im Namen Gottes schuldig gemacht?
Ullrich sank bei jeder Frage, die er sich stellte, ein kleines Stück mehr in sich zusammen. Sicherlich war vieles, was er getan hatte, nicht richtig gewesen. Aber hatte er eine Wahl gehabt? Er war gern Priester. Und er machte seine Sache gut, daran zweifelte niemand. Aber war er nicht trotz der bedingungslosen Treue und Liebe zum Herrn auch noch ein Mensch mit Fehlern und Schwächen? Ullrich dachte einen Augenblick darüber nach. Er war ein Mensch, wie alle anderen auch.

Und er würde die Konsequenzen seiner Fehler tragen und keinen Schritt weichen. Auch Jesus hatte gezweifelt und war trotz allem in seiner schwersten Stunde seiner tiefen Überzeugung treugeblieben.
Der Geistliche war sicher, dass es nur einen Weg gab, mit der Situation umzugehen. Die Flucht nach vorn. Er würde offen dazu stehen müssen, homosexuell zu sein. Auch aus seiner Vergangenheit würde er keinen Hehl machen. Das war der einzige Weg, diesen Verrückten aufzuhalten. Er hatte sowieso alles verloren, was ihm lieb und teuer war, aber seine Berufung würde er nicht aufgeben, koste es, was es wolle. Diesem Ungeheuer musste die Grundlage für seine Erpressung und seine heimtückischen Anschläge entzogen werden.
Ullrich atmete tief durch. Ihm wurde schlecht, wenn er daran dachte, was die Leute sagen würden. Nach allem, was er hier in diesem Dorf erlebt hatte, wunderte es ihn, dass er das Seelsorgeramt überhaupt ausüben konnte. Er traute die Menschen, die ihn in seiner Kindheit verspottet und ihm wehgetan hatten. Er taufte die Kinder der Leute, die sich umgedreht hatten, wenn er mit seiner Mutter sonntags die Kirche betreten hatte. Er gab Menschen die Absolution, die Abbitte leisteten für Taten, die sie auch ihm in der Vergangenheit angetan hatten. War das nicht das Handeln, das er seiner Gemeinde predigte? Er war ein glänzendes Vorbild für die Umsetzung von Gottes Wort.
Doch da war noch die andere Seite von ihm. Was würden die Dorfbewohner dazu sagen, dass der absolut integere Dorfpfarrer ein Homosexueller war, der sich heimlich mit seinem Geliebten traf und gegen das Zölibat verstieß? Das war absurd. Keiner von denen durfte sich auch nur ein Fünkchen Kritik erlauben angesichts dessen, was sie seiner Familie und ihm angetan hatten.
Ullrich dachte, sein Kopf würde platzen, solch einen Druck empfand er. Wozu an die Leute denken? Sein Leben stand auf dem Spiel und es war schon genug, jeden Tag in die Gesichter blicken zu müssen, die ihn früher gepeinigt hatten. Er hatte endgültig genug gebüßt. Wofür bestrafte er sich eigentlich selbst? Es gab genug positive Erinnerungen in seinem Kopf, die ihn aufrecht hielten. Das war die Quelle, aus der er seine Kraft schöpfte.
Sein Studium und danach sein Referendariat. Er hatte schnell gelernt, wie schön das Leben in einem Umfeld sein konnte, in dem einem nicht der Makel der eigenen Familie anhaftete. Es war die schönste

Zeit in seinem Leben gewesen, als er in Würzburg war. Reduziert auf seine eigene Persönlichkeit und nicht betrachtet im Zusammenhang mit Altlasten, die ihm seit seiner Geburt anhafteten. Und trotzdem bereute er nicht eine Stunde, in der er hier Pfarrer geworden war. Es waren seine Wurzeln, die ihn untrennbar mit diesen Menschen verbanden, ob er wollte oder nicht. Sie mochten sein, wie sie wollten, sie waren jetzt seine Familie. Und die Erinnerung an Marie-Luise und an Pierre waren da. Sie waren gegenwärtig in allen seinen Gedanken und das konnte ihm keiner nehmen. Er spürte eine tiefe Erleichterung in sich, obwohl der Schatten des gerade Erlebten noch spürbar war.
Langsam richtete er sich auf. Er spritzte sich kaltes Wasser ins Gesicht. Dann straffte er seinen Körper und betrachtete sich im Spiegel. Eine unendliche Traurigkeit und Niedergeschlagenheit zeichnete sich auf seinen Zügen ab. Aber seine Augen strahlten eine Entschlossenheit aus, die er in den letzten Wochen kaum noch bemerkt hatte. Er sah an sich herunter, um sich zu vergegenwärtigen, dass alles nicht nur ein Traum war. Da draußen trieb sich immer noch ein Verrückter herum, der hinter seinem Leben her war, und er würde keine Sekunde ruhen, bis er dieser Kreatur Auge in Auge gegenüberstehen würde, das wusste er. Außerdem durfte man ihn nicht ernsthaft verdächtigen, die Menschen getötet zu haben, die ihm am meisten bedeutet hatten. Er war enttäuscht von Kastner. Wie konnte er tatsächlich denken, er wäre zu einer Tat wie dieser im Stande? Andererseits sprachen viele Tatsachen gegen ihn. Was konnte er tun, um richtig zu stellen, dass nicht er seinen Freunden das Leben genommen hatte?
Er spürte einen Schmerz, der sich über seine Hände bis zu den Ellbogen zog. Ihm wurde erst jetzt wieder bewusst, was gerade in der Küche geschehen war. Es war Glück gewesen, dass er hinaus in den Flur gegangen war, als die Bombe explodierte. Er hatte mehrere kleine Schnitte an den Unterarmen, und in seinem Hemd waren zwei kleine Brandlöcher. Er überlegte, ob er bei Kastner anrufen sollte, hatte aber nach den letzten beiden Stunden nicht mehr das Gefühl, dass er sich Hilfe erhoffen konnte. Er würde sich später damit beschäftigen.
Es musste einen Weg geben, zu beweisen, dass er unschuldig war. Entweder das, oder der Stalker erwischte ihn vorher. Nein, so durfte er gar nicht denken. Er würde noch einmal mit dem Kommissar reden. Jetzt musste er einen kühlen Kopf bewahren. Heute Abend würde er genug

Zeit haben, darüber nachzudenken.
Er befand sich in einem desolaten Zustand. Deshalb ging er nach oben und zog sich ein T-Shirt über. Dann rannte er zur Kirche. Es war kurz nach vier. Manuel kam ihm entgegen. Er konnte und wollte nichts erklären. Er sah immer noch ziemlich lädiert aus, aber er begab sich in den Beichtstuhl. Die Kinder saßen schon unruhig in der Bank davor und steckten die Nasen in ihre Gesangbücher. Eigentlich mochte Pfarrer Siebrecht Kinder sehr gern, aber heute ging es ihm schlecht und er sehnte ein schnelles Ende der Beichte und seinen Feierabend herbei.
Er bedeutete dem Mädchen mit dem Pferdeschwanz und dem orangenen Sommerkleid, das ganz vorne in der Bank saß, dass es los ging. Die Kinder kamen nacheinander in den Beichtstuhl. Pfarrer Siebrecht versuchte, verständnisvoll und einfühlsam zu sein, denn schließlich konnte er die Kinder bei der Beichte nicht von oben herab oder ruppig und genervt behandeln. Es war der Nachwuchs seiner Gemeinde, und bei den heutigen Kirchenaustrittsraten musste man dafür sorgen, dass die christlich erzogenen Kinder im Schoß der Kirche blieben. Ein Junge verabschiedete sich, und Pfarrer Siebrecht wartete auf den Nächsten.
Einige Minuten verstrichen. Als Pfarrer Siebrecht gerade aus dem Beichtstuhl steigen wollte, hörte er die Tür auf der anderen Seite. Wahrscheinlich hatte sich das Kind nicht gleich getraut und hatte gezögert, bevor es dann in den Beichtstuhl gegangen war.
Er sprach die Begrüßungsformel und wartete auf die Antwort.
Es kam keine.
»Hallo! Wer ist denn da? Du brauchst keine Angst haben.«
Pfarrer Siebrecht wartete wieder. Plötzlich hörte er eine ihm sehr vertraute Stimme, allerdings hatte sie einen Klang, der ihm unbekannt war, und der ihm einen Schauer über den Rücken jagte.
»Ich will beichten und meine Sünden bekennen.«
Er musste die Beichte abnehmen.
»Du kannst Gott deine Sünden erzählen.«
»Ich habe zwei Menschen das Leben genommen.«
Pfarrer Siebrecht dachte, er hätte sich verhört. Er atmete tief ein. Ihm wurde schlecht. Er konnte nichts antworten.
Die Stimme meldete sich wieder.
»Ich habe einen Menschen zu Tode geängstigt, um Vergeltung zu üben.«

Der junge Geistliche sog scharf die Luft ein. Damit hatte er nicht gerechnet.
»Warum hast du das getan?«
»Weil ich dich liebe.«
Vor Ullrichs Augen begann sich alles zu drehen. Er wusste nicht, ob er abbrechen sollte. Nein, das durfte er nicht. Er wollte erfahren, was geschehen war. Er zwang sich zur Beherrschung und fuhr fort.
»Was genau hast du getan? Wie ist es dazu gekommen?«
»Ich habe Marie-Luise Kirchner und Pierre Pratczek umgebracht, um dich für mich zu haben. Ich habe dich mit dieser Kirchner im Garten sitzen sehen. Ihr wart vertraut und habt gelacht und gescherzt. Beim Tee hast du ihre Hand genommen. Sie musste weg. Sie war mir im Weg. Sie hatte kein Recht, dich mir wegzunehmen!«
Die Stimme wurde hysterisch.
»Ich wusste, dass sie immer dienstags bei schönem Wetter im Garten arbeitete, weil sie dann früher von der Schule kam. Ich bin vorbei gegangen und habe sie beobachtet. In der Apotheke habe ich Schlaftabletten gekauft. Richtig starke. Ich bin über einen Feldweg gefahren und habe das Rad im Gebüsch versteckt. Ich bin über den Gartenzaun gestiegen und durch die Hintertüren in die Küche gegangen. Die dumme Gans hatte sie offen gelassen.
Ich hatte meine grünen Handschuhe an. Ich habe alle Tetrazepam aus der Packung genommen und in einem halben Glas Wasser aufgelöst. Aus der Schublade habe ich mir ein Fleischmesser genommen. Das war ordentlich scharf, das habe ich probiert. Ich habe einen Block vom Schreibtisch und einen Stift am Küchentisch zurechtgelegt. Dann habe ich gewartet, bis sie hereinkam. Ich hatte mich hinter der offenen Eingangstür versteckt. Sie kam herein und hatte noch die Gartenschuhe und Schutzhandschuhe an. Als sie die Schuhe im Flur auszog, kam ich hinter der Tür hervor und packte sie von hinten. Ich hielt ihr das Messer an den Hals und schob sie in die Küche. Ich sagte ich würde ihr die Kehle durchschneiden, wenn sie nicht täte was ich von ihr will. Sie hatte fürchterliche Angst. Ich habe ihr Herz rasen gespürt.
Ich verlangte, dass sie das Glas mit den aufgelösten Tabletten leer trinken soll. Sie bot mir Geld an, damit ich ihr nichts tue. Ich habe sie ausgelacht und nur ein klitzekleines bisschen mit der Klinge zugedrückt. Sie hat das Glas genommen und davon getrunken. Ich drückte noch

ein wenig mehr zu, gerade soviel, dass ich sie nicht schnitt, das würde man merken. Sie trank alles.
Ich zerrte sie zum Küchentisch und zwang sie, zu schreiben, was ich diktierte. Sie war schon ein wenig schläfrig und ich musste mehrmals ansetzen. Sie schrieb ihren eigenen Abschiedsbrief. Danach sollte sie mit mir nach oben ins Bad gehen. Sie war schon richtig müde und kaum noch fähig, die Treppe allein hinaufzugehen. Oben musste sie sich nackt ausziehen. Ich habe ihr helfen müssen, weil sie sich kaum noch auf den Beinen halten konnte. Ich setzte sie in die Badewanne und ließ Wasser ein. Sie war schon völlig weggetreten, als ich ihr die Pulsadern aufschnitt. Das Blut quoll aus den Wunden und vermischte sich mit dem Wasser. Ich drückte ihr das Messer in die Hand, stellte das Wasser ab, ging hinunter und schloss die Eingangstür, und ging durch die Hintertür hinaus. Dann holte ich mein Rad und nahm den gleichen Weg zurück.«
Ein kurzes Schweigen, dann ein extatisches Flüstern.
»Ich dachte, dass du jetzt mir gehören würdest. Ich bin nach Hause gefahren, um dein Mittagessen zuzubereiten.
Tags drauf machte ich die Wäsche und brachte sie in dein Zimmer. Ich habe zufällig, als ich das Schrankpapier in deiner Sockenschublade wechseln wollte, diese Briefe entdeckt. Diese dreckigen Briefe. Ich konnte nicht glauben, dass du, gerade du, so eine schwerwiegende Schuld auf dich laden würdest! Das ist Sünde! Das ist ein Vertrauensbruch mit Gott!«
Sie begann zu schreien. Sie weinte.
»Ich bin noch am späten Abend nach Aschaffenburg gefahren, um dieses Scheusal, das dich so mit Gott und mit mir entzweit hatte, auszurotten, wie ein wertloses kleines Insekt.«
»Keines von Gottes Geschöpfen ist wertlos!« Ullrich Siebrecht schrie wutentbrannt.
»Ich habe das Ende der Vorstellung abgewartet und bin ins Theater hineingeschlüpft. Ich kannte mich ein wenig aus, denn ich habe vor einigen Wochen einer Bekannten, die dort sauber macht, ausgeholfen, weil sie fürchterliche Zahnschmerzen hatte. Dabei war ich unter anderem auch in den Raum unter der Bühne gekommen, hatte mir aber damals nichts dabei gedacht. Ich trug nun also eine Taschenlampe bei mir und konnte mich nach einer Weile ganz gut orientieren.

Zuerst dachte ich daran, den Wein, den ich in Pratczeks Garderobe fand, mit Zyankali zu versetzen. Ich hatte eine kleine Spritze mit einer tödlichen Dosis dabei. Ich erkannte seine Garderobe sofort, weil ein ganzer Stapel unterschriebener Autogrammkarten dort auf dem Tisch lag. Einige davon habe ich mir genommen, um sie dann später für deine Strafe zu verwenden.
Als ich vom Zuschauerraum auf die Bühne ging und den Galgen entdeckte, kam mir die Idee, dass er sich erhängen sollte. Die Nacht habe ich dazu genutzt, den Strick zu manipulieren. Es war ganz einfach. Ich habe mir ein Messer aus der Schublade am Ausschank genommen. Ich glaube, es war ein Brotmesser. Ich wusste gar nicht, dass die so scharfe Messer haben.
Ich kundschaftete die Garderoben und die Gänge hinter und unter der Bühne aus, die im Schein der Taschenlampe ganz anders aussahen. Unter der Bühne habe ich auch die Dose mit dem Harz entdeckt. Damit hatte ich alles was ich brauchte.
Ich habe mich unter das Podest geschlichen und den Strick gekappt. Das neue Ende habe ich mit Harz bestrichen und wieder in die Führung der Metallösen zurück gesteckt. Ich musste nur noch warten, bis es fest war. Dann bin ich hoch auf die Bühne hinter den Vorhang gegangen und habe kräftig an dem Strick gezogen, damit es nicht auffallen würde, dass er nun kürzer war. Ich stellte die Dose zurück an ihren Platz und steckte das abgeschnittene Stück Strick in meine Tasche. Jetzt musste ich nur noch warten, bis die Putzkolonne am Morgen kam. Ich schlich mich in einem unbeobachteten Moment nach draußen. Ich hatte böse Rückenschmerzen, weil ich die ganze Nacht auf diesen blöden Stühlen im Zuschauerraum zugebracht habe.
Schade, dass ich die Vorstellung am Abend nicht sehen konnte. Aber es hat ja gut funktioniert. Ich wusste, dass ich zu spät nach Hause kommen würde, um Frühstück zu machen. Du hast nichts darüber gesagt und ich dachte mir, dass es dir nichts ausgemacht hätte.
Ich wollte dir dafür, dass du dich mit einem Mann eingelassen hattest, einen Denkzettel verpassen. Mit einem Mann…«
Pfarrer Siebrecht hielt sich die Ohren zu. Er konnte nicht mehr.
»Du warst der Stalker. Du hast mich in Todesangst versetzt, du hast mich Tag und Nacht tyrannisiert und hast mich dabei beobachtet! Du bist nicht normal! Du bist doch krank, dich muss man einsperren,

dafür werde ich sorgen!«
»Ich möchte die Absolution dafür. Ich habe es aus Liebe getan.«
Pfarrer Siebrecht war bleich. Er konnte nicht fassen, was er gerade gehört hatte.
»Nein. Nein, diese Absolution werde ich dir nie erteilen, die musst du dir an anderer Stelle geben lassen. Es ist widerwärtig und abartig was du getan hast. Du ekelst mich an. Nie würde ich dich lieben können. Ich kann doch keinen Menschen lieben, der mir alles genommen hat, was mir wichtig und wertvoll war. Ich hasse dich! Ich hasse dich aus tiefstem Herzen und ich will dich nie wieder sehen. Nimm deine Sachen und geh. Sofort! Ich will mit einer Mörderin nicht zusammenleben!«
»Du gibst mir die Absolution nicht? Wie kannst du es wagen? Ich habe das doch alles für uns getan!«
Der Geistliche erhob seine Stimme vor Wut: »Es gibt kein ›Wir‹ und es wird nie ein ›Wir‹ geben. Nie!«
»Das wirst du noch bereuen! Du wirst bereuen, dass du das getan hast, dass du mich zurückgewiesen hast. Das wird dir noch leid tun! Du musst über dieses Gespräch schweigen, das weißt du. Du musst den Rest deines Lebens mit diesem Wissen leben. Ich schwöre dir, wenn ich dich nicht haben kann, dann wird dich niemand sonst haben. Dafür wirst du büßen!«
Mathilda stürmte hinaus.
Ullrich Siebrecht blieb zurück und sagte leise, mehr zu sich selbst, als zu jemand anderem: »Und du wirst in der Hölle schmoren.«

- 17 -

Samstag, 1. August, 17.02 Uhr

Kastner bearbeitete seit dem Morgen Berichte. Ein junger Kollege kam mit Gisbert von Giebhardt durch die Tür. Von Giebhardt war mit Handschellen gesichert.

»Guten Abend, Herr von Giebhardt.«

Leonard Kastner bekam keine Antwort.

»Bitte setzen Sie sich. Ich habe noch ein paar Fragen an Sie. Es geht um den Mord an Marie-Luise Kirchner. Sie wissen doch, dass sie ermordet wurde?«

Von Giebhardt antwortete nicht.

»Es wäre von Vorteil, wenn Sie mit uns kooperierten. Wenn Sie es allerdings vorziehen zu schweigen, dann könnte sich das negativ auswirken, oder haben Sie in dem Fall Kirchner etwas zu verbergen?«

»Nein.«

Kastner wurde ungeduldig.

»Was nein?«

»Nein, ich habe nicht gewusst, dass es Mord war. Und nein, ich habe nichts in diesem Fall zu verbergen. Ich habe mit dieser blöden Kuh nicht das Geringste zu tun.«

Kastner hatte ihn da, wo er ihn haben wollte. Er war wütend und er würde früher oder später einen Fehler begehen.

»Wir sind darüber informiert, dass Sie mit Frau Kirchner am Tag vor ihrem Tod einen heftigen Streit hatten und dass es zu körperlichen Übergriffen von Ihrer Seite kam. Warum haben Sie sich mit ihr gestritten?«

»Diese kleine Schlampe wollte mich erpressen. Angeblich hätte sie Beweise, dass ich etwas mit ihrer Mutter gehabt habe. Sie wollte meine Ehe kaputtmachen.«

Kastner überlegte seine nächste Frage.

»Und, hatten Sie etwas mit ihrer Mutter?«

»Das geht dich nichts an. Ich sage jetzt nichts mehr ohne meinen Anwalt.«

»Das geht völlig in Ordnung. Wenn ich will, kann ich Ihre DNA-Probe

im Labor mit der von Frau Kirchner vergleichen lassen. Es stand doch im Raum, dass sie Ihre Tochter ist, oder?«
Kastner wurde lauter.
»Es ist doch so. Sie war Ihre Tochter und das passte Ihnen nicht im Geringsten in den Plan. Sie hat gedroht, dass sie es an die Öffentlichkeit bringen wird und dann wären Sie Ihre Erbschaft und Ihre Frau los gewesen! Ich glaube kaum, dass ihre Mutter Ihnen unter diesen Umständen noch etwas vererben würde.«
Gisbert von Giebhardt brach unter dem Druck zusammen.
»Ja, sie hat das behauptet und es könnte stimmen. Ich weiß es nicht, ob sie wirklich meine Tochter war oder nicht. Sie hat mir damit gedroht, es hinauszuposaunen und da ist mir die Hand ausgerutscht. Aber ermordet hab ich sie nicht. Ich war in der Kneipe und habe getrunken an dem Abend. Sie können die Leute im Dorf fragen. Danach hat mich irgendwann eine Streife aufgegabelt und zu meiner Mutter auf das Gut gefahren. Das können Sie nachprüfen, wenn Sie wollen. Ich war es nicht.«
»In Ordnung. Das reicht für heute. Sie werden von dem Kollegen wieder zurück in Ihre Zelle gebracht. Danke.«
Gisbert ging ziemlich verunsichert mit dem Beamten mit. Kastner rief gleich die Kollegen an, sie sollten in die Kneipe fahren und nachfragen und so schnell wie möglich mitteilen, was sie erfahren hätten.
Nach anderthalb Stunden bekam er einen Anruf. Von Giebhardts Aussage stimmte mit den Zeugenaussagen überein. Er hatte ein Alibi. Es war fast sieben. Wenn er sich beeilte, konnte er noch vor Vorstellungsbeginn im Stadttheater sein. Er musste sich dringend noch einmal mit Sina Zeller unterhalten. Um 19.10 Uhr war er in Sina Zellers Umkleide.
»Frau Zeller ich habe noch eine Frage an Sie. Wo waren Sie in der Nacht von Samstag auf Sonntag? Der Strick muss nach der Samstagsvorstellung manipuliert worden sein. Der Täter hätte Zeit gehabt, bis die Vorstellung am Sonntagabend begann.
»Verdächtigen Sie mich jetzt?«
»Immerhin vererbt Ihnen Pierre Pratczek eine beträchtliche Summe Geld. Und wie ich weiß, haben Sie sich ja auch schon erkundigt, was Sie mit dem Geld anfangen könnten. Und jetzt beantworten Sie mir bitte meine Frage.«
»Sie glauben doch nicht, dass ich ihn wegen einer Erbschaft umge-

bracht habe? Das höre ich zum ersten Mal. Ehrlich. Meine Eltern hatten einen Bausparvertrag für mich abgeschlossen, der vor zwei Wochen ausgelaufen ist. Deswegen hatte ich mich erkundigt. Pratczek hatte zwar mal erwähnt, dass er dafür sorgen würde, dass meine Zukunft gesichert wäre, aber ich dachte, das bezieht sich auf die Verlängerung meines Engagements hier im Theater. Dass er mir etwas vererben würde, wusste ich noch gar nicht.«
»Sie weichen mir aus. Wo waren Sie in der Zeit?«
»Na schön. Wenn Sie es unbedingt wissen wollen. Ich hatte ein Vorsprechen für eine Rolle in Köln, am Samstagnachmittag. Hier, ich habe das Zugticket noch in meiner Tasche. Da ist übrigens auch das Rückfahrticket, sogar abgestempelt, ich musste nämlich übernachten, weil ich um 21.00 Uhr nicht mehr hierher zurück fahren wollte. Den Beleg der Pension, in der ich war, habe ich auch hier. Wissen Sie, ich bin ziemlich schlampig, und hefte Belege für die Steuer nicht immer gleich weg. Wollen Sie sonst noch etwas von mir? Wenn nicht, bitte ich Sie, zu gehen. Ich bin in der Maske.«
Sina Zeller verließ gekränkt den Raum.
Auf dem kleinen Tisch lagen noch die Zugtickets und der Beleg. Kastner nahm ihn in die Hand und überprüfte die Daten. Sina Zeller hatte ebenfalls ein Alibi. Irgendetwas mussten die Kollegen übersehen haben. Er glaubte nicht, dass Ullrich Siebrecht es gewesen war. Wen hatte er außer Acht gelassen?
Kastner fuhr in seiner Wohnung vorbei und fütterte die Katze. Dann setzte er sich wieder ins Auto und machte sich auf den Weg nach Biebigheim. Die ganze Sache hatte nichts ergeben, außer dass Frau Zeller jetzt wusste, dass sie sich über ein hübsches Sümmchen freuen durfte, weil Pierre Pratczek ihr etwas vererbt hatte. Der Notar hatte sie wohl davon noch gar nicht in Kenntnis gesetzt.

Kommissar Dreitt hatte es zu Hause nicht ausgehalten. Jetzt war er auf dem Weg zum Revier. Er wollte noch recherchieren, wer das Holzkreuz hatte anfertigen lassen und wo die Blumen bestellt worden waren. Er klemmte sich hinter das Telefon.

In Biebigheim überschlugen sich die Ereignisse. Pfarrer Siebrecht war nach dieser Beichte wie von der Tarantel gestochen aus der Kirche gerannt. Er musste einfach raus. Die Vorstellung davon, wie seine Freunde zu Tode gekommen waren, dass Mathilda ihm so etwas hatte antun können, war zu viel für ihn. Er rannte einfach geradeaus, weg von den Häusern und Straßen. Über Wiesen und Felder, wo die Natur ihre warmen, schützenden Arme um ihn legte, wo er einfach nur existierte.
Er achtete nicht auf den Weg, aber seine Schritte führten ihn geradewegs in das kleine Wäldchen, in dem er so viel Frieden und Ruhe gefunden hatte. Erst als er auf der Lichtung ankam, bemerkte er, wo er gelandet war. Er ließ sich ins Moos fallen und weinte. Seine Wut, seine Trauer und sein Schmerz, seine Enttäuschung und seine Einsamkeit, brachen sich ihre Bahn durch den dicken Panzer, den er um sein Herz gelegt hatte. Alle Dämme brachen. Er war so unglücklich, dass es ihm körperlich weh tat.
Nach einiger Zeit beruhigte er sich. Er setzte sich auf die Bank. Erst jetzt bemerkte er, dass seine Schuhe und Strümpfe total durchnässt waren. Seine Hosenbeine waren schlammverspritzt. Er dachte nach. Ihm gingen immer wieder die gleichen Gedanken durch den Kopf. Es kam ihm vor, als würden die schwirrenden Gedanken seine Schädeldecke in hundert Stücke sprengen. Er hielt das nicht mehr aus. Würde es nie ein Ende nehmen? Er wünschte sich so sehr, er könnte bei Marie-Luise und Pierre sein. So wollte er nicht weitermachen.
Ullrich fühlte sich allein. Er fühlte sich betrogen und missbraucht, einfach nur beschissen. Er konnte nicht glauben, dass Mathilda das getan hatte. Er hatte sie für eine loyale, ruhige und gottesfürchtige Person gehalten. Wenn er daran dachte, dass er vor kurzer Zeit noch mit sich selbst gehadert hatte, weil er meinte, sie ungerecht und undankbar behandelt zu haben, stieg die Wut erneut in ihm hoch. Er würde dafür sorgen, dass Mathilda ihre gerechte Strafe bekam.
Aber was zum Teufel war überhaupt gerecht? Wenn es nach ihm ginge, dann müsste man ihr viel mehr antun als eine Gefängnisstrafe. Ullrich war entsetzt über sich. Nie zuvor hatte er so starke Hassgefühle einem Menschen gegenüber empfunden. Er wäre jetzt und hier bereit, Mathilda mit eigenen Händen zu erwürgen.
Der Geistliche ließ die Gedanken in seinem Kopf die Oberhand gewinnen. Eine Lawine des Hasses überrollte sein Bewusstsein. Er

brannte förmlich auf eine Konfrontation mit Mathilda. Bei ihrem nächsten Zusammentreffen würde er sie auslöschen für alles, was sie ihm und seinen Freunden angetan hatte.
Ullrich war unter seinen Gedankenstürmen zusammengesunken. Weinend lag er auf dem Moosboden. Der erdige feuchte Geruch stieg ihm in die Nase. Er war still. Seine Tränen versiegten allmählich und ein kühler, angenehmer Wind strich über seine Wange. Er nahm das Rauschen der Bäume über ihm wahr. Langsam kehrte er wieder in die Realität zurück. Seine Gefühle hatten ihn fortgerissen und sein Innerstes, seine Verletztheit und sein Zorn hatten sich Bahn gebrochen.
Ullrich richtete sich auf. Er saß auf dem weichen Boden, die Beine dicht an den Körper gezogen. Sein Oberkörper wippte hin und her. Der junge Geistliche vergrub sein Gesicht zwischen seinen Knien. Er durfte diese Gedanken nicht zulassen. Ihm war heiß, und seine Haut fühlte sich an, als ob tausende von Nadeln auf ihn einstechen würden.
Er atmete tief ein und aus. Allmählich beruhigte er sich. Sein Atem ging regelmäßig und er hob den Kopf.
Als Ullrich die Augen öffnete, erblickte er die alte Holzbank, auf der er so oft gesessen und nachgedacht hatte. Er ging hinüber und nahm Platz. Mit der Hand strich er über das alte rissige Holz, wie jemand, der zum ersten Mal Holz berührte und keine Ahnung hatte, wie es sich anfühlen würde. Ullrich versuchte, einen klaren Gedanken zu fassen. Wenn er seinem Hass unkontrolliert nachgab, dann würde er noch viel mehr verlieren. Es musste sich eine rationale Lösung für seine Probleme finden lassen. Schließlich hatte es genug Leid gegeben. Das alles sollte jetzt ein Ende haben. Es wäre das Beste, zurück zu gehen und Beweise gegen Mathilda zu finden. Es musste Anhaltspunkte geben, die seine Unschuld bestätigten.
Die Beichte von seiner Köchin lag wie eine Last auf ihm. Er durfte darüber nichts sagen. Das Beichtgeheimnis verlangte ihm Stillschweigen ab. Aber was, wenn er nichts finden würde? Die Indizien, die gegen ihn sprachen, waren geradezu erdrückend. Vielleicht war er gezwungen, darüber zu sprechen. Mathilda würde sein Privatleben gnadenlos an die Öffentlichkeit zerren, nur um ihm weh zu tun.
Ullrich spürte, wie ihn erneut die Angst erfasste. Wenn alle von seiner Homosexualität und seinem Verhältnis zu Pierre erfahren würden, würde ihm niemand mehr glauben. Er war verdächtig, Pierre und auch

Marie-Luise umgebracht zu haben. Hatte er jemals eine Chance gehabt, diesem teuflischen Spiel zu entrinnen? Selbst wenn er es schaffen würde, die Polizei von seiner Unschuld zu überzeugen, die Leute würden keine Ruhe geben. Nicht bei der Vergangenheit, die er hatte. Er machte den Biebigheimern keinen Vorwurf dafür. War es nicht oft so, dass Eltern ein Vorbild für ihre Kinder abgaben, im positiven wie im negativen Sinne? Egal, wie die Leute darauf reagieren würden. Einer Sache konnte er sich absolut sicher sein. Sobald die Diözese von der Geschichte Wind bekam, würde die Kirche Konsequenzen gegen ihn ziehen. Vielleicht würde sie ihn sogar ausschließen.
Und wenn schon. Er konnte sowieso nichts dagegen tun. Er hatte ein Verhältnis zu Pierre gehabt, und er würde dazu stehen. Trotzdem machte ihn der Gedanke wahnsinnig, dass, selbst wenn er zu seinen Sünden stand, Mathilda am Ende die Siegerin sein würde. Nein, er würde das nicht zulassen. Er stand auf und ballte die Fäuste. Ullrich war bereit, die Herausforderung anzunehmen. Es war nicht sicher, ob er seine Unschuld beweisen konnte, aber falls er etwas finden würde, würde er dafür sorgen, dass die Polizei die Beweise bekam.
Gott hatte ihn für etwas gestraft, das in seinen Augen weit weniger schlimm war als das, was im Namen der Kirche in der Vergangenheit schon alles getan worden war. Wenn es diesen Gott gab, der barmherzig und gütig war, dann hatte er nichts zu befürchten. Ihm würde verziehen werden, das wusste er. Er hatte seinen Entschluss gefasst.
Ullrich Siebrecht war auf dem Weg zum Dorf. Er kam ins Pfarrhaus und steuerte geradewegs in Mathildas Zimmer. Er durchwühlte alle Schränke und Schubladen. An ihrem Schreibtisch gab es ein verschlossenes Fach. Er knackte es kurzerhand mit einer herumliegenden Schere. Es war kein sehr gutes Schloss. Das konnte nicht möglich sein. Sein schlimmster Albtraum bestätigte sich. In dem Fach fand er eine Apparatur, die er nach genauem Hinsehen als Stimmenverzerrer identifizieren konnte.
Es gab noch einen großen und einen kleinen Umschlag darin. Er öffnete beide. In dem großformatigen fand er Fotos von sich und von Pierre und von den Treffen mit Marie- Luise. Sie war herausgeschnitten worden. Auf einem Foto war er zu sehen, und das Gesicht von Marie-Luise war mit einem Foto von Mathilda überklebt. Pierres Gesicht war mit schwarzem Edding übermalt worden. Er steckte die Fotos wie-

der zurück und legte den Umschlag in das Fach. Er fand in dem kleinen Umschlag eine Auftragsbestätigung für ein Holzkreuz und einen Strauß Blumen mit Schleife. In dem Fach stand außerdem noch eine kleine Box aus Plastik. Er öffnete den Deckel. Als er sah, was darin war, fiel ihm der Deckel aus der Hand. Er fand ein paar Handschuhe aus dunkelgrünem Velour, ein leeres Tablettenröhrchen und ein Glas. Ein weißes Taschentuch und ein Stück Strick. Sie hatte also die Wahrheit gesagt.
Das Blut rauschte in Ullrichs Ohren. Er dachte nicht mehr. Sein Kopf war wie leer gefegt. Er konnte nichts mehr fühlen.

Mathilda war nach dem Beichtgespräch zurück ins Pfarrhaus gekommen. Sie war zutiefst verletzt. Sie hatte Ullrich ihr Innerstes offenbart und er hatte sie abgewiesen. Das hatte er nicht umsonst getan. Sie würde ihn bestrafen. Sie würde ihm das Letzte wegnehmen, das ihm wertvoll war. Seine Freiheit und seinen Glauben an Gott.
Sie hatte einen spontanen Plan gefasst. Sie ging in die Garage. Dort fand sie einen Schlauch aus Plastik, mit ungefähr zwei Zentimetern Durchmesser. Er war so um die zwei Meter lang. Das müsste reichen. Sie ging ins Haus zurück zur Waschmaschine und fischte aus dem Wäschekorb ein benutztes Schweißtuch von Ullrich Siebrecht, dass er sich zum Joggen immer um den Hals hängte. Sie nahm den Autoschlüssel vom Schlüsselbrett und ging in die Garage zurück, wo der Wagen stand. Sie schloss das Garagentor von innen.
Mathilda hielt einen Moment inne. Dann steckte sie den Schlauch in den Auspuff. Das Schweißtuch drückte sie in die Öffnung, die der Schlauch noch übrig ließ und verstopfte das Rohr damit vollends. Sie führte den Schlauch um die eine Seite des Autos herum bis ins Fenster auf der Fahrerseite. Sie stieg selbst in den Wagen, kurbelte die Scheibe ein Stückchen herunter und klemmte den Schlauch dazwischen ein. Sie schloss die Tür und verstopfte den Spalt im Fenster mit ihrer Strickjacke. Dann ließ sie den Motor an. In der Hand hielt sie ein Gebetbuch, das sie in ihrer Tasche, die sie vorhin auch schon in der Kirche dabeigehabt hatte, aufbewahrte. Die Tasche stand jetzt auf dem Beifahrersitz. In dieser Tasche würde die Polizei ein Testament finden, das Ullrich Siebrecht als alleinigen Erben auswies.

Sie hatte selbst mehrmals geerbt und keine Verwandten mehr. Ullrich würde über achtundzwanzigtausend Euro erhalten. Sie würden sein Schweißtuch finden und weil auch Pierre Pratczek und Marie-Luise Kirchner ihn bedacht hatten, würde es aussehen wie Mord aus Geldgier. Sie wartete, bis der Innenraum mit Kohlenmonoxyd gefüllt war. Plötzlich ergriff sie Angst. Die Angst zu sterben. Warum hatte es so kommen müssen? Sie spürte, dass ihre Sinne schwanden. Sie konnte die Welt um sich bald nur noch in einer Art Dämmerzustand wahrnehmen, aber ihre Gedanken waren noch ganz klar.

Schon seit dem ersten Moment, als sie Ullrich Siebrecht gesehen hatte, wusste sie, dass sie diesen Mann besitzen musste. Es war wie ein Drang, eine Besessenheit. Über ein Jahr hatte sie getan, was sie irgendwie konnte, um Ullrich ihre Liebe zu zeigen. Doch sich ihm zu offenbaren hatte sie nicht gewagt. Er war ein Mann der Kirche und darum war er heilig. Das Band zwischen Glauben und Berufung durfte man nicht durchtrennen. Sie wollte sich niemals zwischen ihn und Gott stellen. Es hätte ihr genügt, bei ihm zu wohnen und ihn jeden Tag zu sehen. Doch als sie diese Heimlichkeiten mit dieser Kirchner bemerkte, das Getuschel der Leute in Biebigheim zu hören bekam, hatte sie gewusst, dass dem ein Ende gesetzt werden musste. Sie würde Ullrich nur mit einem teilen, und das war Gott.

Als sie am Tag darauf von der sündigen Leidenschaft zu diesem verabscheuungswürdigen, ja geradezu dreckigen Selbstdarsteller erfahren hatte, war sie nur noch von einem Gefühl erfüllt gewesen: Hass, unbändigem Hass und dem Verlangen nach Vergeltung. Sie hatte Marie-Luise eliminiert und war sich sicher gewesen, Ullrich vor der Verdammnis der Hölle gerettet zu haben, und dann dieser Schock. Ullrich hatte Gott gefrevelt. Und er hatte sie betrogen. Er hatte ihre reinen und ehrenhaften Gefühle und ihre Aufopferung für ihn in den Dreck getreten. Sie hatte ihm ihr Leben geschenkt, ohne auch nur einmal darüber nachzudenken, welche Möglichkeiten es für sie gegeben hätte.

Nein, das durfte nicht sein. Es war im Namen Gottes, was sie getan hatte. Diese Kreatur verdiente nicht zu leben, deshalb hatte sie die Geschichte schnell beendet. Und Ullrich, ja, Ullrich sollte bestraft werden. Er sollte Angst und Verlust spüren wie sie. Er musste leiden. Nur durch das Leiden und schließlich durch den Tod würde er die Metamorphose der Reinigung und Vergebung erlangen, um an der Seite seines Herrn im Paradies leben zu dürfen. Sie hoffte, dass Ullrich noch einige Jahre leiden musste und Gelegenheit bekäme sich zu läutern. Für sie war nun die Zeit gekommen. Sie sprach ein letztes Gebet, bevor ihr die Abgase endgültig die Luft nahmen.

Ullrich hatte sich in Mathildas Zimmer auf den Boden gesetzt. Die Schublade mit den Beweisen ruhte auf seinem Schoß. Er konnte kaum fassen, dass er die Realität in Händen hielt. Eine Realität, die ihn zutiefst erschütterte und ängstigte.

Ullrich zuckte zusammen. Er hörte das Garagentor einschnappen. Als Ullrich aufstand war ihm schwindelig. Die Aufregung der letzten Stunden beeinträchtigten seinen Körper mehr, als er sich eingestehen wollte. Wieder spürte er, wie die Wut aus seinem Innern aufzusteigen drohte. Mathilda war da. Vielleicht versteckte sie sich in der Garage vor ihm. Oder trachtete sie ihm erneut nach dem Leben und war in die Garage gegangen, um die nächste Teufelei für ihn auszuhecken?

Vorsichtig setzte er einen Fuß vor den anderen. Er wollte nicht, dass sie ihn bemerkte, wenn er zu ihr kam. Seine Zeit war gekommen. Die Abrechnung mit diesem Scheusal stand unmittelbar bevor. Ullrichs Augen wurden glasig. Er wirkte verwirrt und abwesend, getrieben von widerstreitenden Empfindungen. Seine sonst gepflegten Haare hingen ihm ins Gesicht. Schweissperlen zeichneten sich auf seiner Stirn ab. An seiner Kleidung hatten sich Kletten verfangen und seine Schuhe und Hosenbeine starrten vor Dreck. Er bot einen furchterregenden Anblick. Ullrich war nicht mehr er selbst.

Er stieg die Treppe hinunter und ging zur Wohnungstüre, hinaus in den Vorgarten. Als er um die Hausecke bog und in Sichtweite der Garage kam, war das Tor geschlossen. Langsam schritt er die wenigen Meter bis zum Tor, bückte sich und hob mit einem Ruck die schwere Metalltür nach oben. Alles schien unendlich langsam, wie in Zeitlupe vor seinen Augen abzulaufen. Ullrich war sich nicht mehr sicher, ob das die Wirklichkeit war oder ein Traum. Er trat in den Innenraum und in seine Nase stieg der stechende Geruch von Abgasen. Er bemerkte den Schlauch, der vom Auspuff in das Fenster führte. Dass das Abgasrohr mit seinem Schweisstuch verstopft war entging ihm nicht. Auf Höhe des Fensters konnte er vor giftigen Dämpfen nichts sehen, außer

Mathildas Hand, die den Türgriff fest umklammert hielt.
Ullrich drehte sich um. Für ihn brach eine Welt zusammen. Sie hatte es tatsächlich geschafft! Diese verdammte Hexe würde nicht für ihre Taten bestraft werden. War das die sprichwörtliche Gerechtigkeit seines Gottes? Nein, er konnte und wollte es nicht mehr glauben. Alles was ihn ausmachte, was ihm Kraft und Mut gegeben hatte, war bis in die Grundfesten zerrüttet. Da war kein Glaube mehr, der blind und einfältig war. Es war falsch gewesen, aus einer Quelle zu schöpfen, die allein seiner Phantasie entsprang. Gott gab es nicht. Es gab nur Menschen, die eine Orientierung suchten, nach der sie sich richten konnten. Jahrelang hatte man ihn irrgeleitet. Er war schwach, das wusste er. Alleine und ohne Menschen, die ihm nahe waren, würde er es nicht schaffen, sich zu behaupten. Jetzt nicht mehr.
Der Geistliche nahm wie aus weiter Ferne das Eintreffen eines Polizeiwagens wahr. Es war Ullrich klar, dass alle Spuren, die Mathilda gelegt hatte, auf ihn als Mörder hindeuten würden. Langsam schloss er das Garagentor von innen und ging durch die dunkle Garage bis zur Verbindungstür. Er öffnete sie und trat in den Flur des Pfarrhauses. Sein Blick war abwesend. Wie in Trance setzte er sich an den Küchentisch.
Seine Finger klammerten sich an die Tischplatte, sodass seine Knöchel weiss hervortraten. Ullrich hatte nicht bemerkt, dass auf dem Tisch noch Scherben lagen. Unter dem Daumen und Handballen der linken Hand sickerte Blut hervor. Der Geistliche schien es nicht zu bemerken. Seine Gedanken kreisten um Gott. Er fragte sich, ob er jemals Vergebung zu erwarten hatte. Er würde nicht ins Gefängnis gehen, das wusste er. Dieser Schmach würde er sich nicht unterziehen. Die Zeit der Demütigungen war vorbei. Er hörte, wie Kommissar Kastner nach ihm rief. Die Schritte kamen näher. Ullrich fuhr sich mit der Hand über das Gesicht. Die Schnitte hinterließen blutige Spuren in seinen Zügen. Sie würden ihn holen, das wusste er.
Kastner betrat die Küche. Er sah sich um und wirkte sichtlich überrascht, über den Anblick der sich ihm bot.
»In der Garage...« Ullrichs Stimme bohrte sich durch die Stille, die zwischen ihnen entstanden war.
Der Kommissar verstand nicht. »Was?«
Ullrichs Stimme klang kalt und mechanisch: »Sehen Sie in der Garage nach.«

Kastner drehte dem Geistlichen nicht den Rücken zu, als er langsam in den Flur ging. Seine Hand tastete nach dem Holster unter seiner Jacke. Ullrichs Augen verfolgten jede winzige Bewegung. Der Polizist öffnete die Tür und trat in die Garage. Er nahm Motorengeräusche wahr und den Treibstoffgestank. Als er in der Dunkelheit verschwunden war, schnappte die Stahltür zu. Stille.
Nachdem er die Tote in der Garage gefunden hatte, kehrte er ins Haus zurück. Er sah Ullrich, der unbewegt am Tisch saß. Der Polizist fragte sich, was hier los war. Der Geistliche bot ein jämmerliches Bild mit den zerzausten Haaren, den schlammigen Kleidern und dem blassen Gesicht mit den tiefen dunklen Ringen um die Augen.
Kastner setzte sich zu ihm an den Tisch. Mit einer unerwarteten Wucht brach es aus Ullrich heraus. Er erzählte, dass der Stalker ein Päckchen mit einer Bombe geschickt hatte, er berichtete auch, dass er Mathilda in der Garage gefunden hatte. Den Rest konnte sich Kastner nach dem Anblick der Küche lebhaft vorstellen.
Manuel kam um viertel nach sieben herein und wurde vom Polizisten sofort nach draußen geschickt. Er machte mit Ullrich aus, dass er diese Nacht in der Pension übernachten würde, bot ihm aber an, dass er jederzeit für ihn da wäre. Der Tatort wurde gesichert.
Kastner schaute in die Handtasche von Mathilda und fand das Testament. Auch hier war Siebrecht der Begünstigte! In der Tasche fand er aber auch noch etwas Interessantes. Ein angebrochenes Päckchen mit Lakritzbonbons, die in lilafarbene Papierchen gewickelt waren. Was hatte es wohl damit auf sich? Er kannte diese Papierchen, aber was hatte Mathilda in diesem Spiel für eine Rolle? Was hätte ihr Motiv sein können? Es leuchtete ihm nicht ein.
Er wusste nur, dass die Beweislast gegen Ullrich Siebrecht erdrückend war. In der Wohnung von Kirchner hatte man ein Haar von Siebrecht gefunden, in der Wohnung von Pierre Pratczek und in der Garderobe seine Fingerabdrücke und hier ein Schweißtuch, das er, wenn ihn nicht alles täuschte, gestern Abend noch an seinem Hals gesehen hatte. Er hatte kein Alibi für die Zeit vor Pratczeks Tod. Nach seiner Behauptung war er Laufen gewesen, aber das konnte niemand bezeugen. Als Marie-Luise ermordet worden war, hatte er angeblich in einem Zimmer an irgendeiner Predigt gearbeitet.
»Wo waren Sie in der letzten Stunde?«

Kastner fragte Ullrich Siebrecht frei heraus.
Ullrich antwortete wahrheitsgetreu, dass er im Wald gewesen wäre.
Schon wieder kein hieb- und stichfestes Alibi. Kastner blieb keine Wahl.
»Ich muss Sie leider mit aufs Revier nach Aschaffenburg nehmen. Die Beweise sprechen eindeutig gegen Sie. Muss ich Handschellen anlegen oder kommen Sie freiwillig mit?«
Sie gingen nach draußen.
»Ich komme mit. Aber darf ich noch mein Gebetbuch aus meinem Zimmer mitnehmen? Das würde mir sehr viel bedeuten. Ich denke, ich werde in der nächsten Zeit viel Gelegenheit haben, mit Gott zu sprechen.«
Kastner zögerte. Er traute Ullrich Siebrecht eigentlich, denn er hatte ihn nie offensichtlich belogen. Es konnte aber auch ein Riesenfehler sein, ihn das Buch holen zu lassen.
Er bat einen Beamten, mit ihm bis zur Tür zu gehen und dann zu warten. Der Geistliche verschwand im Pfarrhaus, während der Beamte vor der Haustür stand. Er konnte nicht wissen, dass Siebrecht sein Gebetbuch längst eingesteckt hatte.
Ullrich war von Panik erfasst. Er rannte er durch das Haus zur Hintertür und durch den Garten. Direkt an die Gartenmauer grenzte der Friedhof. Für Ullrich war es ein Leichtes, über die Mauer zu springen. Er spurtete über den Friedhof Richtung Kirche. Er stürmte durch die Seitentür und auf die andere Seite zur Treppe. Er nahm zwei Stufen auf einmal nach oben. Auf der Empore befand sich eine Tür, die auf den Turm zu den Glocken führte. Die Stufen nach oben flogen ihm förmlich unter den Füßen weg. Endlich hatte er eine kleine Plattform erreicht, die ins Freie führte. Er stand auf dem Turm und fühlte sich frei.
Ullrich überlief eine Woge der Erleichterung. Er stellte sich vor, dass er bald mit Marie-Luise und Pierre vereint sein würde. Der Geistliche hatte längst den Bezug zur Realität verloren. Seine Gedanken drifteten immer wieder in eine Phantasiewelt ab, in der er die Gesichter der geliebten Menschen wiedersah. Sein Atem ging stockend, fast so, als ob er lange gelaufen und nun abrupt stehen geblieben wäre. Einen Moment hielt er inne. Das war also das Ende. Es war ein komisches Gefühl. Ullrich begann schallend zu lachen.
Seine Augen nahmen einen sonderbaren Glanz an. Jetzt endlich wür-

de sich zeigen, ob es diesen Gott wirklich gab. Nun war der Zeitpunkt gekommen, ihn, den Zweifler, zu bekehren. Oder gab es da wirklich nichts? Dann hatte er sich auf eine Zeit voller Einsamkeit und unendlicher Qualen einzurichten. Ullrich dachte nach. Er hockte sich in eine Ecke der Plattform und zog die Beine an den Körper. Was würde geschehen, wenn dort nichts war? Nein, er mochte sich nicht vorstellen, dass seine Seele ausgelöscht und für immer verloren sein würde. Es musste einen Ort geben, an dem er seine Mutter, Marie-Luise und Pierre wiedersehen konnte. Ausschließlich diese Tatsache war ihm noch wichtig. Hier in Biebigheim gab es keine Perspektive mehr für ihn. Gott musste existieren, weil er es wollte.
War das nicht logisch? Nur die Tatsache, dass man an etwas glaubte, machte sie existent. Sonst würde man Gott einfach ignorieren und seine Belange tangierten einen nicht weiter in seinem Tun. Aber wenn er wollte, dass Gott existierte, um mit den geliebten Menschen vereint zu sein, dann standen die Chancen, nach allem was er getan hatte eher schlecht für ihn. In seinem Kopf begann sich ein Wort einzubrennen. Sühne. Er musste seine Taten sühnen. Er war bereit, sein irdisches Leben dafür zu geben. Aber das würde nicht reichen. Was konnte er tun?
Er zog in fiebrigem Wahn den ledernen Gürtel aus seinem Hosenbund und begann sich immer wieder damit auf den Rücken zu schlagen. Dabei murmelte er Gebetsformeln, die er zuletzt im Priesterseminar benutzt hatte. Ullrich war immer für eine zeitgemäße, menschennahe Kirche gewesen, nicht für alte Formeln und Floskeln. Er bat um Verzeihung unter Aufbietung seiner letzten Kräfte. In seinen Augen flackerte der Wahnsinn auf. In seiner Kleidung begannen sich bereits die ersten Risse zu bilden, und auf der Haut darunter begannen sich dunkle Striemen abzuzeichnen. Völlig in seiner Gedankenwelt gefangen, saß Siebrecht auf dem Kirchturm und begann zu beten.
Der Polizist wurde unruhig und ging in das Haus hinein, um zu sehen, wie lange der Pfarrer noch brauchen würde. Er kam nach einer Minute zurück und rief Kastner zu, dass Siebrecht getürmt war.
Kastners Handy klingelte. Dreitt war am Apparat. Er hatte herausgefunden, dass das Kreuz und die Blumen in Aschaffenburg von einer Frau bestellt und abgeholt worden waren. Die Beschreibung passte auf Mathilda. Also hatte Mathilda etwas gewusst. Vielleicht, dass der Pfarrer schwul war?

Er hörte Sirenen. Instinktiv lief er darauf zu. Sein Gehör führte ihn nur ein paar hundert Meter weiter zur Kirche. Er sah Pfarrer Siebrecht oben auf dem Turm stehen. Er zögerte keinen Moment und stürmte nach oben. Er kam völlig außer Atem an der Plattform an. Er näherte sich Ullrich bis auf anderthalb Meter.
Dann bemerkte ihn der Geistliche.
»Was wollen Sie hier?«
Der Kommissar antwortete sehr überlegt: »Ich möchte wissen, wie es wirklich war. Sie haben Frau Kirchner und Herrn Pratczek nicht ermordet. Und auch Mathilda nicht.«
Ullrich legte den Gürtel auf die Seite. Seine Züge wurden weich. Erst langsam begann er zu begreifen, wer vor ihm stand.
»Nein, ich habe niemanden ermordet.« Verzweifelt versuchte er seine Gedanken zu ordnen, die immer wieder abzuschweifen drohten.
»Aber wer war es dann?«
»Das darf ich nicht sagen, das Beichtgeheimnis hindert mich daran.«
»Es war Mathilda, nicht wahr? Sie ist tot, Sie sind also davon entbunden.«
Ullrich sah die totenbleiche Hand von Mathilda vor sich, die den Griff der Autotür fest umklammert hielt.
»Das stimmt nicht. Vom Beichtgeheimnis wird man auch durch den Tod nicht entbunden.«
»Wir können es ihr sowieso nachweisen. Es ist unerheblich, ob Sie es uns sagen. Aber aus welchem Grund hat sie Marie-Luise Kirchner und Pierre Pratczek ermordet?«
Plötzlich flammten, ganz klar, vor seinem inneren Auge die Zusammenhänge auf. Ullrich begann sich zu erinnern.
»Na gut. Es spielt für mich keine große Rolle mehr. Sie war verliebt in mich. Sie hatte beobachtet, dass ich mich sehr gut mit Marie-Luise verstand, das war ihr ein Dorn im Auge und sie hat sie aus dem Weg geräumt. Dann hat sie Briefe von Pierre gefunden, als sie in meinem Zimmer herumgeschnüffelt hat. Sie konnte nicht ertragen, dass ich eine homosexuelle Beziehung habe, also hat sie auch ihn getötet, um endlich freie Bahn zu haben. Sie hat die ganzen widerlichen Dinge in meiner Wohnung angerichtet. Die Briefe und Fotos, die Anzeige, das Kreuz. Sie war es. Sie wollte mich dafür bestrafen. Gestern hat sie mir in der Beichte alles gestanden. Ich habe sie zurückgewiesen und sie

hat Vergeltung geschworen. Die Vergeltung haben Sie gesehen.«
»Kommen Sie nach unten. Wir haben genug belastendes Material gegen Mathilda. Ihnen wird nichts geschehen.«
»Nein. Nein.« Der Pfarrer wirkte völlig ruhig, er war im Frieden mit sich und dem Rest der Welt, wenn man das in seiner Situation überhaupt sein konnte. »Ich gehöre nicht mehr in diese Welt. Ich habe hier nichts mehr. Ich gehe jetzt zu den Menschen, die ich liebe und zu meinem Herrn. Es ist Zeit. Er hat mich gerufen.«
Nach einer kurzen Pause setzte der Geistliche hinzu: »Herr Kommissar, ich wollte Ihnen die ganze Zeit schon etwas sagen. Bitte machen Sie es besser als ich. Ich meine...«, er stockte, »...ich habe gemerkt, dass Sie mit sich und der Welt hadern. Denken Sie darüber nach. Fahren Sie weg, weit weg, und geben Sie sich Zeit, wieder zu sich selbst zu finden. Ich weiß, dass Sie sehr unglücklich sind, das sehe ich an Ihren Augen.
Denken Sie darüber nach. Ich kenne Menschen wie Sie. Ich bin selbst einer. Machen Sie nicht so weiter wie bisher. Fragen Sie sich, was Sie wirklich wollen, und dann tun Sie es einfach. Das Leben ist zu kurz für Zwänge. Es ist Zeit, der Herr ruft mich und ich folge ihm mit frohem Gemüt. Wir werden uns wiedersehen. Sie sind ein guter Mensch.«
Er schwang beide Beine über die Absperrung.
Kastner sprintete los um ihn zu halten. Mit einem Satz landete er hinter dem Geistlichen, um Sekundenbruchteile zu spät nach ihm zu greifen. Ullrich Siebrecht flog mit weit ausgebreiteten Armen und einem Lächeln auf den Lippen seinem Paradies entgegen, wie ein Vogel der Sonne.

- 18 -

Samstag, 1. August, 18.43 Uhr

Leonard Kastner war erschrocken an der Brüstung des Kirchturms stehengeblieben. Es ging mindestens zwölf Meter steil hinunter. Er schaute hinab auf den gepflasterten Platz vor der Kirche.
Unten lag Pfarrer Siebrecht mit ausgebreiteten Armen auf dem Bauch. Unter seinem Gesicht begann eine Lache dunklen Blutes unaufhörlich zu wachsen, um allmählich in den Ritzen der Steine zu versickern. Die örtliche Feuerwehr war angerückt. Sie hatten die Rettungsleiter gerade zur Hälfte hochgefahren, als er gesprungen war.
»Warum?« fragte sich Leonard. Es hätte doch alles gut werden können. Er persönlich hätte seine Entlastung veranlasst. Niemand hätte von seiner Homosexualität erfahren. Seine Peinigerin hatte sich selbst gerichtet. Der Geistliche hätte in einer anderen Stadt einen Neuanfang starten können oder seinen Job an den Nagel hängen. Was auch immer, er hatte die Chance verspielt.
Kastner nahm das Gebetbuch von Ullrich Siebrecht und ging nach unten. Er gab es Frau Weitz in die Hand, die herbeigelaufen war, als sie die Sirenen gehört hatte, genau wie die anderen Gaffer. Das halbe Dorf stand um den Kirchplatz herum. Manuel befand sich mit bleichem, erschrockenen Gesicht weiter hinten in der Ansammlung von Menschen. Kastner meinte, ihn weinen zu sehen.
Sie hatten Ullrich Siebrecht mit einer Wolldecke abgedeckt. Eine Polizeistreife war eingetroffen und auch ein Krankenwagen. Letzterer konnte allerdings gleich wieder abfahren. Ullrich Siebrecht war tot und sie konnten hier nichts mehr tun. Eine Viertelstunde später kam der Leichenwagen und man legte den Geistlichen in einen Zinksarg, um ihn in den Aschaffenburger Waldfriedhof zu bringen.
Er ging noch einmal ins Pfarrhaus zurück. Seine Kollegen informierten ihn darüber, dass sie in Mathildas Zimmer einen aufgebrochenen Schreibtisch und darin belastendes Material gefunden hatten. Kastner ließ alles mit aufs Revier nehmen, danach fuhr er zum Waldfriedhof. Er war die letzte Person gewesen, die den Geistlichen lebend gesehen

hatte, mit der er gesprochen hatte. So bat er um Erlaubnis, ihn sehen zu dürfern. Natürlich durfte er das.
Es war kein schöner Anblick. Die Schädelknochen, sein ganzes Gesicht und der Brustkorb waren zertrümmert. Alles war voller geronnenem Blut. Die Leiche war noch nicht gewaschen, sie war ja gerade erst angekommen.
Leonard Kastner tat etwas, das er seit Jahren nicht mehr getan hatte. Er betete. Er hielt mit Gott Zwiesprache und bat darum, dass er Ullrich Siebrecht zu sich holen würde. Er hatte es geschafft, die Welt ein wenig besser zu machen. Er war ein guter Mensch gewesen. Er war für andere da gewesen und hatte sich aufgeopfert.
Aber da gab es auch diese andere, die verborgene, dunkle Seite in ihm, die nie so richtig zu Tage getreten war. Ullrich Siebrecht konnte mit seiner Fähigkeit, zu begeistern, und mit seiner einnehmenden Persönlichkeit Berge versetzen. Leonard Kastner saß hier und betete. Das war so außergewöhnlich, dass es fast an ein Wunder grenzte.
Er hatte sich die letzten Worte von Ullrich Siebrecht genau gemerkt. Sie hallten in seinem Kopf wider und wider: »Ich weiß, dass Sie sehr unglücklich sind, das sehe ich an Ihren Augen. Fragen Sie sich, was Sie wirklich wollen, und dann tun Sie es einfach.«
Vor seinem Aufbruch überwand sich der Kommissar und zeichnete mit dem Daumen ein Kreuz auf das aufgeplatzte Fleisch über der Stirn des Pfarrers. Er sollte mit Gott und seinen Freunden vereint sein und in Frieden gehen.
Leonard Kastner hoffte, dass er seinen Frieden gefunden hatte. Er fuhr nach Hause, versorgte seinen Kater und aß ein belegtes Brötchen, das er von unterwegs mitgebracht hatte. Dann legte er sich schlafen.

Am Nachmittag des nächsten Tages traf er auf der Polizeiwache ein. Er arbeitete mit Michael alle Daten der Fälle Kirchner und Pratczek auf. Die Selbstmorde von Mathilda und Ullrich Siebrecht wurden zu den Akten gelegt, nachdem der gerichtsmedizinische Befund eingetroffen war. Die Akten wurden geschlossen. Michael Dreitt und Leonard Kastner tippten ihre Berichte. Damit war der Fall abgeschlossen.
Am frühen Abend kam ein Mord an einem dreijährigen Jungen herein. Kastner hatte Kopfschmerzen. Er war so unglaublich müde. Wieder ein

Fall, der ihm das Entsetzen in Schauern über den Rücken trieb – welche Taten Menschen doch vollbringen konnten, wenn die Bedingungen ungünstig waren.
Kastner machte Schluss für heute. Er fuhr in die nächste Kneipe und betrank sich bis zur Besinnungslosigkeit. Als er vom Barhocker kippte, nahm der Barmann sein Handy an sich und wählte die erstbeste Nummer. Es war die von Dreitt. Er informierte ihn über den Zustand von Kastner. Dreitt holte ihn ab und nahm ihn mit in seine Wohnung zum Ausnüchtern.

- 19 -

Wir trauern um unseren lieben Bruder, Freund und Priester-
kollegen

Ullrich Siebrecht

Der Schmerz über deine Entscheidung, mit nur 33 Jahren aus dem Leben zu scheiden, sitzt tief. Alle die dich kannten, wissen, dass du ein guter Mensch und ein aufopfernder Hirte für deine Gemeinde warst.

Auch wenn dir die Katholische Kirche Trauerfeierlichkeiten mit allen Priesterlichen Würden verweigert, so wollen dir alle, die dich als Mensch schätzten, eine würdiges Begräbnis zu Teil werden lassen.

Die Beisetzung findet am Mittwoch, den 4. August auf dem Friedhof in Biebigheim statt.

Deine Schwester Silke **Dein guter Freund Manuel**

5 Jahre später.

Silke stand auf dem Friedhof von Biebigheim am Grab ihrer Eltern und ihres Bruders. Seit ihrer Scheidung vor fünf Jahren hatte sie wieder den Familiennamen Siebrecht angenommen. Sie sah gut aus. Sie war nicht mehr so blass und verhärmt wie früher. Sie kleidete sich sportlich und attraktiv und trotz ihres fortgeschrittenen Alters sah sie jugendlich und frisch aus. An ihrer Hand hielt sie einen kleinen Jungen von ungefähr vier Jahren.
Sie hatte nicht wieder geheiratet. Aber kurz nach der Scheidung hatte sie einen netten Landwirt kennengelernt. Sie hatte von Ullrich das Geld von Pratczek und Mathilda geerbt und damit den Hof moderni-

siert, einen kleinen Bio-Markt aufgebaut, der ein größeres Angebot beherbergte. Ihr Lebensgefährte war bald zu ihr gezogen und hatte ihr bei der Arbeit auf dem Hof geholfen. Sie war sehr schnell schwanger geworden und hatte sich doch noch über ein spätes Mutterglück freuen dürfen. Es war in den fünf Jahren, nachdem sich ihr Bruder das Leben genommen hatte, viel passiert.
Ullrich hatte Tagebuch geführt. Silke hatte einige Wochen nach dem Tod ihres Bruders seine persönlichen Sachen im Pfarrhaus abholen müssen. Sie hatte das Tagebuch gefunden und gelesen. Der letzte Eintrag war ihr im Gedächtnis haften geblieben. Darin entschuldigte sich Ullrich und bat um Verzeihung, weil er jahrelang über die Qualen von Silke hinweggesehen und ihr nicht geholfen hatte. Er erklärte, dass ihn hier nichts mehr hielt, dass Gott ihn gerufen habe und er in die Metamorphose zu einer anderen Welt hinübergleite. Er war über die dramatischen Ereignisse damals verwirrt und depressiv geworden.
In diesem Eintrag, der am gleichen Tag geschrieben worden war, an dem er sich umgebracht hatte, zeichneten sich die Tendenzen schon ab. Die Seiten waren mit Erde verschmiert und dazwischen lagen Blattfasern. Kastner hatte ihr erzählt, dass er im Wald gewesen war, bevor es passierte. Er musste sein Buch dorthin mitgenommen haben. Auf jeden Fall war es das Letzte, was sie von ihrem Bruder als Andenken hatte.

Kerstin Weinrich hatte, wie sie es vor gehabt hatte, nach der Entlassung eine Therapie in Lohr gemacht und danach ihr Studium wieder aufgenommen. An der Uni hatte sie einen netten Kommilitonen kennen gelernt, und sie hatten bald geheiratet. Ihr Mann hatte nach der Beendigung des Pharmaziestudiums eine kleine Apotheke in Aschaffenburg übernommen. Sie stand kurz vor ihrem Abschluss und war auf dem Weg in eine sichere Zukunft.
Als Apothekerin konnte sie nach ihrer Drogensucht natürlich nicht mehr arbeiten. Nach ihrem Abschluss des Studiums hatte sie vor, für eine Beratungsstelle für suchtkranke Jugendliche zu arbeiten. Darüber hinaus war sie mit der Erziehung ihres ersten Kindes beschäftigt. Ihre Eltern, die sich als stolze Großeltern zeigten, waren sehr froh

darüber, dass Kerstins Mann später einmal ihre Apotheke übernehmen könnte.

Gisbert war, wie erwartet, zu vier Jahren Haft verurteilt worden, die er im Gefängnis absaß. Als er herauskam, zog er auf das Gut seiner Mutter. Er trank noch immer und war selten nüchtern anzutreffen. Er wirtschaftete das Gestüt seiner Mutter immer weiter herunter, weil er die Hypotheken und die Löhne für die Angestellten nicht mehr zahlen konnte. Seine Mutter Amalie hätte dies unter normalen Umständen nie zugelassen, doch sie erlitt in der Zeit, in der Gisbert einsaß, einen schweren Schlaganfall und saß seitdem gelähmt im Rollstuhl, sie konnte kaum noch sprechen und auch ihr Gehirn hatte sehr unter der Krankheit gelitten. Gisbert übernahm das Kommando, und seitdem ging es mit dem Gestüt und mit ihrer Gesundheit steil bergab.

Jaques Vivon feuerte Bardusch nach der Spielsaison und stellte einen erfahrenen Schauspieler als Ersatz für ihn an. Bardusch verschwand in der Versenkung und man hörte nichts mehr von ihm. Jaques Vivon hatte anfangs sehr unter der Sache mit Pratczek gelitten, doch er hatte es geschafft, durch harte Arbeit das Spielhaus zu großen Erfolgen zu führen. Auch finanziell ging es ihm nach ein paar harten Jahren wieder besser. Sina Zeller baute mit der Erbschaft von Pratczek eine kleine Schauspielschule mit einer freien Kunstbühne auf, um jungen Schauspielern eine Chance zu geben.

Leonard Kastner ließ sich noch in der gleichen Woche beurlauben, als er den Fall Siebrecht abgeschlossen hatte. Er ging für ein Jahr nach Norwegen und hielt sich dort mit kleinen Jobs über Wasser. Er und sein Kater tankten dort neue Kraft. Als Leonard nach Deutschland zurückkam, zog er in eine kleine Dachgeschosswohnung am Floßhafen in Aschaffenburg. Wenn er dort am Küchenfenster saß, hatte er einen wunderschönen Blick auf den Main. Überhaupt stellte er erst nach seiner Rückkehr fest, wie bezaubernd die kleine Stadt war. Nicht umsonst nannte man Aschaffenburg das »Bayerische Nizza«.

Er rief im Revier an und veranlasste, dass seine Beurlaubung aufgehoben wurde. Er konnte sich nichts anderes vorstellen, als Polizist zu sein – aber in Zukunft mit Privatleben. Und mit einem Gegenüber, das Teil seines Lebens war. Er genoss die freien Abende und Wochenenden im Biergarten, beim Radfahren oder im Kino. Er ging mit Kommissar Dreitt und zwei weiteren Kollegen einmal wöchentlich zum Stammtisch. Außerdem hatte sich herausgestellt, dass sein Kater ein Mädchen war, und im Moment hatte er alle Hände voll damit zu tun, ihren ersten Wurf von fünf Jungen zu versorgen und in gute Hände zu verschenken.

Es war Samstagabend. Er hatte seinen Job, seine Stadt und seine Freunde zurück. Er selbst war ein anderer geworden. Er war seit längerer Zeit glücklich. Doch ein entscheidender Baustein zu seinem Glück fehlte ihm noch. Das sollte sich ändern, denn er hatte in der Zeit in Norwegen nicht nur über seine, sondern auch über die Zukunft eines ihm sehr lieben Menschen nachgedacht.

Leonard Kastner schlenderte ins Wohnzimmer und nahm auf dem Sofa Platz. Er griff nach dem Telefon auf dem Tisch und wählte Jessicas Nummer.

FERTIG.

Leonard Kastner	Beamter der Kriminalpolizei
Michael Dreitt	Kollege von Leonard
Ullrich Siebrecht	Geistlicher in Biebigheim, einer Gemeinde bei Aschaffenburg
Jacques Vivon	Intendant des Stadttheaters
Pierre Pratczek	ermordeter Schauspieler
Markus Bardusch	Kollege von Pierre
Sina Zeller	Kollegin von Pierre
Silke von Giebhardt	Schwester von Ullrich
Gisbert von Giebhardt	Ehemann von Silke
Amalie von Giebhardt	Schwiegermutter von Silke »High Society« von Biebigheim
Marie-Luise Kirchner	Lehrerin in Biebigheim, gute Freundin von Ullrich
Dr. Weinrich	Arzt und Apotheker in Biebigheim
Kerstin Weinrich	Tochter von Dr. Weinrich
Mathilda	Pfarrersköchin von Ullrich
Frau Burger	Bibliothekarin in Biebigheim
Frau Weitz	Bäckersfrau in Biebigheim
Manuel	Priesterkollege und guter Freund von Ullrich

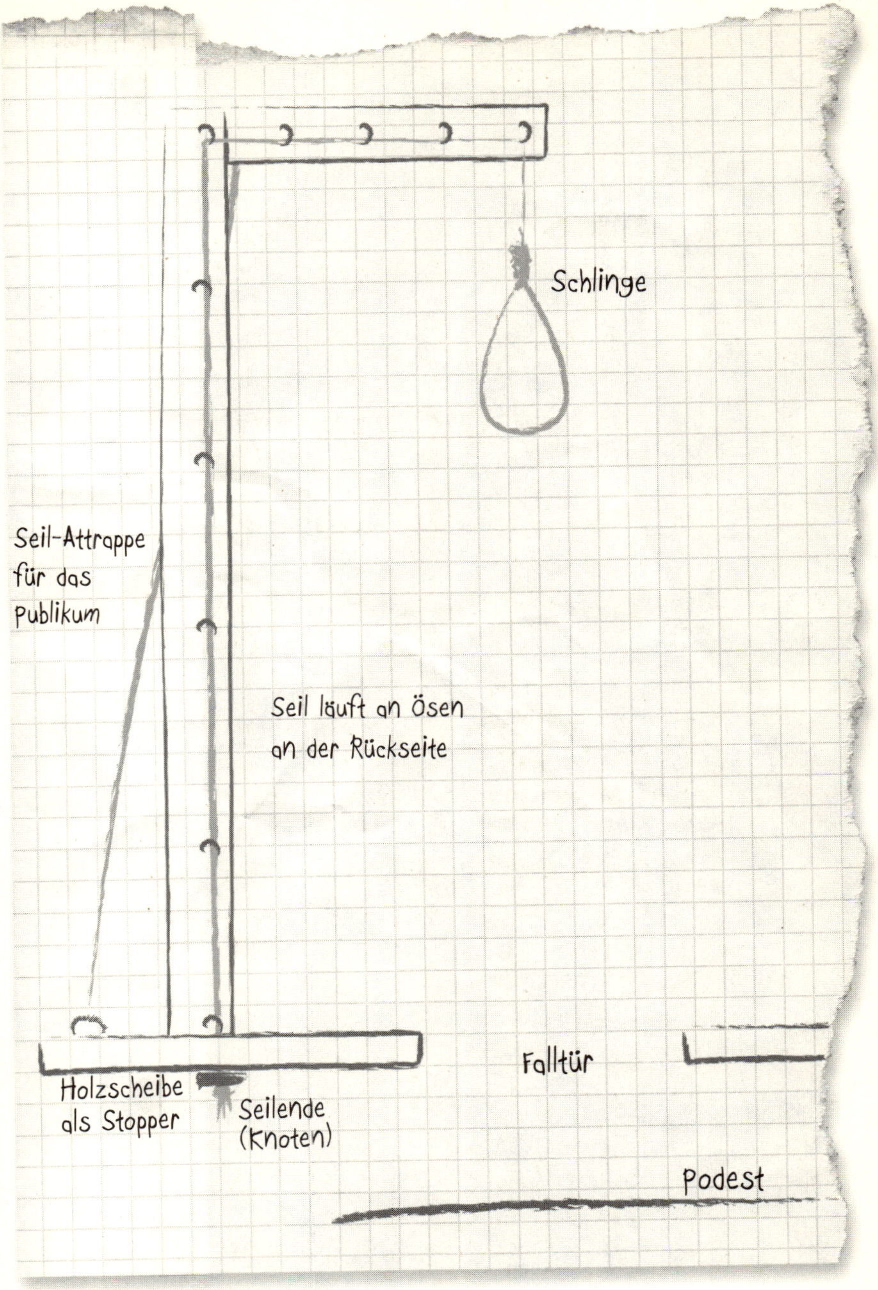
Schlinge
Seil-Attrappe
für das
Publikum
Seil läuft an Ösen
an der Rückseite
Holzscheibe
als Stopper
Seilende
(Knoten)
Falltür
Podest

Ebenfalls im VerlagRegioKom erschienen:

Thomas Meßenzehl: **Hexenfeuer.**

Historischer Roman aus Aschaffenburg und Kahlgrund. Mit einem Vorwort des Stadt- und Stiftsarchivs Aschaffenburg. 4. Auflage, Aschaffenburg 2008. 13,5 x 21,5 cm, kartoniert. 292 Seiten. ISBN 978-3-9810660-0-5. Preis: € 14,90 (D).

Thomas Meßenzehl: **Schwedenmond.**

Historischer Roman aus Aschaffenburg und Kahlgrund. Mit einem Vorwort des Stadt- und Stiftsarchivs Aschaffenburg. 2. Auflage, Aschaffenburg 2008. 13,5 x 21,5 cm, kartoniert. 352 Seiten. ISBN 978-3-9810660-1-2. Preis: € 14,90 (D).

Birgit Meyer: **Laras Erwachen.**

Fantasy-Roman. 1. Auflage, Aschaffenburg 2008. 13,5 x 21,5 cm, kartoniert. Ca. 280 Seiten. ISBN 978-3-9810660-3-6. Preis: € 12,95 (D). Lieferbar ab Herbst 2008.